MIRA®

Der Preis dieses Bandes versteht sich einschließlich
der gesetzlichen Mehrwertsteuer.

Umwelthinweis:
Dieses Buch wurde auf chlor- und säurefreiem Papier gedruckt.

Verlorene Freiheit

Vier Jahre unschuldig im Gefängnis! Die junge Bianca Berger ist für ein Verbrechen verurteilt worden, das sie nicht begangen hat. Durch Brandstiftung wurde nicht nur die Firma ihrer Familie zerstört, viel schlimmer: Biancas Vater verlor dabei das Leben. Nach anfänglichen Schwierigkeiten findet sie sich mit ihrer Situation zurecht, nicht zuletzt dank ihrer Zellengefährtin Nadine, der Bianca von glücklicheren Zeiten mit ihrer Cousine Katy und den beruflichen Anfängen in der Firma erzählt. Wieder in Freiheit, lernt Bianca die Liebe ihres Lebens kennen. Doch wie viel aus ihrer Vergangenheit darf sie ihm erzählen? Und ist Katy wirklich die wohl meinende Freundin und Cousine, wie Bianca immer glaubte?

Marcela DeWinter

Verlorene Freiheit

Roman

MIRA®

MIRA® TASCHENBUCH
Band 75001
4. Auflage: März 2005

MIRA® TASCHENBÜCHER
erscheinen in der Cora Verlag GmbH & Co. KG,
Axel-Springer-Platz 1, 20350 Hamburg

Das Buch wurde auf der Grundlage der ZDF-Telenovela „Bianca – Wege zum Glück" (basierend auf den Originaldrehbüchern von Rasi Levinas & Team) verfasst. Mit freundlicher Genehmigung des ZDF.

Konzeption/Reihengestaltung: fredeboldpartner.network, Köln
Umschlaggestaltung: pecher und soiron, Köln
Titelabbildung: by Daniela Incornonato, Britta Krehl

Satz: D.I.E. Grafikpartner, Köln
Druck und Bindearbeiten: Ebner & Spiegel, Ulm
Printed in Germany
ISBN 3-89941-211-7

www.mira-taschenbuch.de

1. KAPITEL

„Ach, Nadine“, seufzte Bianca. „Du wirst mir fehlen. Ganz bestimmt. Ich weiß gar nicht, wie ich ohne dich zurechtkommen soll.“

„Na, hör mal!“ Nadine legte den Arm um die Schulter ihrer Zellengefährtin und drückte sie aufmunternd. „Du wirst mir doch auf die letzten Stunden nicht noch rührselig werden! Weißt du was? Andere an deiner Stelle würden herumhüpfen, Freudentänze aufführen. Und was machst du? Kriegst deine moralische Viertelstunde!“

Bianca musste lächeln, obwohl ihr ganz und gar nicht danach zumute war. Doch Nadine war ein Schatz, und natürlich hatte sie mal wieder Recht. Es waren weder der richtige Zeitpunkt noch der richtige Ort für Niedergeschlagenheit. Aber das sagte sich so leicht. Bianca wäre gern so vergnügt gewesen wie Nadine, aber es wollte ihr einfach nicht gelingen.

„Es ist wirklich so“, sagte sie leise. „Abschiedsschmerz und Zukunftsangst nennt man das wohl. Und beides macht mir ganz schön zu schaffen. Kannst du das nicht verstehen?“

„Nein, überhaupt nicht.“ Nadine schüttelte energisch den Kopf. „Also, ehrlich, das muss sich einer mal vorstellen: Im Gefängnis sitzen und wissen, dass man morgen rauskommt. Und sich dann einen Kopf machen – wegen einer wie mir!“

Das war mal wieder typisch Nadine. Bianca bekam vor Rührung kein Wort heraus. Mit ihrer direkten und burschikosen Art hatte Nadine schon so manches Mal Wunder bei ihr bewirkt. Länger als ein Jahr – fast dreizehn Monate – teilten sie nun diese Zelle miteinander, und dieses kleine Energiebündel mit dem kecken dunklen Kurzhaarschopf hatte jeden Hauch von Trübsal weggefegt wie ein frischer Frühlingswind, der strahlendem Sonnenschein den Weg bereitet.

Die beiden Frauen saßen auf der Matratzenkante des unteren Bettes, weil es dort bequemer war als auf den harten Stühlen. Nur die kleine Leselampe am Kopfende war eingeschaltet. So lag der größte Teil der Zelle im Dunkeln. Der matte Lichtkreis schuf eine Art von Gemütlichkeit, die Bianca im Laufe der Jahre zu schätzen gelernt hatte. Es war ihre einsame Insel, auf der sie sich im Meer der Dunkelheit hatte forttragen lassen – Abend für Abend mittels der Zeilen eines Buches. Die Personen in den Romanen waren ihr vertraute Begleiter geworden, hatten sie in ihre Welten entführt und an ihren Schicksalen teil haben lassen, ohne dass die Gefängnismauern dabei noch eine Rolle gespielt hätten.

Es war eine warme Sommernacht, und Bianca und Nadine trugen ihre Schlafanzüge. Im Fernsehen hatte die Moderatorin gesagt, hier im sonst so kühlen Norden sei mit einer tropischen Nacht zu rechnen – weil das Thermometer nicht unter fünfundzwanzig Grad sinken werde.

„Freu dich doch, Bianca!“ hatte Nadine gerufen und in die Hände geklatscht. „Morgen kaufst du dir gleich einen Bikini und fährst an den nächstbesten Strand. Da legst du dich in die Sonne, schließt die Augen und stellst dir vor, du wärst in der Karibik. Dabei weißt du, dass das überhaupt kein Traum bleiben muss. Weil du nämlich einen Job hast und Geld verdienst und in deinem ersten Urlaub wirklich in die Karibik fliegst. Aber nur unter einer Bedingung! Du musst mir eine Ansichtskarte schicken. Weißt du, so eine mit superweißem Strand und Sonnenuntergang und einer runterhängenden Palme direkt am Wasser …“

Nadine war überhaupt nicht zu bremsen gewesen in ihrem Eifer, die Freiheit in blumigsten Worten auszumalen. Morgen sollte es für Bianca wahr werden. Der Tag der Entlassung, nach vier Jahren Gefängnis, stand unmittelbar bevor. Genau genommen hatte er schon angefangen, denn Mitternacht war längst vorbei. Bianca konnte es noch immer nicht begreifen, dass ihre Zeit im Gefängnis nun zu Ende sein würde. Sie hatte über Gefangene gelesen, die entlassen worden waren und mit ihrer Freiheit nichts anfangen konnten. Die dann plötzlich Heimweh bekamen, Heimweh nach jenen vier Wänden, in denen sie so lange eingeschlossen gewesen waren.

Nadines Schwärmerei von Sonne, Strand und Urlaub kam ihr vor wie die Beschreibung einer fremden Welt. Ungefähr so, wie sich Menschen im Mittelalter das Paradies ausgemalt haben mussten, so schön und so unerreichbar fern. Nun musste sie neu lernen, sich in der Welt da draußen zurechtzufinden. Sie konnte verstehen, dass sich manche Menschen in ihre Zelle zurückwünschten. Aber sie war entschlossen, sich in solchen Empfindungen nicht zu verlieren.

Gewiss, die vier Jahre, die nun hinter ihr lagen, waren eine überschaubare Zeitspanne, wenn man sie mit Haftstrafen von zehn oder zwanzig Jahren oder gar lebenslänglich verglich. Dennoch war es ein Riesenunterschied, ob man zu Recht eingesperrt worden war oder ob man unschuldig hinter Gittern saß.

Jeder einzelne Tag, jede Stunde und jede Minute waren für Bianca doppelt und dreifach schwer gewesen. Während der ersten Wochen und Monate hatte sie geglaubt, unter der Last der vor ihr liegenden Zeit zusammenzubrechen.

Denn sie *war* unschuldig.

Das Verbrechen, für das sie verurteilt worden war, hatte ein anderer begangen.

Irgendwann nach jener unvorstellbar schweren Anfangszeit hatte sie dann den Urteilsspruch aus ihrem Kopf verdrängt. Sie hatte nur noch im Tag-

Nacht-Rhythmus gelebt. Ja, noch bis vor wenigen Tagen hatte sie alle Gedanken daran verdrängt, dass die vier Jahre überhaupt jemals zu Ende gehen würden. Auf diese Weise war es ihr leichter gefallen, die Zeit zu überstehen. Nicht einmal nachts hatte sie von der Freiheit geträumt. Sie konnte sich nur an Albträume erinnern – Schreckensbilder von der Feuerhölle raubten ihr den Schlaf. Flammen loderten sogar noch dann vor ihren Augen, wenn sie schreiend und schweißgebadet von ihrem Kissen hochfuhr. In solchen schlimmen Stunden hallte dann doch die kühle, mitleidslose Stimme des Richters in ihr nach:

„... wird die Angeklagte wegen Brandstiftung mit Todesfolge zu einer Gefängnisstrafe von vier Jahren verurteilt. Die Vollstreckung der Strafe wird nicht zur Bewährung ausgesetzt."

Dieser schreckliche Moment der Urteilsverkündung war jedes Mal der Höhepunkt ihrer Albträume. Schluchzend und wimmernd, hilflos wie ein Baby, kauerte sie in ihrem Bett, die Decke bis ans Kinn hochgezogen. Aber dann schwang sich Nadine aus dem Bett über ihr und schloss sie ganz fest in die Arme, bis sie sich beruhigt hatte. Seit sie bei ihr war, hatte Bianca endlich wieder jemanden, der sie tröstete.

Manchmal erschienen die Schreckensbilder sogar tagsüber vor Biancas geistigem Auge, aber auch dann war die treue Freundin für sie da und bewahrte sie mit ihrer Heiterkeit vor den dunklen Gedanken.

Draußen würde sie allein damit fertig werden müssen. Vielleicht war es das, wovor sie sich am meisten fürchtete.

Nadine beugte sich vor und blickte forschend zu Bianca auf, um herauszufinden, warum sie nicht sofort geantwortet hatte.

„Weinst du?"

Das war typisch Nadine. Bianca hätte lachen und weinen mögen, vor Freude und vor Scham. Nadine durchschaute einen bis ins Innerste, egal, was man vor ihr zu verbergen suchte. So war es auch nur ein feiner Tränenfilm, der das sonst leuchtende Blau von Biancas Augen überzog. Aber nicht einmal der entging Nadine.

„Nein", behauptete Bianca trotzdem, nur um im nächsten Augenblick tatsächlich in Tränen auszubrechen. Wahre Sturzbäche ergossen sich über ihre Wangen, von Krämpfen geschüttelt verbarg sie das Gesicht in den Händen. Auch diesmal schloss Nadine sie in die Arme und hielt sie fest.

„Lass es raus", sagte sie und strich ihr behutsam über das feine blonde Haar. „Lass einfach alles raus, was dich plagt. Wir haben noch die ganze Nacht Zeit."

Bianca wimmerte wie unter Schmerzen. „Es klingt so ... so ... kalt ... und so ... widerlich geschäftsmäßig!"

„Sag es", forderte Nadine sanft.

„Ich kann nicht."

„Sag es“, wiederholte Nadine unnachgiebig.

„Brandstiftung mit Todesfolge!“ Bianca schrie es fast.

„Ich weiß, ich weiß.“ Nadine wiegte sie wie ein kleines Kind. „Diese Juristen sprechen eine herzlose Sprache. Ihre Worte werden niemals unsere sein. Vergiss das nicht.“

„Todesfolge!“ stieß Bianca schwer atmend hervor. „Es war mein Vater, der in den Flammen umkam – unter unvorstellbaren Qualen. Und das nennen sie ‚Todesfolge‘! Mein Gott, ich mag nicht daran denken, wie er gelitten haben muss.“

„Jetzt denkst du erst mal gar nichts mehr“, flüsterte Nadine. „Jetzt freust du dich gefälligst. Verstanden? Freude ist angesagt, hörst du? Du wirst entlassen, und zwar morgen. Hurra! Was kann es Schöneres geben, wenn man seine Zeit so verbracht hat wie wir?“

Bianca schluchzte und schniefte, und dann schmunzelte sie. Dankbar nahm sie das Papiertaschentuch, das Nadine ihr hinhielt.

Lächelnd tupfte sie die Tränen weg. „Wenn du so weitermachst, breche ich noch in Jubelgeschrei aus.“

„Na also.“ Nadine klopfte ihr kumpelhaft auf die Schulter. „Das hört sich schon besser an. Erinnerst du dich noch an die Zeit, als ich bei dir eingezogen bin? Da warst du diejenige, die *mir* wieder auf die Beine geholfen hat.“

„Jetzt übertreibst du aber." Bianca warf das zur Kugel geknüllte Papiertaschentuch in den zwei Meter entfernten Mülleimer.

„Treffer!" Nadine klatschte in die Hände. „Wenn das kein gutes Zeichen ist – für morgen, meine ich." Dann wurde sie ernst, ein Ausdruck tiefer Wärme trat in ihre Augen, als sie Bianca ansah. „Und ich übertreibe überhaupt nicht. Kein bisschen. Als ich hier ankam, war ich völlig fertig. Erst der Entzug, dann Schluss mit Daniel und dann noch der Knast. Zwei Jahre, weil ich ja auch gedealt habe. Also, kaputter, als ich damals war, kann man gar nicht sein. Und jetzt habe ich immer noch ein Jahr vor mir."

„Elf Monate", verbesserte Bianca sie.

„Etwas mehr als elf Monate." Nadine winkte lachend ab. „Aber was macht das schon! Ich zähle die Tage nicht, weil es mir nichts mehr ausmacht. Die Zeit fliegt dahin, und bald, sehr bald, bin ich genau da, wo du heute bist."

„Du hast dich wieder aufgerappelt. Du hast eben das Beste aus deiner Lage gemacht. Deshalb kannst du die Dinge heute so positiv sehen."

„Ach, komm!" Nadine klang beinahe empört. „Allein wäre ich nie in der Lage gewesen, mich aus dem Sumpf zu ziehen. Du hast mir dabei geholfen, Bianca, hörst du? Auch, dass ich dich jetzt aufmuntern kann, verdankst du letzten Endes dir selbst. Und komm mir jetzt nicht wieder damit, dass ich übertreibe. Es ist die Wahrheit und nichts als die Wahrheit."

„Rechtsverdreher-Sprache!" prustete Bianca. „Die hast du aber nicht von mir gelernt."

Nadine sah sie an, als würde sie sie zum ersten Mal sehen. Bianca erwiderte den Blick ihrer Freundin, und dann brachen sie in haltloses Gekicher aus. Rasch hielten sie sich die Hand vor den Mund, sie wollten keinen Ärger wegen nächtlicher Ruhestörung. Trotz der soliden Wände und Türen war der Zellentrakt ziemlich hellhörig.

„Jetzt mal ehrlich", sagte Nadine. „Du hast es hinbekommen, dass Daniel und ich wieder zusammen sind. Obwohl wir ja natürlich noch getrennt sind. Aber du weißt, was ich meine. Das ist wie in einem schönen Roman. Die Gefängnismauern spielen da keine Rolle. Wirklich, die sind kein Hindernis für unsere Liebe. Und das verdanken wir dir, Bianca. Daniel und ich verdanken das einzig und allein dir."

„Ach, Nadine." Bianca ergriff die Hand ihrer Zellengefährtin. „Dass du eine so hohe Meinung von mir hast, ehrt mich sehr. Aber ich glaube, du stellst mich da auf ein Podest, das viel zu hoch ist. Was habe ich denn schon getan? Wir haben nächtelang geredet, und ich habe dich schließlich überzeugt, dass es das Richtige ist, Daniel einfach anzurufen. Das war's, für alles Weitere kann ich nichts."

„Ach, ja?"

„Ja, natürlich, davon war ich von Anfang an fest überzeugt. Eure Liebe war stark genug. Ich habe so etwas zwar selbst nie erlebt, aber bei euch ist es so, da bin ich ganz sicher. Du brauchtest Daniel nur zu zeigen, dass du wieder die Nadine bist, die du warst, bevor du … na, du weißt schon."

Nadine zog die Unterlippe zwischen die Zähne. Dann nickte sie nachdenklich. „Was du über unsere Liebe sagst, stimmt. Und was du über die Nadine von früher sagst, stimmt auch. Du hast nur vergessen, zu erwähnen, wer die alte Nadine wieder zum Leben erweckt hat."

„Langsam habe ich das Gefühl, so eine Art Allheilmittel zu sein", protestierte Bianca. „Jedenfalls kann ich dir das Kompliment wirklich uneingeschränkt zurückgeben."

„Na, prima!" rief Nadine begeistert. „Dann sind wir ja quitt." Die Heiterkeit wich einem forschenden Blick und einem Stirnrunzeln. „Habe ich mich da eben verhört? Oder hast du wirklich gesagt: ‚Ich habe so was selbst nie erlebt.'?"

„Du hast dich nicht verhört", antwortete Bianca betrübt. „Die ganz große Liebe, so wie du, habe ich bis jetzt nie kennen gelernt." Sie rang sich ein Lachen ab. „Du siehst also, ich habe einen ziemlich großen Nachholbedarf. Wenn ich draußen bin, will ich endlich leben – mit allem, was dazugehört. Weißt du, ich wünsche mir ein Leben voller Hoffnung, voller Versprechungen, voller Liebe. Einfach ein Leben, wie ich es noch nie hatte."

Nadine starrte sie verblüfft an. „Also, da bin ich jetzt aber von den Socken. Das hast du mir ja nie erzählt. So, wie du aussiehst, müssen die Kerle doch in Scharen hinter dir her gerannt sein."

Bianca schmunzelte. „Ist es das, was du unter Liebe verstehst?"

„Nein", erwiderte Nadine. „Aber es macht zumindest das Leben viel aufregender. Es ist das Salz in der Suppe."

„Klar ist es das." Bianca nickte. „Aber jetzt stell dir mal vor, du hättest Daniel nicht getroffen, sondern nur Typen, die ein bisschen Spaß mit dir haben wollen, und das war's dann."

„Mhm." Nadines dunkle Augen wurden nachdenklich. „Ohne meine Liebe zu Daniel wäre mein Leben ganz schön leer – jetzt schon, und erst recht, wenn ich wieder rauskomme."

„Siehst du." Bianca seufzte wieder. „Ich weiß also genau, was mir fehlt. Nur fürchte ich, die Liebe zu suchen und dann auch zu finden, sind zwei verschiedene Paar Schuhe. Woher soll ich denn wissen, ob es der Richtige ist, wenn ich ihm gegenüberstehe?"

„Keine Sorge", entgegnete Nadine. Ihr Blick war auf einmal voller Zuversicht und Gewissheit. „Wenn du ihm begegnest, dem einen, dann spürst du es. Ach, was sage ich! Du weißt es. Schlagartig. Es ist wie ein

Blitz, der dich trifft, aber keiner, der wehtut, sondern ein sehr, sehr angenehmer. Es ist …“ Sie unterbrach sich. „Du liebe Güte, was rede ich da bloß! Das muss dir ja total altklug vorkommen. Ich mit meinen dreiundzwanzig Jahren erzähle dir, wo's langgeht! Dabei bist du fünf Jahre älter als ich.“

„Aber noch ganz schön rüstig.“ Bianca hob den Zeigefinger und tat pikiert. „Das musst du zugeben.“

„Oh Mann!“ Nadine schlug schuldbewusst die Hand vor den Mund. „Das war nicht so gemeint.“

„Unsinn“, erwiderte Bianca entschieden. „Eines jedenfalls steht fest: Mein neues Leben muss ganz anders werden als mein früheres.“

„Apropos früher …“ Nadine atmete erleichtert auf, froh, dass Bianca nicht beleidigt war. „Willst du denn keine Gerechtigkeit? Ich meine, derjenige, der das Feuer wirklich gelegt hat, müsste doch seine Strafe bekommen – und du eine Entschädigung. Ich finde, wenn der Staat einem unschuldigen Menschen vier Jahre seines Lebens raubt, dann sollte das schon eine Kleinigkeit kosten.“

„Du hast Recht“, sagte Bianca. „Aber das ist nicht das Wichtigste für mich. Ich will mein neues Leben nicht mit Bitterkeit und Rachsucht anfangen. Dieses Leben soll einfach nur so schön wie möglich werden …“

2. KAPITEL

Auf dem Bahnhof wurde sie von Lärm und hektischer Betriebsamkeit empfangen. Alle Menschen schienen es furchtbar eilig zu haben, es herrschte ein ständiges Hin und Her. Bianca kam sich nutzlos und überflüssig vor. Sie war überzeugt, in dem Menschengewühl die Einzige zu sein, die nichts Wichtiges vorhatte.

Dabei empfand sie alles andere als Langeweile. Im Gegenteil, sie war nervös wie ein Kind. Der erste Schultag konnte nicht aufregender gewesen sein. Nach den vielen Stunden im Zug war der große Augenblick gekommen – der nächste, vielleicht entscheidende Schritt auf dem Weg in die Freiheit lag vor ihr.

Und sie musste diesen Schritt nicht allein tun. Gemeinsam mit ihrer Cousine Katy würde sie es anpacken, das neue Leben. Auch Katy wollte einen Neuanfang wagen, hier, in dieser fremden Umgebung – und es sah nach einem viel versprechenden Anfang aus, denn immerhin hatte sie schon zwei Jobs, einen für sich selbst und einen für Bianca, ergattern können. Dank Katy würde alles ein wenig leichter werden.

Beim Aussteigen sah Bianca sich aufmerksam um.

Doch das, was sie sich während der Fahrt in allen Einzelheiten ausgemalt hatte, traf nicht ein. Keine einzige der möglichen Varianten spielte sich ab.

Katy stand nicht freudestrahlend vor der aufschwingenden Waggontür.

Katy bahnte sich nicht den Weg durch die zum Ausgang strömenden Menschen.

Und Katy ließ auch keinen Freudenschrei hören, noch bevor sie im Gedränge zu sehen war. Sie rief nicht aus voller Kehle: „Cousinchen! Hallo, hier bin ich!"

Natürlich wäre auch noch denkbar gewesen, dass irgendjemand an ihrer Stelle mit einem Pappschild in der Menge stand. Einem Schild, auf das mit Filzstift ihr Name gekritzelt worden war: Bianca Berger. Aber auch das war nicht der Fall.

Bianca war enttäuscht.

Tatsächlich wartete überhaupt niemand auf sie.

Jedenfalls hatte es den Anschein, denn sosehr sie den Kopf auch reckte, vermochte sie doch kein vertrautes Gesicht zu entdecken. Dabei hatte Katy ihr fest versprochen, sie abzuholen.

„Das bin ich dir schuldig, Cousinchen", hatte sie am Telefon gesagt. „Du glaubst ja nicht, was für ein schlechtes Gewissen ich habe. Ich meine, ich weiß, wie das auf dich gewirkt haben muss, dass ich dich in all den Jahren nie besucht habe. Du musst dich doch total verlassen gefühlt haben. Omi Ursula krank, Heiko verschwunden – da war ich letzten Endes die Einzige, die dir von unserer Familie noch geblieben war. Ich hatte also eine gewisse Verantwortung dir gegenüber, und aus der habe ich mich einfach herausgestohlen."

„So darfst du das nicht sehen", hatte Bianca erwidert, obwohl Katys Selbstvorwürfe im Grunde genommen gerechtfertigt waren. Nur wollte sie die Beziehung zu ihrer Cousine nicht mit den alten Geschichten belasten. Was zählte, war einzig und allein ihr Plan, gemeinsam die Weichen für eine bessere Zukunft zu stellen. „Einmal hast du mich doch besucht, und in den Jahren danach hattest du bestimmt alle Hände voll damit zu tun, für dich selbst zu sorgen. Es gab ja niemanden mehr, der dir hätte helfen können."

„Na, so schlimm war's nun auch wieder nicht" rief Katy. „Und einmal ist keinmal. Aber ich glaube, wir sollten die Vergangenheit ruhen lassen. Es bringt uns nicht weiter, wenn wir ständig die alten Geschichten aufwärmen. Deshalb verspreche ich dir hoch und heilig: Diesmal werde ich dich nicht im Stich lassen. Diesmal werde ich mich um dich kümmern. Du sollst endlich wieder ein normales, schönes Leben führen."

Fast hätte Bianca erwidert, dass es für sie wohl nie wieder so richtig normal werden würde. Immerhin hatte sie alles verloren, was ihr wichtig gewesen war – ihren Vater, der im Feuer ums Leben gekommen war. Ihren Bruder, der zwar lebte, aber niemand wusste so genau, wo auf der Welt. Und letztlich die Firma, die sie einmal als Nachfolgerin ihres Vaters hatte übernehmen sollen.

Doch immer nur davon zu reden, brachte sie nicht weiter. Sie war fest entschlossen, nach vorn zu blicken – ausschließlich nach vorn. Deshalb hatte sie auch beschlossen, Katy nicht mit den vielen Fragen zu behelligen, die sie sich im Gefängnis während nächtelanger Grübeleien immer wieder gestellt hatte.

Was weißt du wirklich über das Feuer in der Firma?

Welche Rolle hat unser Buchhalter Viktor Schneider gespielt?

Mir hast du in der Untersuchungshaft erzählt, er sei der Brandstifter gewesen. Jedenfalls war das deine Meinung, du warst überzeugt davon. Warum hast du das in der Gerichtsverhandlung nicht erwähnt?

Warum hast du der Polizei nichts von deinem Verdacht gesagt?

Anfangs hast du noch geglaubt, dass er ebenfalls in den Flammen umgekommen ist. Aber die Kriminalpolizei hat nur meinen Vater gefunden, keinen weiteren Toten.

Du warst eine Zeit lang mit Viktor befreundet, und irgendwann hast du mir erzählt, dass er zwar das Feuer überlebt hat, kurz darauf aber bei einem Autounfall ums Leben gekommen ist.

Woher weißt du das so genau? Und vor allem – ist das wirklich wahr?

Bianca schüttelte heftig den Kopf. Nein. Ausgeschlossen. Keine einzige dieser Fragen würde jemals über ihre Lippen kommen.

Katy hatte mit dem Brand nichts zu tun gehabt. Das war in der Gerichtsverhandlung als erwiesen angesehen worden. Außerdem war Katy zu keinem Zeitpunkt verdächtigt worden, und um Viktor hatte sich die Polizei nie gekümmert, weil er nicht einmal als möglicher Zeuge in Betracht gezogen worden war.

Die Beweisaufnahme, so der Richter in seiner Urteilsbegründung, habe die Schuldfrage mit hundertprozentiger Sicherheit geklärt. Es gebe nicht den geringsten Zweifel zugunsten der Angeklagten, deshalb habe das Gericht auch keinen Freispruch aus Mangel an Beweisen anführen können. Auch die Erinnerungslücke der Angeklagten für den fraglichen Zeitraum habe ihr nicht als Schuld mindernd angerechnet werden können.

Bianca hatte sich endgültig damit abgefunden.

Vor dem Gesetz war sie schuldig, auch wenn sie ein reines Gewissen hatte. Mit diesem Zwiespalt würde sie vielleicht ja bis ans Ende ihrer Tage leben müssen, wenn nicht ein Wunder geschah. Aber darauf hoffte sie vorerst nicht. Die Suche nach dem wahren Schuldigen musste warten. Aber aufgeschoben war schließlich nicht aufgehoben; damit konnte sie sich trösten. Zunächst einmal erforderte die Wirklichkeit, ihr jetziges Leben, ihre ganze Aufmerksamkeit.

Für Bianca zählte nur noch das Eine:

Katy war trotz allem immer wie eine Schwester für sie gewesen.

Nicht zuletzt deshalb war es einfach unvorstellbar, dass Katy sie ausgerechnet an diesem wichtigen Tag im Stich gelassen hatte.

Hab Geduld, ermahnte sie sich. Du hast jetzt vier Jahre lang Geduld gehabt. Da werden dir doch jetzt ein paar Minuten nicht schwer fallen.

In der Tat wäre es reichlich albern gewesen, zappelig zu werden. Bianca kämpfte gegen ihre Nervosität an und suchte sich einen besseren Platz auf dem Bahnsteig. Sie fand ihn vor einem Schaukasten mit den Ankunfts- und Abfahrtszeiten der Züge. Dort stand sie wenigstens niemandem im Weg.

Eigentlich, so sagte sie sich, hätte sie nun seelenruhig warten und die sommerliche Wärme genießen können. Aber Gelassenheit ließ sich nicht erzwingen, das merkte sie nur zu deutlich.

Überdies kam ein Gefühl von Fremdheit in ihr auf, und daran war beileibe nicht nur die Umgebung schuld. Nein, sie war sich selbst fremd geworden. Beinahe kam es ihr so vor, als ob sich ein Teil ihrer Seele noch im Gefängnis aufhielt, dort, wo die Zeit eine andere Bedeutung hatte und Eile ein fremder, vergessener Begriff war.

Sie musste an die Beratungsstunden in der Vollzugsanstalt denken. Die Worte der Sozialarbeiter klangen immer noch in ihr nach – diese wirklich gut gemeinten Sätze, die für so manche verbitterte Mitgefangene nur „blöde Sprüche“ gewesen waren.

„Die Freiheit ist wunderschön, Bianca. Daran gibt es überhaupt keinen Zweifel. Doch machen wir uns nichts vor. Es ist schwer, ins normale Leben zurückzukehren. Das, was wir Resozialisierung nennen, meistern die einen mühelos, die anderen zerbrechen daran. Sie werden zu den Ersteren gehören, Bianca, ganz bestimmt.“

Nein, in diesen einfühlsamen Gesprächen hatte sie nicht ein einziges Mal den Eindruck gehabt, mit „blöden Sprüchen“ abgefertigt zu werden. Beim Gedanken an die Gesprächsstunden verspürte sie sogar so etwas wie Heimweh. Sicher, es war der Beruf dieser Männer und Frauen, Tipps zu geben. Aber sie vermittelten dabei auch ein Gefühl der Geborgenheit. Na, jetzt sollten wir uns aber mal zusammenreißen, meldete sich eine andere innere Stimme, die sich stark nach Nadine anhörte. Oder kriegen wir jetzt unsere sentimentalen fünf Minuten?

Bianca musste lächeln. Gute, liebe Nadine! Ach, sie vermisste sie schon jetzt, und das, obwohl der erste Tag „draußen“ noch nicht mal zu Ende war.

Sie straffte die Schultern, als würde Nadine neben ihr stehen und ihr einen gut gemeinten Stoß mit dem

Ellenbogen versetzen. Es war an der Zeit, sich in der Wirklichkeit zurechtzufinden und nicht durch die Gegend zu stolpern wie ein blindes Huhn. So ähnlich hätte Nadine es wohl ausgedrückt.

Bianca sah sich erneut suchend um. Katy war vielleicht schon irgendwo im Gedränge und hielt nach ihr Ausschau. Es gab also überhaupt keinen Grund, in Panik zu geraten. Bianca beruhigte sich. Wenn der Bahnsteig erst einmal leer war, konnte man sich gar nicht mehr verfehlen.

An den schwesterlichen Gefühlen für ihre Cousine hatte sich auch dadurch nichts geändert, dass Katy sie nur ein einziges Mal im Gefängnis besucht hatte, damals, ganz zu Anfang der Haftzeit. Danach hatte sie sich weder blicken lassen noch angerufen, vom Briefeschreiben ganz zu schweigen. Bianca nahm es ihr nicht übel. Ganz abgesehen von dem Existenzkampf, in dem Katy Tag für Tag hatte bestehen müssen, war so eine Strafanstalt nun einmal ein schrecklicher Ort. Da konnte ein zart besaiteter Mensch durchaus klaustrophobische Zustände bekommen.

Katy – zart besaitet?

Bianca musste schmunzeln. Früher hatte ihre Cousine sich nicht gerade durch ein Übermaß an Sensibilität ausgezeichnet. Aber vielleicht hatte sie sich ja verändert. Zumindest war nicht auszuschließen, dass sie im Laufe der Jahre ein wenig mehr Feingefühl entwickelt hatte. Äußerlich hatte sie sich ganz bestimmt verändert. Allein eine neue Frisur machte ja schon eine Menge aus. Und dann erst die Kleidung. Katy hatte sich früher immer nach dem letzten Schrei gekleidet – soweit es ihr Geldbeutel zugelassen hatte. Boutiquen und Schuhgeschäfte waren ihre bevorzugten Aufenthaltsorte gewesen, für topaktuelle, schicke Sachen hatte sie ihr letztes Geld gegeben.

Bianca rechnete also damit, dass sie ihre Cousine womöglich nicht auf Anhieb wieder erkennen würde. Umgekehrt konnte es durchaus genauso sein. Vier Jahre waren nun mal eine lange Zeit, wenn man keinen Kontakt hatte. Allerdings, als Katy vor ungefähr einem Monat das erste Mal angerufen hatte, war es Bianca so vorgekommen, als wäre kaum ein Tag seit ihrem letzten Gespräch vergangen. Am Telefon hatte Katys Stimme genauso geklungen wie früher, und das alte schwesterliche Verhältnis war sofort wieder erwacht. Danach hatten sie öfter miteinander telefoniert, und voller Eifer und Vorfreude hatten sie ihre gemeinsamen Zukunftspläne besprochen.

Bianca war ihrer Cousine unendlich dankbar dafür, dass sie sie bei sich aufnehmen wollte, um ihr einen sicheren Start in die Zukunft zu ermöglichen. Und das war nun keineswegs selbstverständlich. Im Grunde ihres Herzens schämte Bianca sich Katy gegenüber sogar für die Tat, die sie zwar nicht begangen hatte, für die sie aber verurteilt worden war. Katy musste ja eigentlich davon ausgehen, dass ihre Cousine ein schweres Verbrechen begangen hatte. Ein Kapitalverbrechen nannte man das.

So gesehen war es sehr großherzig, ja sogar äußerst edelmütig von Katy, über all das hinwegzusehen. Unterschwellig musste es dennoch vorhanden sein.

Und wenn die Alltagsbelastungen erst einmal richtig einsetzten, konnte so eine Wohngemeinschaft durchaus zur Nervenbelastung werden – auch durch Ereignisse, auf die sie beide keinen Einfluss hatten.

Wer sagte denn, dass Biancas Vorgeschichte nicht durch einen dummen Zufall herauskam? Wie würden Vermieter und Nachbarn darauf reagieren, wenn sie erfuhren, dass die Katy Neubauer eine Vorbestrafte bei sich aufgenommen hatte?

Und wenn sie dann noch herausfanden, dass diese Vorbestrafte wegen Brandstiftung mit Todesfolge verurteilt worden war – großer Gott! Dann konnte leicht Panik ausbrechen. Die Leute würden im schlimmsten Fall sogar befürchten, dass Katys neue Mitbewohnerin ihnen das Haus ansteckte.

Du lieber Himmel, dachte Bianca, wenn du so weitermachst, wirst du nicht mal den ersten Tag in Freiheit ohne Depressionen überleben.

Mit den negativen Gedanken musste Schluss sein. Und zwar sofort. Sie konzentrierte sich auf die Umgebung, versuchte, die Einzelheiten bewusst in sich aufzunehmen. Was gar nicht mal leicht war. Doch es half ein wenig, ihre Aufgeregtheit zu dämpfen. Dafür machten sich andere Sinnesregungen bemerkbar.

Ein Wechselbad der Gefühle nannte man es wohl, was sie gerade durchmachte.

Gewiss, alles um sie herum war Wirklichkeit. Aber dennoch hatte sie das Gefühl, zu träumen. Sie war benommen, wie in Trance. Zwar war sie an ihrem Ziel angekommen, und dennoch konnte sie es nicht glauben. Ganz langsam fand sie sich damit ab, wohl noch eine ganze Weile auf dem Bahnsteig warten zu müssen. Die Menschen um sie herum redeten laut, riefen sich Grüße zu und fielen sich in die Arme. Die meisten aber eilten stumm und zielstrebig dem Ausgang entgegen.

Es roch nach Eisenbahn. In der Luft lag dieser typische Bahnhofsgeruch. War es dieser stumpfe graubraune Belag auf dem Schotter des Gleisbetts? War es der Stahlabrieb der Schienen mit ihrer spiegelblanken Oberfläche? Oder war es das Schmieröl, von dem wohl auch das Räderwerk der Züge immer ein paar Tropfen verlor? Aber es handelte sich vermutlich eher um eine Mischung aus allem.

Heiko, ihr jüngerer Bruder, hätte ihr die Frage meisterhaft beantworten können. Mit wissenschaftlichem Eifer hätte er das Internet durchforstet und ihr dann stolz und freudestrahlend präsentiert, was er unter dem Suchwort „Bahnhofsgeruch“ alles gefunden hatte.

Heiko …

Wärme und ein Anflug von Sehnsucht erfüllten Bianca bei dem Gedanken an ihren kleinen Bruder, der inzwischen immerhin schon achtzehn war. Der Schock über den Tod ihres Vaters hatte ihn damals schwer getroffen – so schwer, dass er den Kopf verloren hatte und weggelaufen war. Aber trotz seines jugendlichen Alters hatte er sich offenbar in der Fremde zurechtgefunden, heute war die weite Welt sein Zuhause.

Zumindest wusste Bianca, dass es ihm gut ging. Denn er schickte Ansichtskarten – mal aus Ägypten, mal aus Indien und dann unvermittelt aus einem so nahen Land wie Spanien. Doch die Hoffnung, dass das dann seine Heimkehr bedeutete, hatte Bianca jedes Mal wieder begraben müssen. Immer wenn sie gedacht hatte, ihn an einem der nächsten Tage im Besucherraum des Gefängnisses zu sehen, war stattdessen eine neue Postkarte gekommen – vom anderen Ende der Welt, aus Feuerland oder aus Alaska.

Das Allerwichtigste aber war, dass ihr Bruder nie an ihrer Unschuld gezweifelt hatte. Seine Trauer um den Vater hätte das Gegenteil bewirken können – er hätte ihr bittere Vorwürfe machen oder gar jeglichen Kontakt zu ihr abbrechen können, weil er sie für eine Mörderin hielt. Bianca war unendlich froh, dass Heiko an sie glaubte. Er wusste, dass jemand ihr die Schuld in die Schuhe geschoben hatte. Nichts wünschte sie sich mehr, als ihn an ihrer Seite zu wissen, wenn die Zeit reif war, den wahren Täter zu entlarven.

Der schrille Ton einer Trillerpfeife riss Bianca aus ihren Gedanken. Türen wurden zugeschlagen, dann setzte sich der Zug fast geräuschlos in Bewegung. Während er Fahrt gewann, wurde das Rollen der Räder hörbar, doch schon bald war es wieder verklungen. Kleiner werdend schlängelte sich der Zug durch das Schienengewirr des Bahnhofs und verschwand gleich darauf zwischen dem Grün der Baumreihen und Buschhecken.

Noch intensiver als der Geruch von Schotter und Schienen waren die Empfindungen und Erinnerungen, die Bianca mit Bahnhöfen verband. Hier lagen Schmerz und Glück so unmittelbar nebeneinander, Abschied und Wiedersehen.

Auch Heikos erste Klassenfahrt hatte auf dem Bahnhof begonnen. Als Neunjähriger zum ersten Mal das Elternhaus zu verlassen, war für ihn damals wohl das einschneidendste Ereignis seines jungen Lebens gewesen. Bianca erinnerte sich noch genau daran, wie Leid er ihr getan hatte. Einerseits freute er sich riesig darauf, zum ersten Mal das Meer zu sehen. Und Krabbenkutter! Schon Wochen vorher hatte sein Gesicht begeistert geleuchtet, wenn er zu Hause in allen Einzelheiten beschrieb, wodurch sich ein Krabbenkutter von einem Fischkutter unterschied.

„Wenn du da oben an der Küste ankommst", sagte Omi Ursula damals zu ihm, „dann zeigst du den Krabbenkutterkapitänen, wo's langgeht."

Heiko strahlte vor Stolz, doch schon in der nächsten Minute flossen wieder Tränen, weil er sich vorstellte, wie viele Tage und Nächte er von seiner Familie und seinem Zuhause getrennt sein würde.

Bianca nahm sich an diesem Tag frei, um ihn zusammen mit ihrem Bruder zu verbringen. Katy hatte dafür überhaupt kein Verständnis.

„So ein Quatsch", erklärte sie mit einem befremdeten Kopfschütteln. „Ihr bemuttert ihn ja gleich doppelt. Der Junge muss doch selbstständig werden. Dafür *macht* die Schule doch solche Fahrten."

Die Zeit hatte Katy eines Besseren belehrt, schließlich bereiste Heiko inzwischen den ganzen Erdball. Und Bianca war überzeugt, dass er so selbstständig und selbstbewusst war, wie es sich für einen ganzen Kerl gehörte.

Inzwischen stand Bianca ganz allein unter dem Dach des Bahnsteigs. So weit sie auch blickte, es war keine Menschenseele mehr zu sehen. Keine Schritte, keine Stimmen, einfach nichts.

Nun wurde ihr doch richtig mulmig zumute.

Was, wenn Katy es sich anders überlegt hatte, gewissermaßen in letzter Sekunde? Hatte sie womöglich einen Freund? Einen, mit dem sie erst gestern Abend übereingekommen war, zusammenzuziehen? In dem Fall war dann für sie natürlich kein Platz mehr in Katys neuer Wohnung.

Schluss damit, rief Bianca sich innerlich zur Ordnung. Wenn du noch länger hier herumstehst, machst du ja das reinste Monster aus deiner Cousine. So schlimm war Katy nun wirklich nicht. Auch für Heiko hatte sie im Grunde ihres Herzens immer nur das Beste gewollt, selbst dann, wenn es sich hart und unnachgiebig angehört hatte.

Im Übrigen konnte man sich auf Katy verlassen, auch wenn es manchmal nicht danach aussah. Unter dem Strich hielt sie stets, was sie versprach. Bisweilen vielleicht mit kleinen Verzögerungen, so wie jetzt, aber letztlich hatte noch immer alles geklappt.

Abgesehen davon war Katy auch fremd in dieser Stadt. Deshalb traf es sich ja auch so gut, dass sie eine Cousine hatte, die ebenfalls neu anfangen wollte. Gemeinsam waren sie stark, gemeinsam würden sie es schaffen. „Auf in eine neue Zukunft, Cousinchen!" hatte Katy noch beim letzten Telefongespräch gerufen.

Nein, nein, so ernst konnte eine neue Männerbekanntschaft in der kurzen Zeit nicht werden, dass Katy dafür alle Pläne und Versprechungen über Bord warf.

Bianca versuchte, ruhig zu bleiben. Schließlich

war diese Unsicherheit absolut normal. Du liebe Güte, dies war ihr erster Tag in Freiheit! Alles in allem hielt sie sich doch recht tapfer; sie hatte ja nicht mal weiche Knie.

Plötzlich hörte sie Schritte.

Bianca wandte den Kopf nach rechts, wo sich einer der Tunnel befand, die unter den Gleisen entlang zum Ausgang führten. Die Schritte näherten sich rasch. Es waren die eiligen Schritte einer Frau, da gab es keinen Zweifel.

Biancas Herz klopfte. Ein Wiedersehen nach all den langen Jahren, das war schon ein bewegendes Ereignis.

Und auf einmal war sie da – zuerst sah Bianca ihr Gesicht, wie sie Stufe um Stufe die Treppe heraufkam. Sie war kein bisschen älter geworden, und obwohl sie tatsächlich eine neue Frisur hatte, erkannte Bianca ihre Cousine sofort.

Schlank und sportlich wie eh und je. Ihre Kleidung – Rock und Bluse – war von dieser schlichten, aber raffinierten Eleganz, die Bianca von den jungen Frauen in den Fernseh-Werbespots kannte. Beinahe hätte sie losgekichert. Sie erinnerte sich daran, wie Katy früher eine bunte Packung hochgehalten hatte, ein Zahnpastalächeln aufgesetzt und gerufen hatte: ‚An meine Zähne lasse ich nur Wasser und Schuhcreme!'.

Ach, wie oft hatten sie herumgealbert, in dieser

behüteten Zeit, unter dem zärtlichen Blick von Omi Ursula! Und wie immer im Leben hatten Glück und Kummer ziemlich dicht beieinander gelegen.

Im Gefängnis war es nicht anders gewesen.

Mit Nadine hatte sie genauso lachen können wie früher mit ihrer Cousine. Und während Katy auf sie zusteuerte, dachte sie an jene lange Nacht in der Zelle, als sie zum ersten Mal stundenlang mit Nadine geredet hatte.

3. KAPITEL

„Hey, Boss!“ rief Nadine. „Ich will mehr Geld!“

Sie ballte ihre schmale Hand zur Faust, als wollte sie ihrer Zellengefährtin einen Boxhieb versetzen, doch letztlich wurde nur ein sanfter Stubser gegen Biancas Schulter daraus.

„Schon wieder?“ rief Bianca und setzte eine strenge Vorgesetztenmiene auf. „Nun hören Sie mal, Frau Lehning, Sie haben doch erst vor einem halben Jahr eine Gehaltserhöhung bekommen.“

„Tatsächlich?“ staunte Nadine. Dann zuckte sie mit den Schultern und fügte schnippisch hinzu: „Na, dann eben nicht. Fragen kostet ja nichts.“

„Nur meine Zeit“, entgegnete Bianca tadelnd. „Und Zeit ist nun mal Geld.“

Sie hatte Nadine gerade eben erzählt, dass sie nach der Schule eine kaufmännische Lehre in der Firma ihres Vaters begonnen hatte – in dem Import- und Export-Handelshaus, das sie später einmal verantwortlich übernehmen sollte.

„Oh Mann!“ rief Nadine. „In welchem Film bin ich hier bloß?“ Sie verschlang die Hände ineinander und stützte das Kinn darauf. „Jetzt mal ehrlich: Was du mir gerade erzählst hast, hast du dir doch bloß ausgedacht, oder? Du willst mich ein bisschen aufmuntern, weil ich so elend aussehe.“

Sie musterte skeptisch die Gesichtszüge ihres Gegenübers – Bianca Berger, nach rund drei Jahren im Strafvollzug schon ein alter Hase, was das Leben hinter Gittern betraf. Sie dagegen, Nadine Lehning, war ein Neuzugang. Nach den beiden ersten Tagen als Zellengenossinnen hatten sie sich endlich ein Herz gefasst und begonnen, ernsthaft miteinander zu reden. Zuvor hatten sie nur Belanglosigkeiten ausgetauscht wie ‚Kann ich meine Zahnpasta hierhin stellen?' oder ‚Zeigst du mir nochmal, wie man die Bettdecke zusammenlegt, damit die Aufseherinnen keine Krise kriegen?'. Inzwischen hatten sie sich in der gemeinsamen Zelle schon ein wenig aneinander gewöhnt, und es hatte sich an diesem Abend wie selbstverständlich ergeben, dass sie noch lange am Tisch sitzen blieben.

„Du siehst nicht elend aus", antwortete Bianca.

„Klar doch", nuschelte Nadine und grinste sie über ihre scharf hervortretenden Handknöchel hinweg an. „Ich sehe aus wie das blühende Leben – fünf Jahre auf Droge und anschließend Entzug sind das ultimative Wellnessprogramm. Dann noch ein knackiges Gerichtsurteil obendrauf – zwei Jahre Knast ohne Bewährung für professionelles Dealen, Diebstähle, Einbrüche und BTM-Verstoß –, und man ist wunschlos glücklich. Logisch, dass man mir das ansehen *muss.*"

„BTM?" wiederholte Bianca. Trotz ihrer Jahre im Gefängnis kannte sie längst nicht alle Fachausdrücke.

„Betäubungsmittelgesetz. Bullen- und Rechtsverdreher-Sprache."

Bianca nickte. „Und hat man dir Unrecht getan?"

„Sehe ich so aus?"

„Nein, du hörst dich so an."

Zum ersten Mal war Nadine baff. Sie ließ die Arme sinken, sah Bianca mit großen, staunenden Augen an und bekam den Mund nicht wieder zu.

„Hey, Boss! Knallst du deinen Knechten die Klamotten immer so an den Kopf?"

Bianca lächelte mild. Sie schüttelte den Kopf.

„Ich habe keine Knechte, und ich bin auch kein Boss."

„Hast du aber gerade gesagt. Bianca Berger, künftige Inhaberin von … wie hieß der Laden noch mal? Berger & Sohn oder so?"

Bianca musste lachen.

„Nein, der Firmenname war ‚Hans Berger – Textilien – Import und Export'. Wenn schon, dann wäre Berger & Tochter korrekt."

„Aber du hast doch einen Bruder, denke ich. Oder habe ich das nicht richtig mitgekriegt?"

„Doch, schon. Nur war Heiko damals noch viel zu klein. Er ist zehn Jahre jünger als ich. Als ich Abitur gemacht habe, war er gerade mal neun."

„Abitur!" Nadine setzte eine ehrfurchtsvolle Miene auf. „Oh Mann, musst du schlau sein." Sie zwinkerte. „Da komme ich mir ja ganz klein und dumm vor."

„Du spinnst“, erwiderte Bianca. Im Gefängnis hatte sie gelernt, dass man mit knappen, deftigen Bemerkungen manchmal mehr Eindruck machen konnte als mit wohl gewählten Worten. „Du bist doch auch zur Schule gegangen, oder etwa nicht?“

„Eher selten“, gestand Nadine. „Aber für dich war ‚Schwänzen‘ bestimmt ein Fremdwort.“

„Ich erinnere mich dunkel, das Wort schon mal gehört zu haben.“ Bianca lächelte. „Und um es gleich vorwegzunehmen: Es hat mir nichts ausgemacht, Streberin genannt zu werden. Ich hatte ja ein festes Ziel vor Augen.“

„Klar.“ Nadine nickte. „Du wolltest Boss werden.“

Bianca schüttelte den Kopf, schwieg aber. Immerhin war Nadine ihre neue Zellengefährtin, und es war wichtig, dass sie gut miteinander auskamen.

„Also“, sagte sie daher. „Erstens existiert die Firma Berger nicht mehr. Das habe ich dir erzählt.“

„Ach, richtig, die Sache mit dem Feuer.“

„Und zweitens wäre ich niemals das geworden, was du dir unter einem Boss vorstellst. Ich hätte die Angestellten der Firma auch nicht als Knechte betrachtet, sondern als Mitarbeiter und Kollegen, ohne deren gute Arbeit der Laden gar nicht hätte laufen können.“

Nadine machte ein betrübtes Gesicht. Sie winkelte erneut die Arme an und stützte das Kinn auf.

„Tut mir Leid. Hab nicht richtig zugehört. Aber was kannst du von mir auch erwarten? Ich hab ja nicht mal den Hauptschulabschluss geschafft. Da dauert es mit dem Kapieren eben immer etwas länger."

„Unsinn", erwiderte Bianca. „Wir kennen uns zwar noch nicht lange, aber so viel weiß ich schon: Du hättest viel mehr erreichen können. Und du kannst es noch immer. Jetzt hast du die Gelegenheit dazu."

„Wie – jetzt?" Nadine schien nicht zu verstehen.

„Na hier, im Gefängnis."

„Ach, was! Soll ich mich anstrengen und die Beste im Tütenkleben werden?"

Bianca ließ sich nicht aus der Ruhe bringen. „Du könntest deinen Hauptschulabschluss nachholen."

„Hier? Im Knast?"

„Genau das."

„Und das geht?" Nadine blickte sie hoffnungsvoll an.

„Ja, allerdings. Du brauchst dich nur anzumelden, und schon geht es los."

„In zwei Jahren?" Die Hoffnung in Nadines Augen erlosch so schnell, wie sie aufgeflackert war. „Das schaffe ich nie. Das ist doch überhaupt nicht zu schaffen."

„Andere schaffen es."

„Klar, die Strebertypen." Nadines Stimme klang beinahe verächtlich. „Aber so einer bin ich nun mal nicht." Erschrocken hielt sie sich eine Hand vor den Mund. „Oh, entschuldige. Ich meinte natürlich nicht dich damit."

„Natürlich nicht", erwiderte Bianca ruhig. „Auf jeden Fall ist es eine gute Sache, im Gefängnis den Schulabschluss nachzuholen. Danach, wenn du rauskommst, hast du die Chance, einen Ausbildungsplatz zu bekommen. Und nach der Ausbildungszeit könntest du studieren. Oder einen höheren Schulabschluss machen. Du glaubst ja gar nicht, wie viele Möglichkeiten es gibt."

„Nicht für mich, fürchte ich." Nadine seufzte. „Wenn du die Schule durchgemacht hast, die ich hinter mir habe, dann brauchst du keine andere mehr."

Bianca furchte die Stirn. „Was für eine Schule war denn das?"

„Die Schule des Lebens." Nadine senkte ein wenig verschämt den Kopf. „Hab ich mal im Fernsehen gehört. Da sagte einer, das wäre die Schule des Lebens – so was, wie ich es mitgemacht habe."

„Ich glaube, der Betreffende hat Recht", sagte Bianca leise. „Das, was du in der Schule des Lebens gelernt hast, war bestimmt ziemlich hart. Aber ich wette, du hast auch gelernt, gute von schlechten und ehrliche von unaufrichtigen Ratschlägen zu unterscheiden."

„Das kannst du laut sagen." Nadine nickte heftig mit gerunzelter Stirn.

Bianca lächelte. „Dann bin ich mir sicher, dass du über meinen Rat nachdenken wirst."

Nadines Augen nahmen einen verträumten Ausdruck an. „Erzähl mir, wie das war!" verlangte sie plötzlich. „Nach dem Abitur, meine ich."

„Das könnte eine lange Geschichte werden", antwortete Bianca gerührt.

„Na und? Hast du heute Nacht noch was anderes vor? Wenn du lieber in die Disco willst, kannst du's ruhig sagen."

Sie lachten beide, und Bianca spürte, dass sich eine Freundschaft zu entwickeln begann – hier, in der Enge ihrer Zelle. Es kam ihr vor, als würde sie Nadine schon seit vielen Jahren kennen. Und deshalb bereitete es ihr auch Freude, von damals zu erzählen, als ihre Zukunft noch so rosig ausgesehen hatte …

Andächtig und gemächlichen Schrittes bewegte sich die Schar der Touristen durch den Palast. Der Fremdenführer erläuterte mit singendem skandinavischem Akzent seinem Publikum die Schätze des Königsschlosses.

„Hier, sehr verehrte Damen und Herren, sehen Sie ein Originalgemälde aus dem sechzehnten Jahrhundert. Es zeigt den damaligen Thronfolger Åke-Henrik den Dritten."

Bianca war in höchstem Maß verwundert, denn der fünf Jahrhunderte alte Thronfolger war das vollkommene Ebenbild des heutigen Kronprinzen. An dieser Ähnlichkeit bestand nicht der geringste Zweifel, schließlich konnte man sein Foto ständig an den Zeitungskiosken bewundern. Jede Woche war er auf mindestens einem Titelblatt der Regenbogenpresse abgebildet.

Nur die Kleidung war anders. Der Prinz auf dem riesigen Ölgemälde trug Stulpenstiefel zu den engen Beinkleidern und dem kostbar bestickten und mit goldenen Epauletten verzierten Offizierswams. Nun, in der damaligen Zeit hatten wohl alle jungen Männer von adligem Stand ein bisschen ausgesehen wie Sir Francis Drake, der große Seefahrer.

Bianca seufzte hingebungsvoll, als sie sich den heutigen Kronprinzen in der Kleidung von Sir Francis vorstellte.

Und plötzlich, noch bevor ihr Seufzer so recht verklungen war, geschah es – einfach so, als wäre es das Normalste der Welt.

Der Prinz trat aus dem Ölgemälde heraus.

Während er dies tat, verwandelte sich seine Seefahrerkluft in einen eleganten Nadelstreifenanzug. Anthrazitfarben oder schwarz, genau konnte Bianca das in der Aufregung nicht erkennen. Hinzu kam, dass das Sonnenlicht, das durch die riesigen Palastfenster fiel, sie stark blendete.

Wie eine Lichtgestalt schwebte der Märchenprinz auf sie zu. Das Lächeln, das seine edlen Gesichtszüge noch schöner machte als die auf den Illustrierten-Titelseiten, strahlte heller als all die Sonnenstrahlen, die den gebohnerten Parkettfußboden glänzen ließen.

„Bianca!“ rief der Prinz liebevoll und bewundernd. „Ach, meine geliebte Bianca. Endlich bist du da. Ich habe ja so lange auf dich gewartet.“

Begleitet von vielstimmig geraunten „Ohs!“ und „Ahs!“ der Zuschauer hielt der Prinz Bianca seine schlanke, feingliedrige Hand hin, die sie schmachtend ergriff. Er zog sie aus der Besuchergruppe, damit sie für alle Zeiten an seiner Seite blieb.

„Wir sind füreinander bestimmt“, sagte er.

„Ich weiß“, antwortete Bianca und erlaubte ihm, sie in den Bilderrahmen zu führen. Kein anderer Ort der Welt erschien ihr verheißungsvoller als dieser, wo sie in Öl gemalt ihren Platz einnehmen und ihren Traumprinzen über Jahrhunderte hinweg mit ihrem schönsten Lächeln anhimmeln würde.

„Mein Gott, bist du zu beneiden“, sagte eine Stimme aus der Zuschauerschar.

Bianca erkannte die Stimme.

Katy!

„Was machst du denn hier?“ fragte Bianca verärgert und merkte erst da, dass sie aufgewacht war. Die Sonnenstrahlen fielen durch das Fenster des Zimmers, das sie mit ihrer Cousine teilte, und das Bild an der Wand war das kolorierte Großfoto, das ihre Urgroßeltern zeigte.

„Ist doch wahr“, rief Katy. Sie lugte aus dem Badezimmer, dessen Tür sie vorsichtig geöffnet hatte. Als sie sah, dass Bianca wach war, kam sie herein. „Heute bin ich wirklich neidisch auf dich, Cousinchen. Du kannst schlafen bis in die Puppen – und das mitten in der Woche! Und unsereins hat wieder diesen elenden Job vor sich, den ganzen lieben Tag lang.“

Bianca rieb sich die Augen und blinzelte heftig in die Sonne.

„Welcher Job war das noch mal?“ fragte sie gähnend und setzte sich im Bett auf. „Ich meine, welcher ist gerade aktuell?“

„Mach dich ruhig über mich lustig.“ Katy hastete durchs Zimmer, um ihre Kleidungsstücke zusammenzusuchen und hineinzuschlüpfen. „Ich weiß, ich wechsle meine Arbeitsplätze wie andere Leute ihre Unterwäsche. Aber ich habe ja auch kein Abitur gemacht wie du. Deshalb muss ich heute auch wieder acht Stunden am Band stehen und bescheuerte Elektronikteile in bescheuerte Waschmaschinen stecken.“

„Ach, *der* Job.“ Bianca erinnerte sich. „Warte nur ab, bald findest du einen besseren.“

„Wie so oft, wolltest du wohl sagen. Im Suchen und Finden von neuen Anstellungen bin ich ja Meisterin. Das hast du doch gemeint, oder nicht?“

„Nein, habe ich nicht“, entgegnete Bianca. „Wenn man Abitur gemacht hat, heißt das nicht, dass man den Rest seines Lebens auf der faulen Haut rumliegen kann. Ich hatte nur gestern Abend Abi-Fete, falls dir das entfallen ist. Morgen fängt auch für mich der Ernst des Lebens an."

„Als Juniorchefin. Was soll daran denn ernst sein?" Katy schnappte ihre Tasche und hängte sie sich über die Schulter.

„Katy", rief Bianca mit leisem Vorwurf. „Du weißt genau, dass das so nicht stimmt. Ich fange morgen in Papas Firma eine ganz normale kaufmännische Lehre an. Die dauert drei Jahre, wie bei jedem anderen Auszubildenden auch. Und genau das ist meine Position. Ich bin Lehrling. Auszubildende. Nenne es, wie du willst."

Auf dem Weg zur Tür blieb Katy vor Biancas Bett stehen.

„Ganz schön blöd", sagte sie und grinste.

„Waaas?" Bianca sperrte den Mund auf.

„Ja, stimmt doch", bekräftigte Katy mit einem Nicken. „Du gönnst dir nach dem Abi gerade mal einen einzigen freien Tag, und dann fängst du schon die Maloche in der Firma an."

Bianca schüttelte verständnislos den Kopf.

„Eben hast du noch gesagt, ich wäre zu beneiden."

„Ja, sicher. Aber das bezog sich aufs Ausschlafen – heute. Gleich, wenn ich weg bin, kannst du dir doch noch mal eine ordentliche Runde Schlaf gönnen."

„Keine Ahnung, was du eigentlich sagen willst“, murmelte Bianca.

„Was ich sagen will?“ Katy lachte. „Menschenskind, Cousinchen, nimmst du am wirklichen Leben nicht teil? Hast du nie zugehört, was deine Mitschülerinnen so erzählen?“

„Doch, habe ich“, entgegnete Bianca trotzig. „Und welche wichtige Erkenntnis sollte mir dabei entgangen sein?“

„Zum Beispiel die, dass man erst mal eine Auszeit braucht. Mein Gott, hast du mal nachgerechnet, wie viele Jahre Schulstress du hinter dir hast?“

„Das ist nicht dein Ernst!“ Bianca sah sie verblüfft an.

„Na, und ob!“ konterte Katy. „Ich kenne auch ein paar Abiturientinnen. Und die waren fix und alle, als sie die Schule endlich hinter sich hatten. Die brauchten mindestens ein Jahr, um sich zu erholen. Und weißt du was?“ Katy hob den Zeigefinger. „Die hatten alle verständnisvolle Väter.“

„Was soll das nun wieder bedeuten?“ Bianca versteifte sich. Wenn etwas gegen ihren Papa ging, verstand sie keinen Spaß.

„Andere an deiner Stelle sehen sich ein Jahr lang die Welt an“, antwortete Katy. „Horizonterweiterung und Erholung zugleich, verstehst du? Das könntest du Onkel Hans auch rausleiern. Letzten Endes würde so ein Bildungsurlaub nicht nur deiner persönlichen beruflichen Laufbahn, sondern auch seiner geschätzten Firma zugute kommen."

Bianca zwang sich, nicht wütend zu werden.

„Ich verstehe", sagte sie. „Und weil die große weite Welt für eine junge Frau allein zu gefährlich ist, sollte ich dich zweckmäßigerweise mitnehmen."

„Cousinchen, du hast es erfasst!" schrie Katy begeistert. „Weißt du, für so eine Weltreise mit dir würde ich glatt meinen Job hinschmeißen!"

Nadine sah ihre neue Zellengefährtin eine Weile lang schweigend an.

„Was für ein Herzchen!" entfuhr es ihr dann. Dann zuckte sie entschuldigend mit den Schultern. „Oh, tut mir Leid. Sie ist ja deine Cousine."

„Macht nichts", erwiderte Bianca und lachte. „Ich meine, es macht mir überhaupt nichts aus, was du sagst. Du hast ja Recht. Weißt du, eigentlich ist Katy eine Seele von Mensch. Sie würde ihren letzten Cent für mich opfern, wenn sie mir damit helfen könnte."

„Wirklich?" Nadine zog die Augenbrauen zusammen. „Klingt ein bisschen unwahrscheinlich, ehrlich gesagt. Aber ich kenne dein Cousinchen ja kaum."

„Das Cousinchen bin ich."

„Ach! Du nennst sie nicht so?"

„Nein, das sagt Katy zu mir."

„Und wie nennst du sie?"

„Na, eben Katy."

Nadine schnalzte mit der Zunge und schüttelte den Kopf.

„Komisches Verhältnis, das ihr beide da habt."

„Da könntest du Recht haben." Bianca nickte. „Wir sind eher wie Schwestern. Das ist für Außenstehende nicht so leicht zu verstehen. Wie gesagt, sie ist ein herzensguter Mensch, nur …" Bianca suchte nach Worten.

„Manchmal ein bisschen berechnend?" half Nadine ihr aus.

„Mhm. So könnte man es wohl nennen. Aber auf eine liebenswürdige Weise berechnend."

Nadine musterte sie forschend. „Du siehst wohl nur das Gute in deiner Katy, was?"

„Ist das denn nicht normal?" fragte Bianca erstaunt.

Nadine schlug sich vor die Stirn. „Ich fasse es nicht!" rief sie. „Das kann doch nicht wahr sein! Das glaubst du doch nicht wirklich?" Sie beugte sich vor und sah Bianca an, als wären ihr auf einmal zwei Köpfe gewachsen. „Weißt du was? Wenn ich dir aus meinem viel kürzeren Leben erzählen wollte, würden mir auf Anhieb locker hundert Typen einfallen, die alle dermaßen von Grund auf schlecht sind, dass du vom Glauben abfällst – aber total!"

Bianca sah ihre neue Freundin betroffen an. Sie ahnte, dass Nadine das nicht einfach so dahersagte, um ihr zu widersprechen oder sich selbst interessant zu machen. Nein, aus ihr sprach eine Lebenserfahrung, die sich tief in ihr Bewusstsein gegraben hatte und an der manch anderer junger Mensch womöglich längst zerbrochen wäre.

„Ich verstehe, was du meinst“, sagte Bianca leise. „Ich bin vermutlich ein bisschen blauäugig.“

Nadine lachte. „Das bist du tatsächlich. Überhaupt keine Frage. Also, du bist wirklich blauäugig – und blauäugig im … im …“

„Im übertragenen Sinn“, half diesmal Bianca aus.

Nadine lächelte dankbar.

„Du hast dann keine Weltreise gemacht, vermute ich mal.“

Bianca schüttelte den Kopf und erwiderte das Lächeln ihrer Mitgefangenen. „Ich hätte es nicht mal gewagt, meinen Vater danach zu fragen.“

„Lief der Laden denn schlecht?“

„Nein, überhaupt nicht. Im Gegenteil. Es ging dem Unternehmen sehr gut, trotz der Konjunkturflaute, die damals auch schon herrschte.“

„Konjunkturflaute – heißt das, dass Firmen reihenweise Pleite gehen?“

„Nicht unbedingt“, antwortete Bianca. Damit Nadine sich jedoch nicht wie ein Dummchen fühlte, fügte sie hinzu: „Aber es hat schon ein bisschen damit zu tun.“

Nadine seufzte und fuhr sich über das kurze dunkle Haar. „Du brauchst nicht um den heißen Brei herumzureden, Bianca. Ich weiß, dass ich von ziemlich vielen Sachen null Ahnung habe. Also ... Textilien sind Klamotten, denke ich mal. Liege ich da wenigstens richtig?"

„Hundertprozentig", bestätigte Bianca. „Alles, was aus Stoffen hergestellt wird."

Nadine strahlte. „Na, wenigstens etwas. Aber bei Import und Export muss ich schon wieder passen."

„Das ist ganz einfach", erwiderte Bianca. „Import ist die Einfuhr von Waren aus dem Ausland, und Export ist das Gegenteil."

„Also kauft ihr Klamotten aus fremden Ländern und verkauft sie weiter in andere Länder."

„Das wäre Transithandel."

„Ach du liebe Güte!" Nadine seufzte. „Weißt du, das war schon früher so, wenn ich gelegentlich mal in der Schule war." Sie zwinkerte. „Je tiefer man in eine Sache einsteigt, desto komplizierter wird sie. Und je komplizierter etwas ist, desto weniger kapiere ich's."

„Das glaube ich einfach nicht. Du würdest auch die komplizierten Sachen kapieren. Es ist dir nur zu anstrengend, dich damit zu befassen – ich meine, so gründlich, *dass* du's begreifst."

Nadine starrte sie an. „Meinst du wirklich?" hauchte sie.

„Du weißt, dass ich Recht habe", sagte Bianca.

Nadine schluckte. Dann nickte sie. „Ich fürchte, es war so – es *ist* so, wie du sagst."

„Na also." Bianca hob die Hände. „Dann brauchst du es nur noch zu ändern. Und schon bist du deinem Ziel einen Riesenschritt näher."

„Welchem Ziel?"

Bianca lachte leise. Es wunderte sie nicht, dass Nadine das Ziel, den Schulabschluss nachzuholen, nicht sofort als ihres anerkannte. Vor allem war es aber wohl die damit verbundene Arbeit, gegen die sie sich innerlich noch auflehnte. Wenn sie erst einmal begriffen hatte, wie viel Spaß das Lernen machen konnte, dann würde sie sich bestimmt mit aller Energie darauf stürzen.

„Du weißt, wovon ich rede", sagte Bianca nur.

„Klar", antwortete Nadine. „Aber bei dir war es ja auch was anderes."

„Wieso?"

„Na, es war doch deine Firma, in die du eingestiegen bist. Ich meine, die Firma, die mal deine eigene werden sollte. In so einem Fall ist es doch nicht ganz so anstrengend."

Bianca musste schmunzeln. „Du meinst, es fällt einem alles einfach in den Schoß?"

„Na ja, vielleicht nicht direkt, aber ..."

„Ein bisschen meinst du es schon so, nicht wahr?"

„Ich kann es natürlich nicht beurteilen", gab Nadine zu. „Aber man sagt ja, wenn einer eine Firma erbt, dann hat er ausgesorgt."

„Ein schwerer Irrtum", erwiderte Bianca. „Sicherlich gibt es Söhne und Töchter, die so denken. Aber die stehen dann auch schon mit einem Bein in der Pleite."

„Warum?"

„Das kann verschiedene Gründe haben. Von einem Firmeninhaber ist ständige Arbeit gefordert, wenn das Unternehmen weiter erfolgreich laufen soll. Aber jemand, der sich auf die faule Haut legt und für private Zwecke mehr Geld aus dem Betrieb zieht als hereinkommt – tja, der ist in kürzester Zeit verloren."

„Klingt kompliziert", sagte Nadine und zog die Lippen zwischen die Zähne.

„Ist es aber nicht", entgegnete Bianca. „Man muss fleißig sein, das ist das ganze Geheimnis. Das gilt aber für alles im Leben. Mein Vater zum Beispiel hat die Firma von seinem Vater – meinem Opa – geerbt. Und der hat sie wiederum von seinem Vater geerbt."

„Deinem Uropa."

„Richtig. Der hieß übrigens auch Hans; deshalb stimmte der Firmenname auch bei meinem Papa noch."

„Und dein Uropa? War der der Gründer?"

„Ja, das war er", bestätigte Bianca. „1922 hat er die Firma ins Handelsregister eintragen lassen. Sogar im Zweiten Weltkrieg hat er das Geschäft noch weiter geführt, obwohl er es schon an meinen Opa übergeben hatte. Der musste an die Front, als Soldat."

„Aber er ist gesund nach Hause gekommen, nehme ich an."

„Schwer verwundet", antwortete Bianca. „Doch zum Glück konnte er die Firma neu aufbauen und dann, Anfang der Siebzigerjahre, an meinen Vater übergeben. Und mit der Geschäftsentwicklung ging es weiter bergauf. Zuletzt hatten wir uns auf den Import von feinstem Tuch für Herrenanzüge spezialisiert. Das haben wir in Deutschland weiterverkauft. Wir hatten aber auch Schneiderbetriebe unter Vertrag, die in unserem Auftrag und unter unserem Namen Konfektionsware herstellten."

„Anzüge?"

„Ja. Die haben wir dann in andere Länder exportiert. Wir haben auch Kleider importiert. Der Importbereich war in der letzten Zeit sogar immer stärker geworden – vor allem, was Ware aus Fernost anging."

„Toll", murmelte Nadine. „Du hörst dich ganz so an, als ob du in deinem Fach Spitze warst. Muss dich ziemlich hart getroffen haben, als dann plötzlich alles vorbei war. Ich meine … alles zusammen."

Bianca berührte Nadines Arm. „Ich weiß, was du meinst", sagte sie leise. „Es stimmt. Ich war am Ende, als ich ins Gefängnis kam. Der Tod meines Vaters, der Verlust der Firma und dann noch meine Verurteilung …" Sie konnte nicht weitersprechen. Ihr Hals war wie zugeschnürt.

Nadine streichelte Biancas Hand.

„Aber du hast dich wieder aufgerappelt", stellte sie fest. „Und zwar ganz hervorragend. Das ist nicht zu übersehen."

„In der ersten Zeit war es sehr schwer", flüsterte Bianca. „Aber dann bekam ich Arbeit in der Gefängnisverwaltung. Einfache Registraturarbeiten. Sachen, die ich im ersten Lehrjahr gemacht hatte. Aber das hat mir sehr geholfen. Ich hatte wieder eine Aufgabe, verstehst du?"

Nadine senkte den Kopf und hob ihn nach einem Moment, um Biancas Blick zu erwidern.

„Ich fange gerade erst an, zu verstehen", erwiderte sie kaum vernehmlich. „Aber ich glaube, wenn du so weitermachst, werde ich bald eine ganze Menge kapieren."

4. KAPITEL

Bianca glaubte es nicht. Da stand sie nun in dieser Umkleidekabine und probierte Badeanzüge an. Keinen Bikini, um Himmels Willen. Das fand sie dann doch etwas zu gewagt, obwohl Katy bestimmt nur den Kopf geschüttelt und sich über sie lustig gemacht hätte. Egal, ein schlichter blauer Einteiler war für ihren Geschmack schon gewagt genug. Zu mehr konnte sie sich einfach nicht durchringen. Das fiel in Katys Zuständigkeitsbereich.

Die letzten Jahre hatten ihre Beziehung nicht verändert. Auf dem Papier waren sie nur Cousinen, doch nach wie vor fühlten sie sich wie Schwestern. Zumindest in dem Punkt hatten die vier Jahre ihrer Abgeschiedenheit von der Welt keinerlei negative Auswirkungen gehabt.

Bianca war unendlich dankbar dafür, dass Katy sie gestern, gleich nach der Haftentlassung, bei sich aufgenommen hatte. Die gemeinsame Wohnung, davon war Bianca überzeugt, war nur ein viel versprechender Anfang. Denn gemeinsam würden sie einen Job finden, ganz bestimmt. Zwar hatte es nicht auf Anhieb so geklappt, wie Katy es sich vorgestellt hatte, aber deshalb musste man die Flinte nicht gleich ins Korn werfen.

Doch erst einmal galt es, das herrliche Sommerwetter auszunutzen. Mit Katy an der Seite war das die selbstverständlichste Sache der Welt, doch Bianca konnte es in der Tat noch immer nicht glauben. Die vorletzte Nacht hatte sie noch in der Gefängniszelle verbracht und stundenlange Gespräche mit Nadine geführt. Und jetzt war sie hier und probierte Badeanzüge an. Was, in aller Welt, würde morgen sein, wenn diese atemberaubende Entwicklung so weiterging?

In der Nachbarkabine veranstaltete Katy ihre private kleine Bikini-Party. Sie probierte Unmengen von engen Teilchen an und steigerte sich in einen regelrechten Rausch. Zu guter Letzt entschied sie sich für einen Hauch von Stoff. Allerdings, das musste man neidlos anerkennen, hatte Katy eine derart perfekte Figur, dass sie sich durchaus leisten konnte, einen solchen Bikini zu tragen.

Katy bewegte sich in diesem hocheleganten Laden zudem mit einer Selbstsicherheit, die Bianca nur bewundern konnte. Weniger bewundernswert fand sie allerdings die Herablassung, mit der Katy die Verkäuferinnen behandelte. Frauen, die in ihren ungemein vornehmen und topmodischen Kostümen aussahen, als wären sie nur mal eben auf einen Sprung aus dem Grand Hotel herübergekommen, wo sie mit ihren millionenschweren Ehemännern die teuersten Luxus-Suiten bewohnten. Katy aber hatte die noble Bikini-Verkäuferin ungeniert nach ihrer Pfeife tanzen und sich immer wieder neue Modelle in die Kabine bringen lassen. „Diesen bitte eine Nummer kleiner. Und der hier, einfach entzückend. Aber eine Nummer kleiner müsste er ebenfalls sein. Sind Sie so lieb?"

Bianca wählte aus den drei Einteilern, der vorgeschriebenen Höchstzahl, die sie mit in die Kabine genommen hatte. Sie hätte sich nicht getraut, mehr zu verlangen. Überhaupt – Kabine war gar kein Ausdruck. Ein echter kleiner Spiegelpalast von drei Quadratmetern war das, mit Velours-Teppichboden, in dem man bis zu den Knöcheln versank, und mit einer gepolsterten Sitzbank, auf der man sich zwischendurch ausruhen konnte, wenn man von all der Anprobiererei erschöpft war.

Bianca fühlte sich wie eine Schlafwandlerin – wie von einem Hypnotiseur in Trance versetzt und hinausgeschickt in eine fremde Umgebung.

Richtig angekommen war sie nämlich noch immer nicht. Die Welt, in die sie zurückgekehrt war, gab ihr beileibe noch nicht das Gefühl, zu Hause zu sein. Nach wie vor war es „die Welt da draußen", und die hatte sie sich im Gefängnis seltsamerweise anders vorgestellt – nicht so laut und nicht so turbulent, vor allem aber nicht so anders. Die Menschen, ja, vor allem die Menschen hatten sich verändert. Sie bewegten sich schneller, sie sprachen schneller und waren überhaupt viel, viel moderner geworden.

Außerdem wirkten sie alle so ungeheuer überlegen; mit ihrer Welt gingen sie so locker und routiniert um, als wollten sie sagen: ‚Sieh mal, Bianca, was du alles verlernt hast in den Jahren deiner Abwesenheit. Tu, was du willst, aber mithalten kannst du nicht mehr. Bei deinem Nachholbedarf ist das einfach nicht mehr drin.‘

Bianca konnte es kaum fassen. Da zwitscherten und flöteten die unglaublichsten Handy-Melodien, da fotografierten Leute mit ihren Handys und sagten anschließend zu ihrem Gesprächspartner: „Hast du gesehen? Hier bin ich gerade. Toll, was?“

Und dann die Kameras! Das Fotografieren hatte ja fast die Ausmaße des Handy-Fiebers angenommen. Wenn man kein Foto-Handy hatte, dann besaß man aber mindestens eine Digitalkamera, mit der man ständig Schnappschüsse machte, wo man auch ging und stand. Das habe damals, vor vier Jahren, noch alles in den Kinderschuhen gesteckt, hatte Katy erklärt, und es hatte mitleidig geklungen – so, als hätte sie sagen wollen: „Tja, da hast du nun mal eine Menge verpasst in den letzten vier Jahren.“

Gerade mal dreißig Stunden waren seit ihrer Entlassung vergangen. Den ersten Tag hatte sie größtenteils im Zug verbracht, und heute, am zweiten Tag in Freiheit, stürzte das pralle Leben mit voller Wucht auf sie ein. Nicht nur einmal hatte sie geglaubt, dass ihr schwindlig werden würde, dass dies alles eine Umdrehung zu viel für sie war.

„Weißt du", hatte Nadine zum Abschied gesagt. „Die ersten Tage denkst du bestimmt, du bist im falschen Film. Aber das gibt sich. Der Mensch ist schließlich ein Gewohnheitstier."

„Tu nicht so schlau", hatte Bianca geantwortet. „Woher hast du denn diese Weisheit schon wieder?"

Nadine sah sie todernst an. „Ich habe mal einer gewissen Szene angehört, hast du das vergessen? Und da gab es immer wieder Leute, die gerade rausgekommen waren. Ich sag dir, wenn die frisch draußen waren, sind die herumgelaufen wie Falschgeld. Alle!"

Bianca hatte sich für ihr mangelndes Einfühlungsvermögen entschuldigt, und dann hatten sie gelacht und geweint und sich zum Abschied in den Armen gelegen.

Welch ein Glück war es doch, dass sie Katy hatte!

Das kam Bianca in den Sinn, als sie gemeinsam mit ihrer Cousine der Verkäuferin zur Kasse folgte.

Nicht auszudenken, wenn sie ganz allein vor dem Neuanfang gestanden hätte! Hilflos wäre sie umhergeirrt. Schade nur, dass aus dem Job, den Katy eigentlich schon für sie beide gefunden hatte, nun doch nichts geworden war.

Zwei Arbeitsplätze in einem Gartenrestaurant hatten es sein sollen, zumindest für die Dauer der Sommersaison. Bianca hatte sich riesig darauf gefreut. Den ganzen Tag an der frischen Luft sein zu können, nette Menschen kennen zu lernen und freundliche Worte zu wechseln – ja, das wäre wunderschön gewesen. Nur war Katy wohl ein bisschen zu optimistisch gewesen. Sie hatte von dem Restaurantinhaber noch keine wirklich feste Zusage gehabt. Aber Bianca nahm es ihr nicht übel. Sicher hatte Katy ihrer armen Cousine nach vier Jahren Gefängnis einfach nur Hoffnung machen wollen, Hoffnung auf den Beginn eines besseren Lebens. Wie lieb von ihr.

Es werde sich schon etwas anderes finden, hatte Katy sie getröstet, und nach Biancas Eindruck hatte sie es keineswegs nur so dahergeredet. Ein wenig Geld zu verdienen war für Bianca vor allem deshalb wichtig, weil sie ihr Fernstudium der Betriebswirtschaftslehre zu Ende bringen wollte, das sie im Gefängnis begonnen hatte. Dieses Studium bedeutete ihr sehr viel, denn es war ein Teil ihres Weges in eine bessere Zukunft.

Katy hatte sich aufrichtig gefreut, ihre Cousine wiederzusehen gestern auf dem Bahnhof. Nach der anfänglichen Beklommenheit, die nach einer so langen Zeit ja durchaus erklärlich gewesen war, hatten sie sich herzlich umarmt. Und dann, als sie sich gegenüberstanden und mit vorsichtiger Neugier musterten, war nicht nur die Vergangenheit auf Bianca eingestürmt. Sie hatte sich wie eine graue Maus gefühlt. Kein Wunder. Sie hatte einfach unmöglich ausgesehen in ihrem alten Rock und der unförmigen

Bluse. Und ihre Frisur, na ja, die sah eher nach zehn Jahren Strafkolonie in einem fernen Dschungel aus.

Katys schlichter Rock und das T-Shirt wirkten dagegen so raffiniert, dass Bianca sich wie ein hässliches Entlein vorkam. Nun, Katy hatte schon immer Ausstrahlung gehabt. Nachdem sie auf dem Bahnhof ein paar Sätze gewechselt hatten, prophezeite ihr Katy, dass Bianca sich mit ein paar coolen Klamotten gleich viel besser fühlen würde.

Und das stimmte. Für den Anfang hatte Katy ihr eines ihrer Sommerkleider und ein paar Sandalen geschenkt, und tatsächlich hatte Bianca sich sofort wie ein neuer Mensch gefühlt. In dem Zimmer, das sie nun in Katys Souterrainwohnung ihr Eigen nennen durfte, war der Anprobe sogleich das erforderliche Hairstyling gefolgt. „Aus deinem Typ lässt sich was machen“, hatte Katy behauptet. „Und dein Haar ist ganz toll, so schön seidig und dabei gar nicht mal zu dünn.“ Daraufhin hatte sie mit geschickten Händen, ohne großen Aufwand, Biancas Haare in eine modische Frisur verwandelt, mit der man sie auf die Menschheit loslassen konnte, wie sie es ausdrückte.

Bianca war unendlich froh, ihr neues Leben mit Katys Hilfe beginnen zu können. Sie hatte ihrer Cousine immer wieder gesagt, wie dankbar sie dafür war, bei ihr einziehen zu dürfen. Katy hatte darauf bestanden, dass es ab sofort ihre gemeinsame Wohnung sei. Eine Geste, über die Bianca sich sehr freute. Zwar fehlte noch einiges an der Einrichtung, aber mit vereinten Kräften – davon waren sie beide überzeugt – würden sie ganz schnell ein schnuckeliges, heimeliges Zuhause daraus machen.

Bianca beobachtete, wie die Verkäuferin die Badeanzüge in eine Plastiktüte steckte und den Kassenzettel aus dem Druckerschlitz zog.

Plötzlich zupfte jemand am Ärmel ihrer Bluse. Bianca drehte sich erstaunt um. Außer Katy war ja niemand in der Nähe. Eine merkwürdige Veränderung war mit Katy vorgegangen. Die selbstbewusste Frau von eben hatte sich in ein beinahe verlegenes kleines Mädchen verwandelt.

„Es ist mir ja so peinlich!“ hauchte sie.

„Was?“ erwiderte Bianca ebenso leise. „Willst du doch lieber den anderen Bikini?“

Die Verkäuferin blickte abwartend herüber. Den Kassenzettel hatte sie bereits auf den Tresen gelegt, die Tüte dagegen hielt sie noch in der Hand.

„Nein“, flüsterte Katy. „Aber es ist so … also, ich … ich habe nicht genug Geld dabei.“

„Ach so!“ Bianca entspannte sich und lächelte. „Kein Problem. Ich bezahle das schon.“ Am Tag vor der Entlassung hatte man ihr den Lohn für die Arbeit in der Gefängnisbücherei ausgezahlt. Große Sprünge konnte sie damit nicht machen, aber es reichte, um erst einmal über die Runden zu kommen.

„Du bekommst das Geld natürlich wieder“, entgegnete Katy rasch, und sie senkte den Blick dabei.

„Unsinn.“ Bianca schüttelte den Kopf. Es tat ihr in der Seele weh, ihre Cousine so beschämt sehen zu müssen. „Ich schenke dir den Bikini. Quasi als mein Einzugsgeschenk.“

Katy strahlte. „Du bist ein Engel!“ rief sie, schlang überschwänglich einen Arm um Biancas Schulter und drückte ihr einen Kuss auf die Wange.

Die Verkäuferin wartete noch einen Moment, dann übergab sie Bianca den Bon und sagte: „Das macht dann genau hundertzehn Euro.“

Bianca bezahlte mit den kleinen Scheinen, die sie im Gefängnis bekommen hatte. Zwar hatte sie sich dort schon an die neue Währung gewöhnen können, doch in Freiheit damit zu bezahlen, war eine völlig andere Sache – irgendwie, als ob sie im Ausland wäre und mit der Landeswährung bezahlte.

Auf dem Nachhauseweg war sie versucht, Katy wegen der Geldgeschichte anzusprechen. Sie wollte wissen, ob ihre Cousine finanzielle Probleme hatte oder nur einen vorübergehenden Engpass. Am Ende würde Bianca womöglich zu einer Belastung werden, wenn sie nicht bald Geld verdiente und zur Miete und zum gemeinsamen Haushalt beitrug.

Doch sie schwieg, weil sie Katy und sich selbst den schönen Sommertag nicht verderben wollte.

Dass Geld für ihre Cousine ein ziemlich heikles

Thema war, hatte Bianca schon vorher bemerkt. Beim ersten Gespräch in der Kellerwohnung hatte es darüber fast einen Streit gegeben. Bianca erinnerte sich nicht gern daran, und am liebsten hätte sie den Vorfall verdrängt. Doch der Stich, den es ihr versetzt hatte, ließ sich nicht so leicht auslöschen. Im Gegenteil hatte sich jedes einzelne Wort dieser Unterhaltung regelrecht in ihr eingebrannt.

Es war um die Jobs im Restaurant gegangen. Katy hatte ihr eröffnet, dass es leider nicht geklappt hatte.

„Und was machen wir dann?" fragte Bianca ratlos. „Ich habe ja kaum Geld."

„Darüber habe ich ehrlich gesagt noch gar nicht nachgedacht", entgegnete Katy und fügte dann nach einer kurzen Pause hinzu: „Aber vielleicht kann uns Omi Ursula was vorschießen. So eine Art Darlehen."

Der Gedanke erschien Bianca völlig abwegig. „Sie hat doch selbst kaum was."

„Und was ist mit dem Geld aus der Lebensversicherung deines Vaters?"

Bianca sah sie schockiert an. „Das ist für Heiko!"

„Ist ja gut, ist ja gut", murmelte Katy beschwichtigend. „Wir wollen deinem geliebten Brüderchen doch nichts wegnehmen. Aber er treibt sich schon seit fast vier Jahren in der Weltgeschichte herum und ..." Katy brach ab.

Doch Bianca wusste auch so, was ihre Cousine sagen wollte. „Wer weiß, ob er jemals wieder auftaucht?“ Das war die Frage, auf die es bislang keine Antwort gab.

„Irgendwann kommt Heiko zurück, das weiß ich“, rief Bianca. „Und bis dahin verwaltet Omi Ursula das Geld für ihn.“

„Aber was ist mit deinem Anteil? Der steht dir doch zu, oder?“

„Nein, überhaupt nicht“, erwiderte Bianca schroff. „Mein Vater ist tot, Katy. Ich möchte mit dem Geld nichts zu tun haben. Heiko soll alles bekommen.“

Katy schwieg einen Moment. „Es war dumm von mir, überhaupt davon anzufangen“, sagte sie dann. „Tut mir Leid, das hätte ich nicht tun sollen.“

Bianca hatte ihrer Cousine erklärt, dass sie über das Thema Geld vorerst nicht mehr reden wollte. Nach der Szene an der Kaufhaus-Kasse aber erschien ihr der Wortwechsel über die Lebensversicherung in einem neuen Licht. Und dann Katys schnelles Einlenken … Merkwürdig.

Hatte sie etwa doch mehr Interesse an dem Geld, als sie zugeben mochte?

Nein, dachte Bianca, das kann gar nicht sein. Damit tust du Katy Unrecht. So herzlos ist sie nicht, auch wenn sie dich fast nie im Gefängnis besucht hat.

Die unliebsamen Gedanken verflogen wie von selbst, als sie in die Souterrainwohnung zurückkehrten. Katy schilderte ihr den See, an dem sie später ihre neuen Badeanzüge einweihen würden, in den schillerndsten Farben.

„Na, dann brauche ich ja gar nicht in die Karibik zu fliegen“, sagte Bianca und lächelte versonnen.

„In die Karibik?“ staunte Katy.

„Ach“, sagte Bianca. „Das war nur so ein Gefängnis-Traum.“

5. KAPITEL

Ein anderer Traum wurde wahr – nur einen Tag später.

Es war der schönste aller Träume, so, wie Nadine es prophezeit hatte – und doch anders, ganz anders. Noch viel wunderbarer. Es übertraf einfach alles, was das Leben jemals an Schönem für Bianca bereitgehalten hatte. Das Gefühl war so überwältigend, dass sie keine Worte dafür fand. Sie war im siebten Himmel, sie schwebte auf Wolken, am liebsten hätte sie laut gejubelt.

Am allerwenigsten konnte sie begreifen, dass es überhaupt geschehen war. Das, wovon sie vier Jahre lang im Gefängnis geträumt hatte, war in Erfüllung gegangen. Einfach so. Als ob irgendwo über ihr jemand mal eben mit den Fingern geschnippt hätte, damit ihre Seelen sich auf den Weg machten, einander zu finden.

Als sie wieder in ihrem Zimmer war, konnte Bianca sich kaum auf die einfachsten Dinge konzentrieren. Selbst das Wenige, das sie einzuräumen hatte, schien ihr zu viel. Unmengen von Kleidung und Krimskrams, ein nicht zu überblickender und erst recht nicht zu bewältigender Wust von Überflüssigem.

In ihrem Kopf schwirrten Gedanken und Bilder bunt durcheinander. Meistens waren es Eddies Augen, die sie ansahen, und seine sanfte Stimme, so voller Zärtlichkeit.

Aber auch Nadine tauchte auf, inzwischen wohl schon zum hundertsten Mal, und sie sagte immer wieder das, was Bianca vor ihrem Abschied so sehr beeindruckt hatte.

„Wenn du ihm begegnest, dem einen, dann spürst du es. Ach, was sage ich! Du weißt es. Schlagartig. Es ist wie ein Blitz, der dich trifft, aber keiner, der wehtut, sondern ein sehr, sehr angenehmer."

Nadine musste hellsehen können. Oder vielleicht hatte sie ganz einfach aus eigener Erfahrung gesprochen und dabei die richtigen Worte gefunden.

„Du weißt es. Schlagartig."

Ja, so war es gewesen. Genau so, dort am Privatsteg dieses wunderschönen Herrenhauses.

Schon beim ersten langen Blick in Eddies Augen war es geschehen. Auf einmal war nichts mehr so wie zuvor. Genau in diesem Augenblick hatte ein neues Leben für sie begonnen.

All ihre Sehnsüchte und Träume waren wahr geworden. Wahrhaftig, sie hatte es in jenem Moment gewusst. Dies ist die Liebe meines Lebens, oh mein Gott, das ist der Mann, den du immer lieben wirst – bis ans Ende deines Lebens.

Wie konnte es eine solche Gewissheit überhaupt geben? Wie war das möglich? Erlebte das jeder Mensch irgendwann, jede Frau und jeder Mann? War es ein natürlicher Vorgang, dass Menschen einmal in ihrem Leben der großen Liebe begegneten? Eine Art Naturgesetz? Die Liebe auf den ersten Blick – nichts weiter als eine biologische Zwangsläufigkeit?

Nein, ausgeschlossen.

Bianca schüttelte heftig den Kopf, während sie wieder einmal beim Auspacken innehielt und gedankenverloren vor sich hinstarrte. Sie blickte zum Fenster hinauf und sah das Stück Himmel, das von nun an ihr gehörte, seit sie die Souterrainwohnung mit ihrer Cousine teilte.

Dieses Stück Himmel, so leuchtend blau und sonnig, war mehr als ein Symbol. Es war der Inbegriff ihres neuen Lebens, das soeben für sie begonnen hatte. Und es war beileibe keine Selbstverständlichkeit. Nichts von all dem, was seit der Begegnung mit Eddie auf sie einstürmte, konnte einfach nur ein Naturgesetz sein.

Es war ein Wunder.

Ja, es war das Wunder der Liebe.

Nicht jeder Mensch erlebte so etwas. Bianca hatte im Gefängnis viele Frauen kennen gelernt, die vom Leben so unendlich enttäuscht worden waren. Die niemals die wahre Liebe gefunden hatten, sondern nur etwas, das sie dafür gehalten hatten. Und manchmal nicht mal das.

Dabei wusste Bianca jetzt, dass ein Mensch ohne Liebe gar nicht richtig existieren konnte. Und es gab in dieser Hinsicht furchtbare Schicksale, von denen sie gelesen hatte. Jetzt, da sie selbst glücklicher nicht hätte sein können, erschienen ihr solche Schilderungen noch viel schrecklicher.

Es war zu Beginn ihres Fernstudiums im Gefängnis gewesen. Neben den reinen Fächern der Betriebswirtschaftslehre widmete sie sich auch intensiv ihrer Allgemeinbildung. Denn schon seit ihrer Lehrzeit wusste sie, dass man kaufmännische Zusammenhänge – im Binnenhandel wie im Außenhandel – besser erfassen konnte, wenn man über ein solides Wissen auf Gebieten wie Politik, Geografie und Geschichte verfügte.

An einem jener Abende, als sie sich in ihrer Zelle mit der deutschen Geschichte des 20. Jahrhunderts befasste, war sie in Tränen ausgebrochen, als sie von den vielen Tausenden jungen Männern gelesen hatte, die „ungeküsst" in die Weltkriege gezogen und gestorben waren.

So hatte es der Geschichtsschreiber formuliert, und er hatte hinzugefügt, dass diese vielen jungen Soldaten in ihre Uniformen und an die Front gezwungen worden waren, bevor sie auch nur die Chance gehabt hatten, zu erfahren, was die Liebe einer Frau bedeutete. So war ihr Leben auf den Schlachtfeldern ausgelöscht worden, ohne dass ihnen das Recht auf das größte menschliche Glück gewährt worden wäre.

Bianca hatte an diesem Abend im Gefängnis nicht mehr aufhören können, zu weinen. Vielleicht, weil sie für sich selbst die Hoffnung ebenfalls aufgegeben hatte.

Und kaum hatten sich die Tore der Strafanstalt geöffnet, wurde sie eines Besseren belehrt.

Womit hatte sie das verdient?

Was hatte sie dafür getan, außer ein paar Jahre unschuldig im Gefängnis gesessen zu haben? Reichte das aus, um so etwas wie eine Anwartschaft auf die große Liebe zu erwerben?

Bei diesem Gedanken musste sie schmunzeln. Die Liebe war etwas so Großartiges und Wunderbares, dass sie sich nicht in Kategorien, geschweige denn in menschliche Ordnungsabläufe zwängen ließ. Sie war unvorhersehbar und unberechenbar und gerade dadurch so bezaubernd schön.

Überhaupt – abgesehen von dem Unrecht, das ihr widerfahren war, hatte sie im Leben keinerlei besondere Verdienste erworben. Jedenfalls keine, derer sie sich bewusst gewesen wäre. Und nun, auf einmal, schien es so, als hätte die Welt nur auf ihre Entlassung aus dem Gefängnis gewartet, um alles Glück über ihr auszuschütten, das ein Mensch erleben konnte.

Die Liebe, die sie für Eddie empfand, war überwältigend und verdrängte nahezu alle anderen Gefühle. Wenn es ihr im Rausch der Glückseligkeit dann doch einmal gelang, zu den alltäglichen Dingen zurückzukehren, war sie sich aber ganz und gar der Tatsache bewusst, dass sich auch in dieser Hinsicht das Wesentliche zu ihren Gunsten gewendet hatte.

Da war vor allem der Arbeitsplatz, den Eddie ihr beschaffen wollte. Sie zweifelte nicht daran, dass es ihm gelingen würde. Immerhin war sein Vater der Verwalter auf Gut Wellinghoff, und er suchte eine Haushaltshilfe. So, wie Eddie sich angehört hatte, würde er seinen Vater bestimmt dazu bringen können, ihr diese Stelle zu verschaffen.

Beinahe entschuldigend hatte Eddie gesagt, dass es sich allerdings nicht gerade um einen Traumjob handele. Du lieber Himmel, was glaubte er denn! Dass sie ein verwöhntes Gör war, von dem man nicht verlangen konnte, sich die Finger schmutzig zu machen?

Für so abgehoben konnte er sie nicht halten. Wobei sie ihm allerdings nicht so genau erklärt hatte, weshalb sie mit beiden Beinen fest auf der Erde stand und nichts anderes suchte, als eine einfache und ehrliche Arbeit, um genug für ihren Lebensunterhalt zu verdienen und ihr Studium beenden zu können.

Im Überschwang der Gefühle durfte sie keinesfalls vergessen, was Katy für sie tat. Ihre Unterstützung war gar nicht hoch genug einzuschätzen. Bianca machte sich nichts vor; ohne ihre Cousine wäre ihr der Start ins neue Leben viel, viel schwerer gefallen.

Und nun, nachdem sie ihr Herz an den wunderbarsten Mann der Welt verloren hatte, erschien ihr alles so unendlich leicht. Sie war auf einmal davon überzeugt, jede noch so schwere Aufgabe mühelos bewältigen zu können.

Natürlich durfte sie nicht den Fehler machen, sich selbst zu überschätzen. Welches Rezept, so fragte sie sich, hätte Nadine in diesem Fall parat?

„Komm einfach runter, Bianca. Bleib locker und ganz normal. Dann kann dir gar nichts passieren, du wirst sehen."

Ja, so oder ähnlich würde Nadines Rat sich anhören. Und wie schaffte man das, ‚runterzukommen', noch dazu in einer derart verwirrenden Situation? Nun, das Beste war, sich erst mal mit den nahe liegenden Dingen zu beschäftigen, mit ihren ganz alltäglichen Aufgaben.

Und jetzt endlich mal ihre Sachen ordentlich einzuräumen.

Sie gab sich einen Ruck und beugte sich über den Koffer, den sie im Gefängnis äußerst sorgfältig gepackt hatte. Dafür hatte sie ja auch genügend Zeit gehabt. Die meisten ihrer Habseligkeiten hatte sie in Packpapier eingeschlagen und mit Bindfaden verschnürt.

Bianca wurde nachdenklich, als sie eines der kleinen Päckchen aus dem Koffer nahm. Sie durchtrennte den Bindfaden mit ihrer Nagelschere und wickelte das Päckchen aus. Zum Vorschein kam eine Schatulle aus edlem dunklen Holz.

Bianca legte das Papier weg und klappte die Schatulle auf.

Eine goldene Armbanduhr funkelte im Sonnenlicht, das durch das Kellerfenster hereinfiel.

Bianca strich sanft mit den Fingerkuppen über das wertvolle Stück. Es war, als hätte sie die Uhr erst gestern zum ersten Mal in der Hand gehalten – an dem denkwürdigen Tag des Jubiläums ...

„Und so freue ich mich, heute mit Ihnen gemeinsam das fünfundzwanzigjährige Bestehen unserer Geschäftsbeziehung feiern zu dürfen", rief Signor Amadeo Bracci in den festlich geschmückten Saal. Seine schmalen, gebräunten Hände ruhten auf den Kanten des Rednerpults, und ein wenig von dessen Beleuchtung erreichte seinen Haaransatz und ließ zwei oder drei silberne Fäden aus dem Schwarz durchschimmern.

Amadeo Braccis Aussprache war nahezu akzentfrei, und auch mit der Wortwahl und dem Satzbau hatte er keine Probleme. Als geschäftsführender Inhaber des Handelshauses „Luciano Bracci, Firenze" war er mit seinen fünfunddreißig Jahren ein weltgewandter Mann. Neben Deutsch beherrschte er ebenfalls Englisch, Französisch und Spanisch nahezu perfekt. Auch äußerlich war er eine eindrucksvolle Erscheinung – schlank und hochgewachsen, mit einem Teint, der auf häufigen Aufenthalt in der sonnigen Toskana schließen ließ.

Er war ein gebildeter Mann, dieser Signor Bracci; das wusste Bianca aus der geschäftlichen Korrespondenz und aus vielen Telefongesprächen. Ausgesucht höflich und charmant war er; in längst vergangenen Zeiten hätte man ihn wohl als Grandseigneur bezeichnet. Stellvertretend für ihren Vater hatte Bianca oft mit ihm telefoniert. Meistens war es darum gegangen, bei der Abwicklung von Aufträgen letzte Einzelheiten zu klären. Und auch wenn es sich bei solchen Gesprächen nur um Maße, Mengen und Liefertermine gehandelt hatte, war Bianca beim Klang seiner Stimme und bei seiner vornehmen Wortwahl regelmäßig dahingeschmolzen.

Amadeo Bracci war gebürtiger Florentiner. Seine Firma befand sich seit Jahrhunderten in Familienbesitz, und seit eben jenen fünfundzwanzig Jahren gehörte sie zu den wichtigsten Lieferanten des deutschen Textil-Importeurs Berger. Gut möglich, dass es einen Tuchhändler Bracci sogar schon zu Michelangelos Zeiten gegeben hatte. Das pflegte Amadeo gern augenzwinkernd zu bemerken, um dann rasch hinzuzufügen, dass es darüber zwar keine Urkunden gebe, aber ausschließen könne man es auch nicht.

Amadeo …

Bianca beobachtete ihn, wie er sein Redemanuskript umblätterte. Sie saß nur zwei Plätze rechts von ihm, am Tisch der Geschäftsleitung, neben ihrem Vater.

Beim Sektempfang hatten Papa und Signor Bracci spontan beschlossen, sich ab sofort zu duzen. Und Letzterer hatte darauf bestanden, auch sie künftig so vertraulich anzusprechen. Schließlich sei sie ja die Dame des Hauses an der Seite ihres Vaters und überdies eine würdige Repräsentantin des alteingesessenen Unternehmens.

Papa hatte ihr aufmunternd zugenickt, und Signor Bracci hatte sein charmantestes Lächeln aufgesetzt.

„Ich bin Amadeo“, hatte er mit gesenkter Stimme gesagt und sich zu ihr herabgebeugt. „Meine liebe Bianca.“

Und ehe sie sich versah, hauchte er ihr einen Kuss auf die linke und einen weiteren auf die rechte Wange.

„Ja, Amadeo“, hörte sie sich stottern. Sie war überrumpelt, es gefiel ihr nicht, auf diese Weise vereinnahmt zu werden. Aber Papa war damit einverstanden, und wenn es denn der Pflege der Geschäftsbeziehung zum Hause Bracci diente – in Gottes Namen.

Trotzdem war Amadeo in ihren Augen nach wie vor eine überaus gewinnende Persönlichkeit. Auch jetzt noch, da sie in seiner Anwesenheit nicht mehr errötete wie ein schüchternes kleines Mädchen. Seit sie die Ausbildungsjahre mit Erfolg hinter sich gebracht hatte, war sie viel selbstbewusster geworden.

Und Amadeo hatte ja Recht mit dem, was er über ihre Funktion als Dame des Hauses gesagt hatte. Seit ihre Mutter gestorben war, hatte sie immer mehr repräsentative Aufgaben an der Seite ihres Vaters übernommen. Sie war jetzt dreiundzwanzig und betrachtete sich eigentlich als die jüngste und am wenigsten erfahrene Angestellte. Doch das änderte nichts daran, dass die Kollegen sie „die Juniorchefin“ nannten und ihr auch mit entsprechendem Respekt begegneten. Überdies betrachtete ihr Papa sie längst ebenfalls als Mitglied der Geschäftsleitung.

„… fühle ich mich ausgesprochen wohl in Ihrer Runde“, sagte Amadeo Bracci gerade und deutete mit einer ausladenden Handbewegung zu den Tischen im Saal. „Hier bei Ihnen zu sein, ist – sich zu Hause fühlen. So, als sei man gestern erst hier gewesen, ach, was sage ich, als sei man gar nie weg gewesen.“

Er wandte sich kurz nach rechts, wo am Honoratiorentisch neben Hans Berger und Bianca der Prokurist Rudolf Wagner und der Leiter der Buchhaltung, Viktor Schneider, saßen.

Lächelnd blickte Amadeo anschließend nach links; dort hatten zwei seiner leitenden Angestellten Platz genommen und unmittelbar neben ihm seine Frau, Concetta.

Ihr dunkelblondes Haar war raffiniert geschnitten, jedoch an keiner Stelle so kurz, dass es maskulin gewirkt hätte. Concetta hellbraune Augen bildeten einen aparten Kontrast zu ihrem Haar und ihrem Hautton, der etwas heller war als der ihres Mannes. Sie war nicht die typische glutäugige Italienerin, die man sich immer vorstellte. Bianca las viele Romane, und in einem solchen wäre Signora Bracci wahrscheinlich als herbe Schönheit bezeichnet worden.

Concetta war einunddreißig Jahre alt, sah aber jünger aus. Ihre beiden Kinder, der sechsjährige Simone und die vierjährige Giorgia, wurden während des Deutschlandbesuchs rund um die Uhr von einem Kindermädchen namens Alessia betreut.

Bianca hatte bei diesem Besuch der Geschäftsfreunde zum ersten Mal erfahren, dass Simone in Italien ein Männername war und der entsprechende weibliche Name Simona lautete. Doch inzwischen hatte sie es sich richtig eingeprägt, und mittlerweile dachte sie beim Klang des Namens Simone immer an den niedlichen kleinen Lockenkopf mit den großen dunklen Augen. Ihm würde in absehbarer Zukunft einmal ein Familienunternehmen gehören, das in Fachkreisen in ganz Europa als Lieferant von allerbesten Stoffen für maßgeschneiderte Herren-Oberbekleidung einen wohlklingenden Namen hatte.

„Nach fünfundzwanzig Jahren", fuhr der Gast aus Florenz feierlich fort, „hat die Geschäftsbeziehung der Häuser Berger und Bracci nicht nur ihren Höhepunkt erreicht, was die reinen Umsatzzahlen betrifft, sondern wir dürfen mit Fug und Recht behaupten, dass wir Qualitätsmaßstäbe gesetzt haben – und auch weiterhin setzen werden."

Die Zuhörer im Saal klatschten. Amadeo Bracci bedankte sich, indem er die Hand hob und breit grinste.

„Gute Kunden zu haben liegt nicht nur an der Qualität, die man liefert", fuhr Amadeo fort. „Mindestens genauso bedeutend ist die menschliche Seite einer Geschäftsverbindung. Und ich muss sagen, dass im Fall Berger und Bracci einfach alles stimmt. Als Zeichen der Anerkennung haben unsere beiden Firmen gemeinsam diese Feier ausgerichtet. Darüber hinaus möchte ich dir, lieber Hans, ein Jubiläumsgeschenk überreichen ..."

Amadeo Bracci streckte die linke Hand aus. Ein Ansatz von Ungeduld mischte sich in sein charmantes Lächeln, als seine Frau das mitgebrachte Päckchen etwas zu langsam aus ihrer Handtasche nestelte. Dann aber legte Amadeo wieder die gewohnte Grandezza an den Tag und übergab seinem Geschäftspartner das Geschenk feierlich.

Biancas Vater war aufgestanden, bedankte sich und hielt das Päckchen freudestrahlend hoch.

„Aufmachen! Auspacken!" riefen einige Gäste. Und dann: „Zeigen! Zeigen!"

Bewundernd blickte Bianca zu ihrem Vater auf. Die Rufe seiner Mitarbeiter bewiesen, wie beliebt er war. Und das Geschenk aus Italien belohnte ihn für seinen unternehmerischen Weitblick ebenso wie für die menschliche Wärme, die er selbst in den härtesten Verhandlungen noch ausstrahlte.

Bianca war selten so stolz auf ihren Papa gewesen wie in diesem Augenblick.

Das Päckchen war in scharlachrotes Geschenkpapier eingewickelt, das wie Samt aussah, und mit goldfarbenem Band verschnürt.

„Das Papier ist ja viel zu schade zum Zerreißen", rief Biancas Vater. „Ich glaube, da muss ich eine sachkundige Helferin beauftragen."

Erneut wurde Beifall geklatscht, als er Bianca das Päckchen reichte. Geschickt zog sie die Schleife auf und löste dann die Klebestreifen, die das Samtpapier zusammenhielten.

Bianca stand auf, nachdem sie die edle Holzschatulle vom Papier befreit hatte. Der kleine rechteckige Behälter wog schwer in ihren Händen. Mindestens ebenso feierlich, wie Amadeo Bracci seine Ansprache gehalten hatte, überreichte sie das kostbare Geschenk nun ihrem Vater.

Im Saal war andächtige Stille eingekehrt, als er die Schatulle öffnete. Alle Blicke waren auf sein Gesicht gerichtet, und jeder konnte sehen, wie sein Staunen in Freude überging. Er drehte die offene Schatulle so, dass die Gäste einen Blick auf die wertvolle goldene Uhr werfen konnten. Auch das kleine Schild auf dem gepolsterten grünen Seidenstoff war nicht zu übersehen; es zeigte das Schweizer Wappen.

Bianca bewunderte ihren Papa, wie souverän er diese bewegenden Minuten meisterte. Er gab ihr die offene Schatulle und bat sie, sie weiterzureichen. Jeder Einzelne im Saal sollte sie ausgiebig betrachten können. So war er; er hatte Vertrauen zu jedem seiner Mitarbeiter, und sie dankten es ihm mit dem gleichen Maß an Vertrauen, das sie ihm entgegenbrachten.

„Mein lieber Amadeo!“ sagte Biancas Vater und wandte sich dem italienischen Geschäftsfreund zu. „Ich danke dir für dieses wunderbare Geschenk. Und euch, meine lieben Freunde …“, er drehte sich zum Saal, „versichere ich, dass ich es nur stellvertretend angenommen habe. Denn die Leistung, die damit gewürdigt wird, haben wir alle gemeinsam erbracht. Allein wäre ich dazu niemals in der Lage gewesen. Das ist meine innerste Überzeugung, und ich möchte, dass ihr es wisst.“

Wieder herrschte Stille. Doch gleich darauf brach tosender Beifall aus. Bianca klatschte mit, so laut sie konnte. Dadurch fiel es ihr leichter, die Tränen der Rührung zu unterdrücken, die ihr in die Augen stiegen.

Neben ihr umarmten sich die beiden Männer, die so erfolgreich für das gemeinsame Wohl gewirkt und damit zugleich vielen Menschen die Existenz gesichert hatten.

Bereits vor seiner Festrede hatte Amadeo Bracci ein Geschenk des Hauses Berger erhalten. Es war ein Schreibset in einem Lederetui, bestehend aus drei Produkten einer deutschen Traditionsmarke, nämlich einem Füllfederhalter mit vergoldeter Feder, einem Kugelschreiber und einem Drehbleistift. Bianca hatte das noble Präsent im Auftrag ihres Vaters besorgt und ebenfalls hübsch verpackt.

Später am Abend dann, in gemütlicher Runde, unterbreitete der Geschäftsfreund aus Florenz ein denkwürdiges Angebot.

„Mein lieber Hans“, sagte er und faltete die wohlgeformten Hände auf dem blütenweißen Tischtuch. „Ich weiß, dass deine Tochter einmal deine Nachfolgerin werden wird – vorausgesetzt, es kommt kein hoffnungsvoller Schwiegersohn daher und reißt die Geschäftsführung an sich.“

„Das wird nicht passieren“, rief Bianca zur allgemeinen Erheiterung und ergänzte rasch: „Ich meine, das mit dem An-sich-Reißen der Geschäftsführung.“

„Hört, hört!“ Amadeo hob den Zeigefinger, richtete die Augenbrauen steil auf und sah die Tochter des Hauses schmunzelnd an. „Aber du schließt es nicht aus, liebe Bianca, dass du deinem verehrten Vater eines Tages so einen jungen Mann zum Einheiraten präsentieren wirst?“

„Also... na ja, äh... nicht grundsätzlich“, hörte Bianca sich stottern. Sie kam sich albern vor, weil sie ein Glas Wein getrunken hatte und sich leicht beschwipst fühlte.

Und eigentlich hatte sie etwas ganz anderes sagen wollen. Dass sie nämlich nicht vorhatte, zu heiraten. Aber Amadeo, der Charmeur, hatte sie locker aufs Glatteis geführt, und sie war prompt darauf hereingefallen.

Alle am Tisch lachten und klatschten – Papa, Amadeo und Concetta und die Herren und die Signori aus den jeweiligen Geschäftsleitungen. Ihr blieb nichts übrig, als einfach mitzulachen. Und in der nächsten Minute hatte sie die Sache mit dem Schwiegersohn ohnehin vergessen.

Denn Amadeo Bracci kam nun mit wohlgesetzten Worten auf das Thema zu sprechen, das er eigentlich auf dem Herzen hatte.

„Nun, lieber Hans“, fuhr er fort. „Ich erzähle dir sicherlich nichts Neues, wenn ich sage, dass es für uns als Inhaber erfolgreicher und traditionsbewusster Unternehmen gewissermaßen eine Pflicht ist, unseren Kindern, die einmal unser Lebenswerk fortführen werden, die Erweiterung ihres Horizonts zu ermöglichen – sowohl im geistigen als auch im geografischen Sinn.“

„Du hast absolut Recht, Amadeo“, sagte Biancas Vater. „Und was meine Tochter betrifft, so befindet sie sich in der Lebensphase, in der sie sich durchaus schon einmal umschauen sollte. Nach der abgeschlossenen Lehre und vor Beginn des Studiums dürfte es genau der richtige Zeitpunkt sein."

„Wie wahr, wie wahr", sagte Amadeo und nickte, wobei er eine gewichtige Miene aufsetzte. Er richtete den Blick auf Bianca. „Betriebswirtschaftslehre, nicht wahr?"

„Ja, das wird mein Fach werden", bestätigte sie.

„Nun ..." Amadeo lehnte sich zurück und straffte seine Haltung. Es hörte sich an, als wollte er eine weitere Festrede halten. „Liebe Bianca, ich biete dir an, uns in Florenz zu besuchen. Das kann für Wochen oder für Monate sein – ganz wie es dir gefällt. Natürlich kommt es auch darauf an, wie lange dein Vater auf deine Mitarbeit verzichten kann. Und natürlich soll es kein Urlaub für dich sein, sondern vielmehr deiner beruflichen Fortbildung dienen. Ich biete dir an, in meinem Unternehmen im Controlling mitzuarbeiten. Wie ich von deinem Vater weiß, würde das deinen ohnehin schon vorhandenen Fähigkeiten auf diesem Gebiet sehr zugute kommen. Und nicht zuletzt wäre es eine zusätzliche Vorbereitung auf dein geplantes Studium."

Sie wandte sich nur kurz ihrem Papa zu. Und sie brauchte nicht zweimal hinzusehen, um zu wissen, was er über Amadeo Braccis Angebot dachte. Papa war entzückt, das konnte sie ihm an der Nasenspitze ablesen. Keine Frage, er würde sie für den Aufenthalt in Florenz so lange beurlauben, wie sie nur wollte.

„Also, ein zeitliches Problem sehe ich da überhaupt nicht", sagte er denn auch. „Die Frage wäre einzig und allein, wie lange ihr – liebe Concetta und lieber Amadeo – Bianca bei euch ertragen könnt, bevor sie euch auf die Nerven geht."

Concetta und Amadeo streckten abwehrend die Hände aus und protestierten lautstark. Bianca ihnen auf die Nerven gehen, ausgeschlossen! So ein liebes und nettes junges Mädchen sei doch gar nicht fähig, irgendjemanden zu nerven.

„Außerdem haben wir zu Hause viel Platz", sagte Concetta. „Da kann sich jeder in seinen Winkel zurückziehen, wenn ihm danach ist."

„Es wird für dich auch bestimmt nicht langweilig werden, Bianca. Du kannst dich in den anderen Abteilungen unserer Firma umsehen, so oft und so lange du möchtest. Du kannst mich begleiten, wenn ich unsere Lieferanten besuche, und ich kann dir auch einen etwas längeren Aufenthalt bei einer der Webereien vermitteln, wenn es dich interessiert. Und was deine Freizeit betrifft – nun, sei versichert, dass es dir bei uns sicher nicht langweilig werden wird."

Alle am Tisch sahen Bianca an.

„Also, was soll ich sagen?" murmelte sie verlegen.

„Nur ein Wort", erwiderte Amadeo. „Ja!"

„Vergiss eins nicht", sagte ihr Papa und beugte

sich zu ihr. „Du wirst so ganz nebenbei auch noch ordentlich Italienisch lernen."

„Oh ja!" rief Amadeo und klopfte sich mit der flachen Hand auf die Brust. „Ich weiß da einen perfekten Lehrer für dich." Er lächelte sie an. „Nun, wie entscheidest du dich, liebe Bianca? Sagen wir, du hast das uneingeschränkte Widerrufsrecht, wie in unseren Handelsbedingungen. Dann müsste es dir doch leicht fallen."

Bianca wusste, dass sie erstens nicht ablehnen *konnte* und dass es zweitens ein überaus verlockendes Angebot war. Warum verspürte sie nur diesen Anflug von Unbehagen? Lag es wieder mal an ihrer Neigung, zu viel nachzudenken und an jede Sache heranzugehen, als handelte es sich um eine Qualitätsprüfung von Stoffmustern – immer darauf bedacht, Fehler zu finden? Oder wollte sie einfach nur nicht von zu Hause fort?

Andererseits …

Du lieber Himmel, Florenz und die Toskana sehen! In aller Ausführlichkeit und dann noch mit ortsansässigen Begleitern! Wer hatte schon eine solche Möglichkeit? Das waren die positiven Seiten dieser phantastischen Einladung, und ausschließlich auf die musste sie sich konzentrieren. Und bestimmt gab es auch nichts Negatives daran. Völlig ausgeschlossen.

„Ja", rief sie schließlich. „Ich nehme das Angebot

gerne an, und ich bedanke mich jetzt schon ganz herzlich." Sie blickte lächelnd in die Runde, froh darüber, dass sie über ihren eigenen Schatten gesprungen war.

Beifall und lobende Worte belohnten sie.

„Bravissimo!" jubelte Amadeo und warf die Arme hoch. „Na, wenn das kein Grund zum Feiern ist!"

6. KAPITEL

Nadine und Bianca hatten sich während ihrer gemeinsamen Zeit alle Einzelheiten aus ihrem Leben erzählt. Dadurch waren sie füreinander die wichtigsten Bezugspersonen geworden – viel wichtiger als jeder andere Mensch aus ihrer Zeit vor der Einlieferung ins Gefängnis. Selbst Katy bedeutete Bianca nicht so viel wie Nadine, die sich während der endlosen Gesprächsstunden in der Zelle zu ihrer besten Freundin entwickelt hatte.

Sehr schnell hatten sie keine Geheimnisse mehr voreinander gehabt und sich besser gekannt als Schwestern, denn nicht einmal Schwestern verbrachten so viel Zeit auf engstem Raum miteinander, wie es zwei Strafgefangene taten, die eine Zelle teilten.

Auch die Geschichte, die sie mit der Uhr ihres Vaters verband, hatte Bianca ihrer Zellengefährtin natürlich erzählt.

„Bist du damals direkt nach Italien gefahren?" fragte Nadine. „Ich meine, gleich nach der Jubiläumsfeier?"

„Nein", antwortete Bianca. „Erst ungefähr zwei Monate später. Ich will nicht sagen, dass ich in der Firma unabkömmlich war, aber ich hatte in der Buchhaltung schon ein paar Controlling-Projekte übernommen, die ich erst noch abschließen wollte."

„Controlling“, sagte Nadine versonnen, das Gesicht in beide Hände gestützt. „Klingt irgendwie toll. Nicht so hart wie ‚Kontrolle‘. Bei dem Wort stelle ich mir immer eine Aufseherin vor, in Uniform, weißt du, so ein großes, gemeines Feldwebel-Weib.“

„Mal jetzt bloß nicht den Teufel an die Wand“, erwiderte Bianca und schmunzelte. „Stell dir vor, die reißt gleich die Tür auf und schreit tatsächlich: ‚Kontrolle!‘“

„So eine haben wir doch gar nicht, oder?“

„Nein, du hast Recht. Unsere Aufseherinnen sind alle in Ordnung. Mir fällt auf Anhieb keine ein, mit der man nicht zurechtkommt.“

„Vorausgesetzt, man hält sich an die Spielregeln“, meinte Nadine. „Wer hier querschießt, kriegt dafür wohl auch nicht gerade eine Belobigung, oder?“

„Das nicht“, antwortete Bianca. „Aber die Betreffende bekommt auch keine Dunkelhaft bei Wasser und Brot.“

Nadine schüttelte sich erschauernd. „Gibt es so was überhaupt noch?“

„Hier jedenfalls nicht.“ Bianca lachte leise. „Aber deswegen solltest du es trotzdem nicht darauf ankommen lassen.“

„Sehe ich so aus? Ich habe in meinem bescheidenen Leben genug Ärger gehabt. Davon muss ich nicht noch mehr haben.“ Nadine ließ die Hände sinken und schob Bianca die Schachtel mit Schokopralinen über den Tisch zu. Daniel hatte sie ihr vor zwei Tagen mitgebracht. „Da, nimm. Und erzähl mir bloß nicht, dass du auf deine schlanke Linie achten musst. Danach siehst du ja nun wirklich nicht aus."

„Na, ich weiß nicht", entgegnete Bianca zweifelnd. „Aber das ist nicht der Punkt, Nadine. Ich kann mich höchstens mit dem Zeug revanchieren, das es in der Cafeteria zu kaufen gibt. Die schönen Sachen von draußen kann ich dir nicht bieten. Weil ich keinen Besuch bekomme und deshalb auch keinen habe, der mir etwas mitbringt."

Nadine schüttelte unwillig den Kopf.

„Quatsch nicht rum", sagte sie betont grob. „Nimm endlich, oder ich bin beleidigt."

Bianca verzog das Gesicht in gespielter Angst.

„Das will ich natürlich nicht riskieren." Sie befolgte die Aufforderung, bedankte sich und ließ den süßen Schokoladenschmelz auf der Zunge zergehen.

„Und was ist nun Controlling genau?" fragte Nadine. „Nicht, dass ich scharf darauf bin, so was zu lernen. Aber mich interessiert, was du so gemacht hast. Dass du mit einer Peitsche durch eure Firma stolziert bist und den Knechten was auf die Finger gegeben hast, kann ich mir nicht gerade vorstellen."

Bianca lachte herzhaft. „Keine Sorge. So eine Rolle habe ich nicht gespielt – und hätte ich auch nie spielen wollen. Nein, Controlling ist eine eher buchhalterische Angelegenheit, im weitesten Sinne."

„Verstehe. In der Buchhaltung kanntest du dich ja schon aus. Und dann war dieses Controlling so eine Art Spezialgebiet für Erbsenzäh..." Nadine unterbrach sich und grinste verlegen. „Entschuldige. Ich meine natürlich Buchhalter."

„Ist schon gut", entgegnete Bianca. „Weißt du, Buchhalter müssen manchmal durchaus wie Erbsenzähler sein. Du glaubst ja nicht, mit welchen Tricks man allein bei der Kontoführung krumme Sachen machen kann."

„Und so was kannst du aufdecken?" staunte Nadine. „Als Controllerin?"

„Ja, unter anderem." Bianca bremste sich schnell. Einen Fachvortrag wollte Nadine bestimmt nicht hören. Deshalb sagte Bianca: „Also, beim Controlling geht es in erster Linie um die Kosten in einem Betrieb – um deren Überwachung, aber auch um die Planung. Und dann umfasst Controlling im weiteren Sinn auch die Steuerungsfunktionen, mit denen eine Unternehmensleitung ihre Firma im Griff hat."

„Also auch die krummen Sachen?"

„Richtig. Aber die sollen eher verhindert werden."

„Und? Hast du das mal gemacht – was verhindert?"

„Na ja, zumindest ansatzweise." Ein Schatten huschte über Biancas Gesicht. „Aber das ist eine andere Geschichte."

„Geheimnis?“ hakte Nadine mit großen Augen nach.

„Nein, überhaupt nicht.“ Bianca lächelte wieder. „Aber um die Geschichte zu begreifen, musst du dich erst ein bisschen im Controlling auskennen.“

Nadine hob den Zeigefinger wie jemand, der eine verzwickte Angelegenheit endlich durchschaut.

„Ah, daher weht der Wind! Ich kapiere deine Taktik. Du willst es mir schmackhaft machen, Sachen zu lernen. Und zwar dadurch, dass ich merke, wofür man es gebrauchen kann.“

„Stimmt“, gab Bianca unumwunden zu. „Ist das was Schlimmes?“

„Hm, ich weiß nicht.“ Nadine machte ein Gesicht, als müsste sie eine üble Medizin schlucken. „Wenn es dazu führt, dass ich eines Tages hier sitze und büffele, dass mir die Birne brummt …“

„Was dann? Meinst du, davon stirbst du? Warum sträubst du dich so dagegen?“

Nadine zog die Stirn kraus. „Und warum bist *du* so brutal zu mir? Mit Worten, meine ich.“

„Weil ich herausfinden will, weshalb du die Segel gestrichen hast“, antwortete Bianca. „Ich würde gern wissen, warum du mit dem zufrieden bist, was du erreicht hast – oder besser, nicht erreicht hast.“

Nadine schwieg eine Weile, ehe sie antwortete.

„Ich denke mal“, sagte sie dann, „ich bin einfach zu bequem. Oder zu faul, meinetwegen. Weißt du …“

Sie beugte sich vor. „Es ist so verdammt schön, nichts zu tun."

Bianca beugte sich ebenfalls vor, sodass ihre Gesichter einander sehr nahe waren.

„Weißt du, was noch schöner ist?"

„Nein, aber ich weiß, dass du es mir jetzt sofort sagen wirst."

„Exakt. Noch schöner ist das Nichtstun, wenn man mit einer Arbeit fertig ist. Wenn man eine Aufgabe gelöst hat, die ein bisschen schwierig war. Oder wenn man etwas zustande gebracht hat, das man selbst entworfen und geplant hat – ein Projekt, an dem andere gezweifelt haben, das dann aber doch funktioniert."

„So was Hochtrabendes kommt für mich nicht in Frage."

„Es ist absolut nicht hochtrabend, glaub mir. Es klingt nur so."

„Ach, du willst mir doch nur Mut machen."

„Ja, will ich."

Nadine starrte ihre Freundin an.

„Verstehe ich nicht", murmelte sie dann und lehnte sich im Stuhl zurück. „Was hast du denn davon?"

„Ich würde mich darüber freuen, wenn du etwas aus dir machst."

Nadines Augen wurden feucht.

„Womit hab ich das bloß verdient?" flüsterte sie mit erstickter Stimme.

„Womit hast du was verdient?“ fragte Bianca sanft.

„Dass sich jemand Gedanken um mich macht.“

Bianca spürte, wie ihr selbst Tränen aufstiegen. Sie fand nicht sofort eine Antwort.

„Das ist eine gefühlsmäßige Sache. Du bist es wert.“

„Wenn du dich da bloß nicht täuschst“, erwiderte Nadine mit einem bitteren Unterton.

„Nein, tue ich nicht.“ Bianca schloss die Augen einen Moment lang. Dann öffnete sie sie wieder und sah ihre Zellengefährtin an. „Ich glaube, ich kann so etwas einschätzen, Nadine. Vielleicht liegt es daran, dass ich in einer richtigen Familie aufgewachsen bin. Nun, nach dem Tod meiner Mutter waren wir zwar nicht mehr vollständig, aber wir waren trotzdem eine richtige Familie – einfach, weil jeder für den anderen da war. Dass es so sein konnte, verdanken wir vor allem Omi Ursula. Ich weiß nicht, wie unser Leben sich ohne sie entwickelt hätte.“ Bianca atmete tief durch. „Ach, es war wirklich eine schöne Zeit damals. Die Erinnerung werde ich immer bewahren – wie einen wertvollen Schatz. Ich sehe jede Einzelheit noch vor mir, als ob es gestern gewesen wäre …“

Es war ein Samstag, und Omi Ursula hatte einen Termin für die Dauerwelle. Schon um acht Uhr morgens drang das Geräusch ihrer Schritte in jeden Winkel der Wohnung. In höchster Eile hastete sie hin und her – vom Schlafzimmer ins Bad, vom Bad ins Schlafzimmer, vom Schlafzimmer in die Küche, von der Küche in den Abstellraum. Letzterer war gleichbedeutend mit doppelter Lautstärke. Denn im Abstellraum stand der Schuhschrank, und dort tauschte Omi die Hausschuhe mit den Straßenschuhen, sobald sie sich fertig angekleidet hatte.

Für Bianca und Katy war es der Zeitpunkt, an dem sie sich endgültig von ihrem süßen morgendlichen Schlummer verabschieden konnten. Das unablässige Tock-Tock-Tock riss sie gnadenlos aus dem Schlaf. Durch die Fußbodendielen erreichte es das gemeinsame Zimmer der beiden Cousinen. Bianca träumte von dem Mittelalter-Fest, das am vergangenen Wochenende stattgefunden hatte. Der Sohn des Grafen, ein himmlisch gut aussehender edler Ritter, hatte sie aus der großen Schar der Zeitreisenden auserwählt, um ihr zu zeigen, welchen Beschäftigungen seine Untertanen tagaus, tagein nachgingen. Arm in Arm standen Bianca und der Grafensohn vor einer siebenköpfigen Bauernfamilie, die mit Dreschflegeln auf eine auf dem Boden ausgebreitete Weizengarbe einschlug.

Tock-Tock-Tock, klangen die hölzernen Schlegel auf dem Getreide – in einem genau bemessenen Rhythmus, den die sieben Familienmitglieder durch abwechselndes schwungvolles Zuschlagen erzeugten.

Bianca schmiegte sich an ihren Grafensohn und bat ihn, sie zu einer anderen Gruppe zu führen, die weniger Lärm verursachte.

Da erwachte sie.

Die Dreschflegel klopften noch immer, nur der edle Ritter gräflichen Geschlechts hatte sie verlassen. Omis Friseurtermine bedeuteten, aus dem Erholungsschlaf gerissen zu werden. In den terminfreien Wochen hatte man sich so schön ans Ausschlafen gewöhnt – und dabei natürlich völlig vergessen, dass Omis Dauerwellen-Auffrischung unausweichlich näher rückte. Umso größer war jedes Mal der Schock.

Drüben, im Bett auf der anderen Seite des Zimmers, gähnte und stöhnte Katy, nachdem sie sich erfolglos die Decke über den Kopf gezogen hatte.

„Hilfe!“ klagte sie. „Was ist denn jetzt los? Brennt das Haus ab?“

„Friseurtermin“, ächzte Bianca schlaftrunken.

„Schade.“ Katy machte ein betrübtes Gesicht. „Wieder nichts mit ein paar feschen Feuerwehrleuten zum Frühstück!“

„Also hör mal!“ rief Bianca. Sie war mittlerweile hellwach.

Katy tat empört. „Was kann ich denn dafür, wenn ich immer ans Vernaschen denken muss?“

„Hast du deine Gedanken nicht unter Kontrolle?“ erwiderte Bianca und setzte sich auf. Sie rieb sich den Schlaf aus den Augen.

„Meine Gedanken schon“, kicherte Katy.

Sie kamen nicht dazu, sich weiter über das Thema auszulassen, denn in diesem Moment öffnete Omi Ursula schwungvoll die Tür.

„Guten Morgen, die Damen!“ rief sie aufgekratzt. Bis auf ihre Kostümjacke und den Mantel war sie fix und fertig angezogen.

„Morgen, Omi“, brachten Bianca und Katy gähnend hervor.

„In der Küche habe ich gleich alles fertig. Ihr braucht nur rechtzeitig den Herd einzuschalten, dann könnt ihr um eins essen.“

„Geht auch fünf nach eins?“ fragte Katy.

„Katy!“ sagte Omi Ursula warnend, musste aber gleich darauf schmunzeln.

„Gibt’s heute wieder Kohlrouladen?“ erkundigte sich Bianca.

Omi Ursula nickte. „Ja, wie üblich.“

„Ich glaube, ich lass mir ’ne Pizza kommen“, murrte Katy.

„Du solltest dein Geld nicht zum Fenster hinauswerfen“, mahnte Omi Ursula und hob den Zeigefinger. „Spare beizeiten, dann hast du in der Not.“ Sie straffte ihre Schultern, wie um zu zeigen, dass sie zum Diskutieren keine Zeit hatte. „So. Ich muss noch schnell die Kartoffeln schälen, dann …“

„Aber Omi“, unterbrach Bianca sie. „Das können wir doch machen.“

Omi Ursula schüttelte energisch den Kopf. „Wenn deine Cousine dich zum Pizza-Bestellen anstiftet, sehe ich deinen Vater und deinen Bruder schon ohne ordentliches Mittagessen dasitzen. Nein, nein, es wird alles vorbereitet."

„Ich bin doch keine Anstifterin!" beschwerte sich Katy. „Habe ich etwa einen schlechten Einfluss auf Bianca?"

Omi Ursula lächelte. „Ich hoffe, es ist eher umgekehrt und positiv."

„Umgekehrt?" Katy sah sie an und blinzelte verständnislos.

„Ja, es wäre schön, wenn Bianca einen guten Einfluss auf *dich* hätte." Omi Ursula blickte auf ihre Armbanduhr. „Ihr könnt mir einen Gefallen tun und auf den Bus aufpassen. Es könnte ja sein, dass er ausnahmsweise mal pünktlich ist."

Während ihre Omi zurück in die Küche eilte, wühlten sich die Cousinen aus den Bettdecken. Auf nackten Sohlen, im Schlafanzug, liefen sie zum Fenster. Bianca öffnete es, und der morgendliche Lärm des Straßenverkehrs schlug ihnen entgegen, als sie sich hinauslehnten.

Die Bushaltestelle konnten sie vom Fenster aus sehen. Das durchsichtig verglaste Wartehäuschen war nur ein paar Schritte entfernt vor dem Nachbarhaus zur Rechten. Drei Leute warteten auf den rotweißen Linienbus der städtischen Verkehrsbetriebe.

„Weißt du was?“ fragte Bianca, nachdem sie einen Moment schweigend hinausgeschaut hatten.

„Nein, was?“ entgegnete Katy gähnend.

„Ich habe eine Idee.“ Bianca presste sich die Hand auf den Mund, um nicht im Voraus kichern zu müssen. Sie beugte sich zur Seite und flüsterte es ihrer Cousine ins Ohr.

„Also, Bianca!“ Katy sah sie mit gespieltem Entsetzen an. „Und das soll jetzt dein guter Einfluss auf mich sein?“

Bianca lachte leise. „Ist doch nur ein Scherz. Und außerdem versteht Omi Spaß, das weißt du.“

„Und wenn sie vor Schreck einen Herzinfarkt kriegt?“

„Omi doch nicht. Sie ist topfit. Von ihren letzten Laborwerten können die meisten jüngeren Leute nur träumen.“

„Ach, Cousinchen“, seufzte Katy. „Du bist ja so schlau. Dagegen komme ich einfach nicht an. Also bin ich wohl gezwungen, mitzumachen.“ Sie prustete hinter der hohlen Hand.

Bianca nickte ihr zu, und sie machten vor der Fensterbank kehrt und liefen zurück in die Wohnung.

„Omi, Omi!“ riefen sie aufgeregt und rannten durch Schlafzimmer, Stube und Flur. „Omi! Der Bus kommt ...“ Auf der Türschwelle zur Küche verharrten sie und taten, als rangen sie nach Atem.

Omi Ursula erschrak. „Oh, mein Gott!“ Sie ließ den Schäler und die Kartoffel fallen, griff nach einem Handtuch und lief los. „Ihr macht hier weiter, ja?“

„… noch nicht“, sagten Bianca und Katy unisono mit ernsten Mienen.

„Wie bitte?“ Omi Ursula stutzte und blieb stehen.

„Der Bus kommt noch nicht“, wiederholten die Cousinen.

Noch einen Atemzug lang schafften sie es, ernst zu bleiben. Dann konnten sie das Gelächter nicht mehr zurückhalten. Lauthals kichernd machten sie kehrt und ergriffen die Flucht.

„Na wartet!“ rief Omi Ursula ihnen nach. „Das wird Folgen haben. Eure arme alte Großmutter so auf den Arm zu nehmen!“

Natürlich hatte der Scherz keine Folgen, denn Bianca behielt Recht: Omi Ursula verstand wirklich Spaß, ja, sie liebte es sogar, von ihren Enkelinnen mit solchen kleinen Späßen geneckt zu werden. Weil sie im Übrigen auch pünktlich an der Haltestelle war, ging das kleine Ereignis als immer wieder gern erzählte Schmunzelepisode in die Familiengeschichte ein.

Heiko kam an jenem Samstag schon um zwölf Uhr von der Schule zurück, und er war in noch größerer Eile als Omi Ursula vor der Abfahrt zum Friseur.

„Ich bin schon wieder weg“, verkündete er, ohne sich in der Küche blicken zu lassen.

„Moment mal!“ stoppte ihn Katy im Flur.

Bianca verfolgte das Geschehen von der Küchentür aus. Sie grinste, denn sie ahnte, was sich gleich abspielen würde.

Heiko hatte die Tür zu seinem Zimmer schon geöffnet und schleuderte die Schultasche mit geübtem Schwung hinein. Sie landete genau vor seinem Schreibtischstuhl.

„Was ist denn?“ fragte er unwillig, wagte es aber nicht, sich der Anweisung seiner großen Cousine zu widersetzen.

„Du siehst da was falsch“, erklärte Katy energisch und legte die Hände in die Hüften. „Du bist hier. Du bist nicht weg.“

„Aber …“

„Und du bleibst hier“, schnitt ihm Katy das Wort ab. „Zumindest bis nach dem Mittagessen. Wir sind eine Familie. Und für Familien gibt es ein Gesetz, in dem heißt Paragraph neunundzwanzig, Absatz drei: ‚Mahlzeiten sind gemeinsam einzunehmen‘.“

„Das ist gemein!“ protestierte Heiko. „Wir leben doch nicht in einer Diktatur!“

„Auch eine Demokratie funktioniert nicht ohne Gesetze.“

„Als ob diese Familie irgendwas mit Demokratie zu tun hätte!“

Katy schüttelte fassungslos den Kopf. „Also, das ist doch …!“ Ihr fehlten die Worte.

„Letzten Samstag durfte ich auch weg, zu Leon", beklagte sich der Junge. „Da war Omi da, und die hat es erlaubt. Und da hatte ich noch nicht mal das Notebook!"

Er schniefte. Tränen des Trotzes traten in seine Augen.

„Was hat denn das eine mit dem anderen zu tun?" entgegnete Katy unvermindert streng.

Statt einer Antwort senkte Heiko auf einmal den Kopf und weinte. Seine Tränen flossen in Strömen, und seine schmalen Schultern bebten und zuckten.

Bianca tat das Herz weh. Sie lief zu ihm und drückte ihren kleinen Bruder an sich. Sie konnte es einfach nicht ertragen, ihn so verzweifelt zu sehen.

Und natürlich wusste sie, weshalb er so dringend zu seinem Freund Leon musste. Erst vorgestern hatte Heiko seinen zehnten Geburtstag gefeiert und das lang ersehnte Notebook geschenkt bekommen. Drei Jahre lang hatte er eisern gespart, und dann hatte Papa das noch fehlende Geld draufgelegt. Natürlich war es der Löwenanteil gewesen, aber der Kleine hatte wenigstens gelernt, wie wichtig es war, selbst einen Beitrag zu leisten.

„Natürlich!" fauchte Katy. „Du musst ihn mal wieder in Schutz nehmen."

Bianca sah ihre Cousine an, lächelte und schüttelte sanft den Kopf. Sie spürte, wie Heiko sich in ihren Armen beruhigte.

„Was ist denn so wichtig, dass du jetzt sofort zu Leon musst?“ fragte sie behutsam.

Heiko hob den Kopf, rieb sich die Tränen aus den Augen und schluchzte.

„Gestern war keine Zeit mehr“, sagte er mit bebender Stimme. „Da hatten wir doch so lange Unterricht. Und ich will Leon so gern das Notebook zeigen. Außerdem hab ich doch das ganz neue Betriebssystem und er noch nicht.“

Bianca strich ihrem Bruder über das Haar. „Könnte es sein, dass du dich vor den Kohlrouladen drücken willst?“ fragte sie und bemühte sich, ernst zu bleiben.

„Was für Kohlrouladen?“ erwiderte Heiko.

Die tränenroten Augen, aus denen er sie ansah, hätten sie fast dazu gebracht, mitzuheulen.

„Nun tu nicht so“, sagte sie. „Du hast doch heute Morgen beim Frühstück mitgekriegt, was Omi da vorbereitete.“

„Ja, schon, aber ich hab gar nicht darauf geachtet. Omi kocht doch immer irgendwas, wenn sie in der Küche ist. Wirklich, Bianca, ich will mich nicht drücken. Leon und ich wollen nur so viel Zeit wie möglich haben. Ich bin auch ganz bestimmt pünktlich zu Hause.“

„Um sechs.“

„Klar, um sechs!“ rief Heiko überglücklich. Vor Freude hüpfte er in Biancas Armen auf und ab.

„Dann darf ich also? Du hast nichts dagegen? Wirklich nicht?“

„Sagen wir mal so“, erwiderte Bianca. „Ich bin nicht begeistert. Vor allem – was wird mit deinem Mittagessen?“

„Leons Mutter macht Pizza“, antwortete Heiko rasch. „Und ich bin eingeladen.“

„Aha!“ sagten Bianca und Katy gleichzeitig.

„Nein, nein!“ beteuerte Heiko rasch. „Das hat nichts damit zu tun. Ich schwöre es! Ich esse Kohlrouladen genauso gern wie Pizza. Wirklich!“

Katy winkte ab. „Jetzt hör bloß auf zu schleimen, Kleiner. Nachdem du deine große Schwester mal wieder auf deine Seite gezogen hast, sieh zu, dass du in die Hufe kommst.“

Mit Indianergeheul rannte Heiko in sein Zimmer, um das Notebook einzupacken.

Bianca und Katy sahen einander an und mussten lächeln.

„Ich weiß, was jetzt kommt“, sagte Bianca, während sie zurück in die Küche gingen.

„Na, dann brauche ich ja eigentlich nichts mehr zu sagen“, entgegnete Katy. Sie legte die Hand auf Biancas Schulter. „Aber mal ehrlich, Cousinchen, wenn du mal Ehefrau und Mutter werden willst, dann musst du lernen, nicht so nachgiebig zu sein. Und vor allem musst du konsequent sein. Sonst tanzen dir diese kleinen Teufel auf der Nase herum.“

Bianca sah Katy an und runzelte die Stirn. „Aus Erfahrung kannst du nicht sprechen. Woher hast du dann deine Weisheit?“

„Gesunder Menschenverstand“, antwortete Katy und lachte. „Und eine ordentliche Portion Mutterinstinkt. Den haben wir Frauen doch alle in uns.“

„Mütterchen Katy!“ gluckste Bianca. „Also, nimm es mir nicht übel, aber das passt irgendwie nicht so recht in meine Vorstellungswelt.“

„Ach!“ Katy hob gekonnt die linke Augenbraue. „Und wohin passe ich deiner Meinung nach?“

„Hm, mal sehen.“ Bianca machte ein fachmännisches Gesicht und musterte ihre Cousine abschätzend von Kopf bis Fuß. „Also, ich sehe dich in einem top-eleganten Büro, nicht in einem Großraumbüro, nein, eher ganz oben in einem Hochhaus, mit Blick über die Stadt.“

„In der Vorstandsetage also.“ Katys Augen leuchteten.

„Ja, genau.“ Bianca nickte ernsthaft. „Du trägst ein schmales elegantes Kostüm, dazu farblich passende Pumps …“

„Denen man ansieht, dass sie nach Maß und in Handarbeit hergestellt wurden“, warf Katy ein. „Und dass sie vom selben Modemacher stammen wie das maßgeschneiderte Kostüm. Was den exakt gleichen Farbton erklärt – für Kennerblicke natürlich.“

„Und trotzdem ist dein Outfit nicht übertrieben

oder aufdringlich, sondern von der schlichten Eleganz, die zu einer Managerin passt."

„Ja, das ist es! Das ist es!" Katy steigerte sich in die Begeisterung, die Bianca in ihr angefacht hatte.

„Dann müssten wir nur noch eine Branche aussuchen", sagte Bianca todernst. „Eine, die zu dir passt."

„Ich glaube, bei einer großen Bank würde es mir gefallen", schwärmte Katy, und ihr Blick verklärte sich. „Die haben doch auch diese Hochhäuser."

„Also, dann streng dich an", sagte Bianca.

„Anstrengen?" Katy sah ernüchtert aus. „Wobei?"

„Na, du musst doch eine Ausbildung machen. Und dann ein Studium. Sonst kommst du nie auf die Management-Ebene."

„Ach, Cousinchen." Katy seufzte tief. „Du kannst einem aber auch alle Träume kaputt machen. Erst setzt du einem so einen Floh ins Ohr, und dann lässt du einen hängen."

„So darfst du das nicht sehen", widersprach Bianca. „Ich hole dich nur auf den Teppich zurück. Auf den Boden der Tatsachen."

Katy verzog das Gesicht. „Da unten ist es aber hart und ungemütlich."

„Siehst du. Und was lernt uns das?"

„Was *lehrt* uns das!" Katy schüttelte den Kopf über den Patzer ihrer Cousine.

„Na bitte! In Grammatik bist du schon mal gut.

Besser jedenfalls als gewisse Leute in der Fernsehwerbung."

Heiko steckte den Kopf zur Tür herein. Er hatte die schwarze Umhängetasche mit dem Notebook geschultert.

„Ich bin dann weg!" rief er fröhlich.

„Schon wieder?" unkte Katy. „Bist du auch irgendwann mal hier?"

„Punkt achtzehn Uhr mitteleuropäischer Sommerzeit", versprach Heiko und lief die Treppe hinunter.

„Hast du das gehört?" wandte sich Bianca an ihre Cousine. „Der junge Mann verwendet den Genitiv!"

„Und das in der heutigen Zeit", fügte Katy beeindruckt hinzu. „Ich glaube, da wächst ein Genie heran. Ich bin sicher, der Kleine kann mich noch was lehren."

„Bin ich froh", entgegnete Bianca aufatmend.

„Warum?"

„Dass du nicht gesagt hast: ‚Der Kleine kann mir noch was lernen.'"

„Na, hör mal!" Katy lachte. „Ich bin doch keine Fernsehtante!"

Bianca stimmte in das Lachen ihrer Cousine ein, und sie gaben beide nichts auf Omi Ursulas Ermahnung, die da lautete: Auf zu viel Lachen folgen bald Tränen. Denn so etwas hielten Bianca und Katy für hoffnungslos abergläubisch. Dass Lachen gesund war, las man schließlich immer wieder in Zeitungen und Illustrierten. Und letzten Endes konnte man auch Tränen lachen; vielleicht neutralisierte das den Spruch ja sogar.

Der Tag verlief wie jeder Dauerwellen-Samstag. Biancas Papa hatte wie üblich kaum Zeit zum Mittagessen. Die Ermahnungen seiner Tochter, nicht zu hastig zu essen, fruchteten wieder einmal nichts. Obwohl die Kohlrouladen seiner Mutter zu seinen Lieblingsspeisen gehörten, schlang er nur eine einzige davon hinunter, sprang auf und war mit einem gemurmelten „Muss zurück in die Firma“ noch vor dem Nachtisch wieder verschwunden. Dass Heiko nicht da war, schien er nicht einmal bemerkt zu haben.

Doch Bianca wusste, dass man ihrem Papa mit solchen Vermutungen Unrecht tat. Er bekam absolut alles mit, was sich um ihn herum abspielte. Nur wirkte er manchmal ein wenig geistesabwesend, weil die geschäftlichen Angelegenheiten seine ganze Kraft forderten. Die Firma „Hans Berger – Textilien – Import und Export“ war kein kleiner Laden, sondern ein mittelständisches Unternehmen, das sich in der Branche einen guten Namen gemacht hatte. Einen solchen Ruf aufrechtzuerhalten, das wusste Bianca inzwischen, forderte den vollen Einsatz des Inhabers und seiner Mitarbeiter.

„Väter und kleine Brüder“, sagte Katy, während sie gemeinsam den Tisch abräumten. „Die kannst du in einen Topf stecken." Als sie merkte, dass Bianca aufbegehren wollte, fügte sie rasch hinzu. „Ist nicht ernst gemeint. Reg dich nicht auf, Cousinchen. Ich weiß doch, dass Onkel Hans – dein Papa – alles nur für seine Familie tut."

„Genau so ist es", entgegnete Bianca und nickte heftig. „Manchmal bekomme ich ein richtig schlechtes Gewissen, wenn ich, so wie heute, meinen freien Tag nehme und ihn allein schuften lasse."

„Aber er besteht doch darauf, dass du frei hast."

„Ja, schon aber …"

„Kein Aber. Du bist noch in der Ausbildung, und eine Auszubildende darf nicht ausgebeutet werden."

„Das tut Papa auch nicht." Bianca ereiferte sich. „Das würde er nie tun!"

„Habe ich das gesagt?"

„Nein, aber …"

„Es klang so? Wolltest du das sagen?" Katy machte ein böses Gesicht und beugte sich scheinbar drohend vor. Zusätzlich ballte sie die Hände zu Fäusten und stemmte sie in die Hüften.

Bianca hob abwehrend die Hände und wich zurück. „Tu mir nichts!" flehte sie. „Du bist doch meine allerliebste Cousine, und ich weiß, dass du nie ein schlechtes Wort sagen würdest."

„Das will ich meinen", knurrte Katy.

Im nächsten Moment fielen sie sich laut prustend in die Arme. Ihre Heiterkeit hielt auch während der nächsten Stunden an, ohne natürlich in Übermut auszuarten, der ja, wie Omi Ursula ihnen regelmäßig einzuschärfen wusste, selten gut tat.

Nachdem sie in der Küche für ‚Klar Schiff' gesorgt hatten, nahmen sie sich frohgelaunt die restliche Hausarbeit vor.

„Na, wie haben wir das gemacht?" fragte Katy, als sie mit allen Zimmern fertig waren.

„Schnell, gründlich und gut", antwortete Bianca und lächelte.

„Ja, so sind wir", sagte Katy stolz. „Einzeln sind wir schon gut, aber zu zweit sind wir unschlagbar. Stimmt's?"

„Und ob!" Bianca musste schon wieder lachen. „So ein Team wie uns beide findest du so schnell kein zweites Mal."

Katy kicherte. „Weißt du was?"

„Nein, sag's mir."

„Wenn Omi Ursula uns jetzt hören würde, was würde sie wohl sagen?"

„Ach, das meinst du!" Bianca winkte ab. „‚Eigenlob stinkt', würde sie sagen, ist doch klar."

Ja, Omi Ursula liebte Sprichwörter – und am meisten jene, die mit einer ordentlichen Portion Aberglaube verbunden waren. So erschauerte sie, wenn eine schwarze Katze ihren Weg kreuzte. Und erblickte sie morgens eine Spinne, rechnete sie fest mit Kummer und Sorgen.

Was verschüttetes Salz betraf, war es Bianca gelungen, ihre geliebte Omi in ernsthafte Zweifel zu stürzen. „Überleg doch mal, Omi“, hatte sie ihr auseinander gesetzt, „wenn du für jedes Mal Salz verschütten sieben Jahre Pech bekommen würdest, ginge die Rechnung doch gar nicht auf. Nehmen wir mal an, du verschüttest durchschnittlich einmal pro Jahr Salz. Und nehmen wir weiter an, du wirst hundert Jahre alt. Das wären dann hundert mal sieben Jahre Pech. Also siebenhundert Jahre Pech. Du würdest folglich sechshundert Jahre Pech hinterlassen. Wem von uns willst du die denn aufbrummen?“

Als sie das hörte, hatte Omi Ursula ein richtig betroffenes Gesicht gemacht. Weil Bianca eine kaufmännische Lehre absolvierte, hatte sie nach Omis Überzeugung selbstverständlich die Befähigung, komplizierteste Kalkulationen anzustellen. Und Biancas Pech-Berechnung hatte letzten Endes Hand und Fuß.

„Oh, mein Gott!“ hatte Omi Ursula ausgerufen. „Und wenn ich nur neunzig werde, sind das ja auch schon ... sechshundertdreißig Jahre!“

„Abzüglich deiner neunzig Lebensjahre würden da immerhin auch noch fünfhundertvierzig Pech-Jahre bleiben. Und die vererbst du uns und den nachfolgenden fünf oder sechs Generationen.“

„Wie schrecklich“, hatte Omi erschüttert geantwortet. „Das kann doch nicht sein. Das *darf* doch nicht sein!“

Seitdem wurde nie mehr ein Wort darüber verloren, wenn sie oder jemand anderer aus der Familie Salz verschüttete.

Weil sie die Hausarbeit so zügig erledigt hatten, blieb den Cousinen noch Zeit, nach Herzenslust zu faulenzen.

Als Omi Ursula dann am frühen Nachmittag aus der Stadt zurückkehrte, fand sie eine Wohnung vor, in der es nur so blitzte und blinkte. Dafür ertrug sie es gern, dass sich die beiden jungen Damen nach Herzenslust über ihre Dauerwelle lustig machten.

Als sie den Hut lüftete und sich kokett wie ein junges Mädchen vor dem Garderobenspiegel drehte, schlugen Bianca und Katy die Hände über dem Kopf zusammen.

„Du lieber Himmel“, rief Katy und täuschte Entsetzen vor. „Das muss ja furchtbar schwer sein. Das sieht ja aus wie – wie ein Lockenturm aus Beton!“

„Auf jeden Fall ist es eine freitragende Konstruktion“, ergänzte Bianca trocken.

Sie wussten beide, dass Omi Ursula es im Grunde genoss, mit ihnen herumzualbern.

„Wenn ihr jetzt aufhören könntet, die Leistung meiner hart arbeitenden Friseurin herabzusetzen …“, sagte sie und sprach den Satz nicht zu Ende.

„Was dann?“ riefen Bianca und Katy erwartungsvoll.

„Dann lasse ich mich vielleicht überreden, meine Einkaufstasche auszupacken."

„Das war doch nur Spaß!" beteuerte Bianca. „Wir würden doch deine Friseurin nicht ernsthaft beleidigen."

„Und dich selbst erst recht nicht", fügte Katy rasch hinzu. „Im Gegenteil. Ernsthaft betrachtet, siehst du diesmal richtig schick aus."

„Und zehn Jahre jünger", setzte Bianca noch eins drauf.

Schmunzelnd begann die frisch Frisierte, den Inhalt der Tasche auf dem Tisch auszubreiten.

Natürlich wussten Bianca und Katy, dass Omi Ursula immer ein paar köstliche Kleinigkeiten aus der Stadt mitbrachte. Diesmal waren es die Fruchtbonbons, die es nur in dem kleinen Süßwarenladen in der City gab und nach denen sich die ganze Familie alle zehn Finger leckte – Katy und Bianca sowieso, und Papa genauso wie Heiko.

7. KAPITEL

„Na? Neue Flamme, neues Glück?“ Nadine starrte die Frau an, die das gesagt hatte. Sie war groß und breit. Ihr schulterlanges dunkles Haar glich einer schwarzen Mähne, die ihr Gesicht mit einem Schatten bedeckte. Sie trug einen dunkelbraunen Kittel, der ihr zusätzlich etwas Düsteres verlieh. Es war die Kluft, in der Strafgefangene im Vorratslager für Verbrauchsmaterialien arbeiteten.

Die Düstere hatte ihre Kaffeepause beendet. Nachdem sie ihr Tablett auf das Abräumband gestellt hatte, war sie vor dem Tisch in der Cafeteria stehen geblieben, an dem Bianca und Nadine noch bei einem Becher Kaffee saßen. Sie blickte auf die beiden Frauen von oben herab, mit einem süffisanten Lächeln im Gesicht.

„Ihr beiden Hübschen passt richtig gut zusammen“, sagte die große Frau und lachte glucksend. „Das perfekte Paar, würde ich sagen.“

Ihre beiden Begleiterinnen, die wenige Schritte entfernt verharrten, kicherten unverhohlen.

„Margot“, sagte Bianca entwaffnend höflich und deutete mit einer Handbewegung auf Nadine, die ihr gegenübersaß. „Das ist Nadine Lehning, meine neue Mitbewohnerin. Nadine, das ist Margot Ammann. Wir sind beide ungefähr gleich lange hier.“

„Aber du ziehst dir immer die hübscheren Häschen an Land“, entgegnete die Düstere und grinste provozierend.

„Margot, bitte!“ sagte Bianca.

Sie sah, wie ihre neue Zellengefährtin erstarrte. Hatte Nadine eben noch Anstalten gemacht, der anderen zur Begrüßung freundlich die Hand zu reichen, so versteifte sich ihre Haltung jetzt, ihre Miene wurde eiskalt.

„Nein, wirklich“, erklärte Margot beharrlich. Offenkundig war sie sich des Beifalls ihrer Begleiterinnen bewusst. „Ihr habt euch gesucht und gefunden, das sieht man euch echt an. Muss so was wie Liebe auf den ersten Blick gewesen sein, was?“

Ihre Begleiterinnen lachten laut.

Nadines Lippen wurden schmal wie Striche.

„Bitte lass es gut sein, Margot“, murmelte Bianca eindringlich. „Lass uns einfach in Ruhe, ja?“

Aber Margot ließ sich nicht beirren und höhnte: „Da muss man eben erst in den Knast kommen, um so was Schönes zu erleben, stimmt's, Bi-Bi-Bianca?“

Nadine reichte es. Sie hieb mit ihrer kleinen Faust auf den Tisch, dass es krachte.

„Hast du einen Sprachfehler?“ fauchte sie. „Verpiss dich, blöde Kuh!“

„Oh!“ sagte Margot und blickte auf Nadine hinab wie eine Bulldogge auf einen Pekinesen, der sie gerade angekläfft hatte. „Was haben wir denn da? Einen vorlauten kleinen Straßenköter?“

Die große Margot hatte noch nicht zu Ende gesprochen, als Nadine reagierte. Sie tat es derart schnell, dass Margot es nicht einmal richtig mitbekam. Kaum von ihrem Stuhl aufgesprungen, war Nadine auch schon hinter ihr und packte ihren Arm.

Staunend beobachtete Bianca, was geschah.

Nadine führte Margot hinaus.

Die beiden Freundinnen gingen vorneweg. Sie taten es bereitwillig und gehorsam – offenbar, weil Margot es angeordnet hatte.

Die Szene hatte etwas von kumpelhafter Freundschaft und von launiger Atmosphäre zwischen den Frauen. Locker plaudernd und Arm in Arm schlenderten Nadine und Margot dahin. So schien es jedenfalls. Die Blicke, die ihnen folgten, nahmen vor allem wahr, was für ein ungleiches Paar sie doch waren. Margot wirkte neben der zarten und zerbrechlichen Nadine noch riesiger als sonst.

Nur Bianca wusste, was sich wirklich abspielte.

Ihre Zellengefährtin mit der jungenhaften Kurzfrisur schien äußerlich völlig ruhig zu sein, doch in Wahrheit vibrierte sie vor Energie. Sie war wie ein Pulverfass, das jederzeit explodieren konnte. Offenbar fehlte nur noch ein winziger Funke. Ein falsches Wort von Margot zum Beispiel. Oder eine falsche Bewegung.

Für jeden oberflächlichen Betrachter sah es aus, als hätte Nadine ihren Arm um die breite Hüfte der düsteren großen Frau gelegt. Doch das täuschte. Sie hatte Margots rechten Arm so geschickt hinter deren Rücken angewinkelt, dass es überhaupt nicht auffiel. Und was niemand ahnen konnte, war die Wirkung dieses Griffs.

Wie Nadine diese unglaubliche Wirkung zustande brachte, konnte sich auch Bianca nicht erklären. Aber sie ahnte es zumindest.

Ohne Zwischenfall lief ihre Freundin mit der großen Margot und ihren Gefährtinnen auf diese Weise hinaus. Gleich darauf kehrte Nadine in die Cafeteria zurück – unversehrt und mit einem hintergründigen Lächeln.

„Du brauchst gar nicht erst zu fragen“, sagte sie, als sie sich Bianca wieder gegenübersetzte.

„Du weißt ja gar nicht, was ich fragen will.“

„Doch.“

„Was denn?“

„Wie hast du das bloß gemacht?“ Nadine lehnte sich zurück, faltete die Hände auf dem Tisch und grinste breit.

„Na, dann sag's schon“, verlangte Bianca.

„Ich kannte mal eine, die Polizistin werden wollte. Die hat mich auch mal mit zum Kampfsportkursus geschleift, was mich aber auch nicht auf die rechte Bahn gebracht hat. Und sie hat auch nach einem Jahr die Polizeischule geschmissen. Aber was ich von ihr gelernt hab, reicht für das Leben auf der Straße allemal – falls du verstehst, was ich meine."

„Ich denke schon", antwortete Bianca und erwiderte das Lächeln ihrer Freundin. „Und wie funktioniert dieser Zaubergriff nun? Oder besser, was bewirkt er?"

„Ich kann es dir mal vorführen, wenn wir in der Zelle sind."

„Danke, das muss nicht sein." Bianca hob abwehrend die Hände und verzog schon im Voraus schmerzhaft das Gesicht.

Nadine lachte. „Also, kurz gesagt, ist es so: Margot bewegt sich exakt so, wie ich es will. Nur die kleinste Abweichung bereitet ihr höllische Schmerzen. Das ist die ganze Geschichte. Mehr ist nicht dran."

„Na, nun stell mal dein Licht nicht unter den Scheffel", entgegnete Bianca. „Du wirst ziemlich lange gelernt und trainiert haben müssen, bis du das draufhattest."

„Na ja", wehrte Nadine bescheiden ab. „Ein bisschen schon."

Bianca lehnte sich zurück und sah ihr Gegenüber einen Moment lang schweigend an.

„Da kannst du mal sehen", sagte sie dann, „was man …"

„Nein!" unterbrach Nadine sie mit leisem Aufschrei. „Nicht schon wieder!"

„Du weißt ja gar nicht, was ich sagen will“, rief Bianca.

„Doch, weiß ich. Ich zitiere, was ich dir an der Nasenspitze ablesen kann: ‚Da kannst du mal sehen, was man alles erreichen kann, wenn man ein bisschen lernt.‘ Richtig?“

Bianca nickte und schmunzelte. „Du kennst mich offenbar schon ziemlich gut. Vorhin wusstest du auch schon, was ich sagen wollte – und jetzt schon wieder? Könnte es sein, dass du Gedanken lesen kannst?“

„Also“, Nadine lachte, „nimm dich in Acht. Lass dir bloß nicht einfallen, was Schlechtes über mich zu denken. Dann bist du geliefert. Denk dran, wie es Margot ergangen ist.“ Begleitend zu ihren Worten versuchte Nadine, einen drohenden Blick aufzusetzen.

„Vergiss es!“ Bianca stimmte in das Lachen ihrer Freundin ein und winkte ab. „Es gelingt dir einfach nicht, böse auszusehen.“

„Aber bei Margot hat es gewirkt.“

„Das lag wohl weniger an deinem Aussehen.“

„Okay, du hast gewonnen.“ Nadine holte Luft, schnaufte und trank einen Schluck aus ihrem Kaffeebecher. Beinahe behutsam setzte sie ihn wieder ab und hob den Kopf. „Sag mal …“

„Ja?“ Bianca hielt ihren eigenen Becher mit beiden Händen umschlossen, als wollte sie sich an ihm wärmen.

„Diese Sache mit dem Hauptschulabschluss ...“

Bianca verschluckte sich fast an dem Kaffee.

„Was ist damit?“ fragte sie und ließ den Becher sinken.

„Wäre das so ähnlich – ich meine, ich will das jetzt nicht vergleichen, nur was den Ablauf angeht – wie dein Fernstudium?“

Bianca ließ sich nicht anmerken, dass sie kaum glauben konnte, was sie da hörte. Stattdessen schürzte sie die Lippen und nickte sehr bedächtig.

„Aber ja“, antwortete sie dann. „Es ist sogar sehr ähnlich. Du müsstest deine Hausaufgaben machen. Und vorher hättest du natürlich richtigen Unterricht.“

„Mit richtigen Lehrern?“

„Ja.“

„Jeden Tag?“

„Ich glaube nicht. Vielleicht jeden zweiten. Aber die Einzelheiten erfährst du in der Verwaltung.“

Nadine atmete hörbar durch die Nase ein.

„Mal gesetzt den Fall“, sagte sie vorsichtig, „ich würde es mir überlegen. Würdest du mitkommen? In die Verwaltung, meine ich. Du kennst dich da doch aus.“

„Also nein!“ Bianca schüttelte fassungslos den Kopf. „Die riesige Margot fertigst du mit Links ab, aber davor, allein in die Verwaltung zu gehen, hast du Angst.“

„Erstens“, erwiderte Nadine pikiert, „ist Margot nicht so riesig, wie du tust. Und zweitens habe ich dich nur um einen Gefallen gebeten – nicht darum, mir die Hand zu halten, weil mir die Knie zittern. So was habe ich mir nämlich lange abgewöhnt. Vergiss nicht: die Schule des Lebens.“

„Meine Güte“, sagte Bianca erschrocken. „Sag bloß, du bist beleidigt?“

Nadines eben noch finsterer Blick hellte sich auf, dann prustete sie vor Vergnügen.

„Oh Mann! Du lässt dich aber auch leicht aufs Glatteis führen. Natürlich bin ich nicht beleidigt. Und natürlich hast du Recht. Ich stemme die dicksten Weiber, aber bei Sachen, die du aus dem Handgelenk schüttelst, kriege ich das Schlottern.“

„Nicht doch“, entgegnete Bianca. „Jetzt machst du dich selbst klein und hebst mich in den Himmel. Das musst du nicht tun. Du hast im Leben genügend Erfahrungen gesammelt, um es locker mit mir aufzunehmen.“

„Aber das zählt doch nicht, Bianca. Ich meine, in deinem Leben brauchst du solche Fähigkeiten ganz bestimmt nicht. Deine Welt ist eine ganz andere. Als Juniorchefin gehst du auf Geschäftsreisen, wohnst in tollen Hotels – na, du siehst einfach eine Menge von der Welt.“

„Das ist Vergangenheit“, widersprach Bianca.

„Na und?“ Nadine hob die Augenbrauen. „Aber

die Erinnerung kann dir keiner wegnehmen, oder? Zum Beispiel deine Zeit in Italien. Das war bestimmt mehr als Geschäftsreise und Urlaub zusammen. Und als Aupair-Mädchen wurdest du da unten auch nicht gerade behandelt, oder?“

„Nein“, antwortete Bianca. „Das nicht. Und es stimmt, was du sagst. Ich erinnere mich gern an die Monate in der Toskana.“

Nadines Augen leuchteten vor Interesse, als Bianca zu erzählen begann.

Natürlich machte Bianca von dem Widerrufsrecht, das Amadeo Bracci ihr scherzhaft eingeräumt hatte, keinen Gebrauch. Zwei Monate nach der Jubiläumsfeier landete ihre Maschine auf dem Flughafen in Florenz.

Sie wuchtete ihren Koffer vom Laufband auf den Karren und packte das Handgepäck obendrauf – lediglich eine kleine Reisetasche und ihre Handtasche. Im Gegensatz zu den meisten Passagieren hatte sie sich nicht mit den üblichen zusätzlichen Plastiktüten beladen, die von Einkäufen vor dem Abflug und während des Fluges stammten. Kleine Mitbringsel für ihre Gastgeber und vor allem für die Kinder hatte sie rechtzeitig vor der Reise gekauft.

Schon die Atmosphäre auf dem Flughafen war typisch italienisch. Es musste diese mediterrane Leichtigkeit des Lebens sein, die alles bestimmte – das Wesen der Menschen ebenso wie die Umgebung, die sie für sich gestaltet hatten. Selbst Wände, Fenster und Türen des Flughafengebäudes wirkten filigraner als in Deutschland. Die Gepäckkarren hatten eine eigenwillige, beinahe verspielte Form.

Und dann die Kleidung! Die Schar der Wartenden am Gate war für Bianca eine geballte Präsenz italienischen Geschmacks und Modebewusstseins. Es war eine Freude, zu sehen, wie die dezente Eleganz der Menschen zugleich ihren unglaublichen Sinn für Ästhetik widerspiegelte. Das äußerte sich in Farben und Formen von Schuhen ebenso wie in den Schnitten von Jacken, Blusen und Kostümen.

Bianca schob ihren Gepäckkarren an der Reihe der vielen Menschen vorbei, von denen die meisten bereits Freunde, Verwandte oder Geschäftspartner unter den Ankommenden entdeckt hatten. Willkommensgrüße wurden ausgetauscht, dann schob sich die Menge auf die Ankunftsschleuse hin.

Bianca vermochte keine bekannten Gesichter zu entdecken, und sie bemerkte auch niemanden, der sie auf sich aufmerksam gemacht hätte. Vielleicht lag es an ihrer Aufregung, dass sie sich nicht richtig konzentrieren konnte. Immerhin lag eine außergewöhnliche Zeit vor ihr, eine ganz besondere Etappe auf ihrem Lebensweg.

Sie war nicht das erste Mal in Italien. Schon zweimal hatte sie ihren Vater auf Geschäftsreisen begleitet, beide Male jedoch nach Mailand. Florenz war nun die zweite italienische Großstadt, die sie zu sehen bekommen würde. Es musste eine außergewöhnliche Stadt sein, nach allem, was sie gelesen und gehört hatte. Ein unermesslicher Reichtum an Kultur und Geschichte wurde den Besuchern dieser Stadt auf Schritt und Tritt zum hautnahen Erleben angeboten.

Bianca erreichte die Ankunftshalle, wo das Menschengewühl erst richtig einsetzte. Vergeblich spähte sie nach den Gesichtern von Concetta und Amadeo in der Menge. Vielleicht hatten sie auch Simone und Giorgia mitgebracht, dann allerdings wohl in Begleitung von Alessia, dem Kindermädchen. Das Stimmengewirr überlagerte jedes andere Geräusch. Wenn jetzt jemand nach ihr rief, würde sie es garantiert nicht hören können.

Für den Notfall hatte sie Adresse und Telefonnummer des Stadthauses der Familie Bracci. Sie hatte aber auch Amadeos Handynummer. Es konnte also nichts schief gehen. Unverdrossen suchte sie daher ihren Weg zu den Ausgängen.

Mitten im Gedränge spürte sie plötzlich eine Berührung an der Schulter.

„Da bist du ja!“ sagte eine vertraute Männerstimme. „Willkommen in Florenz.“

Bianca blieb stehen und drehte sich überrascht um.

Vor ihr stand Amadeo – freudestrahlend, wie sie ihn kannte. Ohne Umschweife schloss er sie in die Arme und begrüßte sie mit den üblichen Küssen auf die Wangen.

„Danke“, erwiderte Bianca, froh, sich nun doch nicht allein in der fremden Stadt zurechtfinden zu müssen.

Amadeo trat einen Schritt zurück, umfasste ihre Schultern mit beiden Händen und betrachtete sie mit einem Gesichtsausdruck, der seine ganze Herzenswärme spiegelte.

„Gut siehst du aus“, stellte er fest. „Nur solltest du diesen Hosenanzug nicht zu oft tragen.“

„Nein?“ Bianca sah ihn erstaunt an. „Warum denn nicht?“

Amadeo zwinkerte verschmitzt. „Weil sonst die jungen Kerle aus Florenz in Rudeln hinter dir her laufen. Und dann belagern sie unser Haus und singen die ganze Nacht hindurch betörende Lieder zur Gitarre.“

„Ach, wie romantisch!“ Bianca lachte. „Wäre das schön!“

„Ruhestörung wäre das“, entgegnete Amadeo grollend und schmunzelnd zugleich.

Bianca lachte erneut. „Na, dann stell dir mal vor, deine jungen Florentiner würden eine Verstärkeranlage aufbauen und die ganze Nacht Heavy Metal spielen.“

„Mein Gott, du hast Recht“, rief Amadeo mit gespieltem Entsetzen. „Dann lassen wir sie lieber singen und in die Saiten greifen.“

„Bist du allein?“ fragte Bianca.

„Himmel, nein!“ Amadeo warf mit einer theatralischen Gebärde die Arme hoch. „Glaubst du, meine Familie würde es sich nehmen lassen, unseren Besuch aus Deutschland willkommen zu heißen? Warte nur ab, das Empfangskomitee wird sich gleich auf dich stürzen.“

Amadeo bestand darauf, den Kofferkarren zu schieben. Biancas Beteuerung, dass sie dafür kräftig genug sei, fruchtete nichts. In diesem Land, so erfuhr sie, galten die Gesetze der Höflichkeit. Da mochte eine Frau noch so jung und stark sein, der Pflichtausübung eines Kavaliers durfte sie sich keinesfalls widersetzen.

Bianca ließ sich den Karren also abnehmen, und sie fühlte sich heiter und aufgekratzt, als sie Amadeo folgte, wie er sich einen Weg zum Ausgang bahnte.

Es war ein warmer Sommerabend und noch nicht ganz dunkel, aber die Lichter des Airports erstrahlten bereits in vollem Glanz. Eine startende Maschine stieg mit donnernden Triebwerken in den Abendhimmel. Von den Portalen schwärmten die Menschen aus, auf Taxistände und ihre eigenen parkenden Autos zu. Wiedersehensfreude schwang in den Gesprächen mit; das hörte Bianca heraus, obwohl sie nur einen Bruchteil verstand.

Als sie auf den Vorplatz hinaustraten, waren auf einmal helle Kinderstimmen zu hören, begleitet von schnellen kleinen Schritten.

„Bianca! Bianca!" riefen Simone und Giorgia aufgeregt.

Durch die sich lichtenden Menschenscharen rannten sie auf ihren Vater und seine Begleiterin zu. Concetta und Alessia folgten ihnen freudestrahlend.

Amadeo blieb mit dem Kofferkarren stehen, und Bianca trat rasch neben ihn. Sie ging in die Knie und breitete die Arme aus. Der Lockenkopf und seine kleine Schwester warfen sie vor Wiedersehensfreude fast um. Aufgeregt plappernd ließen sich die beiden umarmen.

Unterdessen waren auch Concetta und Alessia zur Stelle.

„Willkommen in Italien, Bianca!" riefen Signora Bracci und das Kindermädchen, laut genug, um die lärmenden Geschwister zu übertönen.

„Bianca, Bianca!" schrien Simone und Giorgia begeistert und machten Platz für ihre Mutter und ihre Betreuerin.

Im nächsten Augenblick war Bianca der Mittelpunkt, wurde umarmt und geküsst und gefeiert wie ein Star. So kam sie sich jedenfalls vor. Amadeo stand ein Stück abseits, schaute zu und lächelte in sich hinein.

Nachdem der erste Trubel sich gelegt hatte, machten sie sich auf den Weg zum Auto, das Amadeo in einer Hochgarage geparkt hatte. Es war ein siebensitziger Lancia Phedra. Bianca wollte sich mit einem der hinteren Plätze begnügen, doch die gesamte Familie, einschließlich Alessia, bestand lautstark darauf, dass sie als Ehrengast den Beifahrersitz einzunehmen hatte.

Bianca fügte sich und versuchte auch gar nicht erst, Amadeo beim Einladen ihres Gepäcks zu helfen. Sein Blick und sein lächelndes Kopfschütteln genügten, um ihr klar zu machen, dass sie sich auch hier wieder an die geltenden Höflichkeitsgebote zu halten hatte.

Während Amadeo den Karren wegbrachte, drehte sich Bianca auf dem Beifahrersitz um. Concetta und Alessia saßen in der Mitte, und Simone und Giorgia hüpften auf der hinteren Sitzbank herum.

„Ich freue mich ja so, bei euch sein zu dürfen“, sagte Bianca.

Concetta übersetzte es für Alessia, deren Deutschkenntnisse nur begrenzt waren. Die Kinder hörten ohnehin nicht zu; sie waren mit einem Spiel beschäftigt, bei dem sie sich fortwährend Reime zuschrien, aufsprangen, gegenseitig die Handflächen aneinander klatschten und sich wieder auf den Sitz fallen ließen.

„Wir freuen uns, dich bei uns zu haben“, sagte Concetta.

Bianca spürte, dass es mehr als nur eine Floskel war.

Auf dem Weg durch die Hauptverkehrsstraßen der Stadt erklärte Amadeo seiner Beifahrerin, in welcher Richtung sich die weltberühmten Sehenswürdigkeiten befanden und dass sie viel Zeit haben würde, alles ausgiebig zu besichtigen.

Bald glitt der Lancia durch ein weniger dicht bebautes Stadtgebiet. Pinien und Platanen ragten beiderseits der Straßen auf, und an die Bürgersteige schlossen sich hohe Einfriedigungen an, hinter denen Büsche und Ziersträucher aufragten. Dadurch war der Blick auf die Häuser in den meisten Fällen verwehrt.

Auch das Haus der Braccis war von der Straße aus nicht zu sehen. Im Schritttempo fuhr Amadeo auf ein hohes schmiedeeisernes Tor zu. Er richtete eine Fernbedienung darauf und es rollte automatisch zur Seite. Eine von Säulenzypressen gesäumte asphaltierte Fahrbahn führte durch den großen Garten.

Überall brannten Außenlampen. Auf hohen und niedrigeren Masten, in den unterschiedlichsten Formen leuchteten sie offenbar jeden Winkel des Grundstücks aus. Einbrecher hatten es hier schwer, zumal es bestimmt auch eine Alarmanlage gab.

Ein Blick zurück zeigte Bianca, dass sich das Tor automatisch wieder schloss. Die Kinder waren noch immer mit ihren Reimen beschäftigt. Concetta und

Alessia besprachen die Einzelheiten des Abendessens, das sie schon vorbereitet hatten. Bianca vermochte es herauszuhören, obwohl man ihre Italienischkenntnisse beim besten Willen nicht als fließend hätte bezeichnen können.

Leise schnurrte der schwere Wagen dahin. Einen Augenblick später erblickte Bianca das Haus und war sprachlos vor Staunen.

„Haus“ war eine reichlich untertriebene Bezeichnung für dieses prachtvolle Gebäude. Es hatte drei Stockwerke und ein Ziegeldach mit dem für die Toskana typischen flachen Neigungswinkel. Die Außenwände waren in einer matten Ockerfarbe gestrichen, und die klassischen hölzernen Fensterläden bildeten mit ihrem dunklen Grün einen wirkungsvollen Kontrast dazu.

„Gefällt es dir?“ fragte Amadeo mit stolzem Lächeln, ohne den Kopf zu wenden. Er brachte den Wagen direkt vor dem Hauseingang zum Stehen.

„Es ist himmlisch“, antwortete Bianca begeistert. „Das ist ja das reinste Paradies, in dem ihr hier wohnt.“

„Paradiso?“ rief Simone, der es aufgeschnappt hatte. „Il nostro paradiso?“

„Si, si“, antwortete seine Mutter und erklärte, dass der Gast der Familie das Anwesen so genannt habe.

Ein lautstarkes Palaver setzte ein, und Amadeo erläuterte Bianca schmunzelnd, dass die Kinder ganz begeistert seien, im Paradies zu wohnen, und warum sie das nicht früher erfahren hätten. Concetta und Alessia seien nun damit beschäftigt, den kleinen Rackern begreiflich zu machen, dass sie, Bianca, nicht das richtige Paradies gemeint, sondern eben nur einen Vergleich dazu gezogen habe.

Dann, während Amadeo das Gepäck auslud und Alessia mit den Kindern vorauslief, führte Concetta Bianca ins Haus. Concetta betätigte eine Reihe von Lichtschaltern.

Eine kühle Pracht aus Carrara-Marmor in unterschiedlich hellen Farbtönen erstrahlte. Einige wenige antike Möbelstücke aus dunklem, fast schwarzem Holz setzten wuchtige Akzente. Die Gemälde an den Wänden schienen ausnahmslos Originale moderner Maler zu sein. Ebenso verhielt es sich mit den raffiniert platzierten Statuen. Alle bestanden aus dem hierzulande leicht verfügbaren Material, dem berühmten Marmor aus dem nahen Carrara. Neben dem riesigen Kamin stand eine avantgardistische Version von Michelangelos David-Motiv.

Trotz der Größe der Halle fühlte Bianca sich auf Anhieb wohl. Es musste an der Art und Weise liegen, wie Amadeo und Concetta die Einrichtung ihres Hauses zusammengestellt hatten. Größe und Weitläufigkeit mussten nicht gleichbedeutend mit Ungemütlichkeit sein.

Dieser Eindruck setzte sich auch in den Treppenhäusern und Fluren fort, als die Braccis Bianca zu ihrem Zimmer im ersten Stock brachten. Es war ungefähr dreimal so groß wie das Zimmer, das sie zu Hause mit Katy teilte.

Und es gab jeglichen Komfort – ein eigenes Bad, nur durch eine Zwischentür abgetrennt, einen Wäscheschrank mit zusätzlichen Decken fürs Bett, einen Kleiderschrank, eine Sitzgruppe und einen kleinen Schreibtisch mit Telefon. Sogar ein Kühlschrank war vorhanden, gefüllt mit Mineralwasser und kleinen Snacks für den Hunger zwischendurch.

„Sehen wir uns in einer halben Stunde zum Abendessen?“ fragte Concetta, während sie sich mit Amadeo zurückzog. „Kein Problem, wenn du mehr Zeit brauchst.“

„Nein, nein, das ist in Ordnung“, antwortete Bianca. Sie war noch damit beschäftigt, sich staunend umzusehen. „Aber ich fürchte, ich werde euch nicht finden. Bestimmt verlaufe ich mich in diesem riesigen Haus.“

Amadeo und Concetta lachten, Arm in Arm auf der Türschwelle.

„Keine Sorge“, erklärte Amadeo. „Wir schicken dir Alessia, damit sie dich abholt.“

Bianca bedankte sich und packte rasch ihre Badutensilien und ihr Handy aus. Nachdem sie sich frisch gemacht und umgezogen hatte, rief sie rasch zu Hause an. Es tat ihr gut, die Stimmen von Omi Ursula, Papa und Heiko zu hören. Sie schilderte in Kurzform, was sie bis jetzt erlebt hatte, und richtete die Grüße der Braccis an die Bergers aus.

Alessia klopfte pünktlich an die Tür, und gleich darauf erfuhr Bianca, dass die toskanische Küche nicht ohne Grund überall in der Welt gerühmt wurde. In dem gemütlichen Esszimmer mit Cottofußboden und marmorgetäfelten Wänden in einem warmen Beigeton war ein großer Tisch festlich gedeckt. Amadeo und Concetta hatten ihre Plätze an den beiden Kopfseiten, Alessia und Bianca saßen den beiden Kindern gegenüber.

Simone und Giorgia, so stellte Bianca überrascht fest, waren bei Tisch wie verwandelt. Statt sich so wild und temperamentvoll wie am Flughafen und im Auto aufzuführen, strengten sie sich sichtlich an, alles, was sie über gute Tischmanieren gelernt hatten, in die Tat umzusetzen.

Alessia lächelte stolz, als sie Biancas beeindruckte Blicke bemerkte.

Das Fünf-Gänge-Menü wurde von zwei Küchenhelferinnen serviert. Es begann mit Antipasti und einem Apéritif, gefolgt von einer Minestrone, wie Bianca sie so köstlich noch nie genossen hatte. Dazu öffnete Amadeo einen leichten Weißwein. Nach der Pasta folgte Saltimbocca als Hauptgang, und schließlich, als Bianca schon das Gefühl hatte, sich nicht mehr bewegen zu können, wurden die „dolci“ serviert, himmlische süße Nachspeisen, die so verführerisch waren, dass sie einfach nicht widerstehen konnte. Zum Abschluss, als Alessia die Kinder zu Bett brachte, gab es einen Espresso, der hier „caffè" genannt wurde, wie Bianca bereits aus Mailand wusste.

Anschließend konnte sie sich gerade noch lange genug wach halten, um mit ihren Gastgebern ein halbes Glas Rotwein zu trinken. Beide hatten absolutes Verständnis, als Bianca darum bat, sich zurückziehen zu dürfen. Concetta begleitete sie zu ihrem Zimmer.

„Nun schlaf gut, Bianca", sagte die Hausherrin fürsorglich. „Vor allem, schlaf so lange du willst. Morgen zeige ich dir erst einmal das Haus und die Umgebung. Der Ernst des Lebens – in der Firma – hat Zeit bis übermorgen."

„Danke", erwiderte Bianca dankbar und umarmte Concetta, weil ihr ganz einfach die Worte fehlten.

Dann, allein im Zimmer, hatte sie nur noch einen Gedanken. Schnell ins Bett. Todmüde nach dem aufregenden Tag kuschelte sie sich in Kissen und Decken, und innerhalb von Minuten war sie tief und fest eingeschlafen.

8. KAPITEL

Den ganzen Tag über war der Himmel grau in grau. In den Verwaltungsbüros der Strafanstalt brannte deshalb durchgehend Licht, schon seit dem Dienstbeginn am frühen Morgen. Biancas Blick streifte die Uhrzeit in der rechten unteren Ecke des Computerbildschirms. Es war kurz vor vier, also nur noch eine gute halbe Stunde bis zum Feierabend.

Ihre Finger flogen über die Tastatur, und die leeren Felder der Buchungsfenster füllten sich in Windeseile. Hätte es ein Gerät zum Umblättern gegeben, wäre sie noch schneller gewesen. So aber musste sie jedes einzelne Blatt Papier vom Stapel der ungebuchten auf den Stapel der gebuchten Belege wenden. Eingangsrechnungen für die verschiedenen Werkstattbetriebe des Gefängnisses waren es, die Bianca an diesem Tag in das Buchführungsprogramm einzugeben hatte.

In dem Büroraum arbeiteten drei weitere Datenerfasserinnen. Bianca war jedoch die einzige Strafgefangene in dieser Abteilung der Verwaltung. Ihre Kolleginnen, normale Angestellte, lebten außerhalb der Strafanstalt in Freiheit.

Das leise Klicken der Computer-Tastaturen war das einzige Geräusch, das in der Abteilung zu hören war. Die vier Frauen arbeiteten hoch konzentriert.

Das Zahlenmaterial erforderte volle Aufmerksamkeit. Zu leicht unterliefen Fehler, wenn man sich ablenken ließ.

Nur beim Umblättern erlaubte Bianca sich einen gelegentlichen Blick über den Monitor hinweg durchs Fenster. Dort draußen nahm der graue Tag eine noch dunklere Farbe an. Der Himmel, soweit er durch die Fensterscheiben auszumachen war, wechselte nach und nach in ein tiefes Dunkelblau. Es hatte den Anschein, als würde bald die Nacht hereinbrechen, doch bis dahin waren noch mindestens sechs Stunden Zeit.

Bianca fühlte sich an ihrem Arbeitsplatz manchmal so wohl, dass es ihr bisweilen fast unheimlich war. Die Geborgenheit in dem hellen und warmen Büros gaukelte ihr vor, dass es momentan keinen erstrebenswerteren Ort auf der Welt gab. Sie fühlte sich behütet und zu Hause, und sie brauchte sich um ihre Existenz keine Sorgen zu machen. An dem täglichen Existenzkampf, den Menschen draußen in der freien Welt ausfechten mussten, brauchte sie sich nicht zu beteiligen.

Nach der Arbeit gab es für sie keine vollgestopften Busse oder Bahnen, in denen sie eine halbe oder eine ganze Stunde verbringen musste, ehe sie ihre Wohnung erreichte. Sie hatte keinen Ärger mit Vermietern, keine Schwierigkeiten mit lärmenden Nachbarn. Sie war auch nicht gezwungen, einen großen

Teil ihrer kostbaren Freizeit in Supermärkten und anderen Geschäften zuzubringen, um sich mit dem Lebensnotwendigen zu versorgen. Auch alle anderen Zeit raubenden Aktionen wie Friseur-, Zahnarzt- und Arzttermine entfielen; hier im Gefängnis gab es dafür festgesetzte Zeitrahmen, und man brauchte dafür auch keine öffentlichen Verkehrsmittel, sondern nur ein paar Schritte zu Fuß zu gehen.

Letztlich wurden einem alle Entscheidungen abgenommen.

Man lebte, ohne für sich selbst Verantwortung übernehmen zu müssen.

Damit war die Liste der Annehmlichkeiten keineswegs schon vollständig. Es gab noch eine Menge mehr. Zum Beispiel musste man seine Wäsche nicht selbst waschen. Bianca war sicher, dass es eine ziemlich lange Liste werden würde, wenn sie einmal alles aufschrieb.

Dennoch war das alles natürlich ein Trugschluss.

Das wurde ihr spätestens dann klar, wenn sie ganz nüchtern über ihre Situation nachdachte. Der Preis, den sie für diese vermeintliche Geborgenheit hinter Gittern bezahlte, war ihre Freiheit. Zumal ihr Unrecht geschehen war. Sie saß unschuldig hier, wie in aller Welt konnte sie sich trotzdem so behaglich fühlen?

Auch darauf gab es eine Antwort.

Sich vier Jahre lang tagtäglich gegen einen Justizirrtum aufzulehnen, hätte ihr nicht das Geringste genützt. Ihre einzige Chance bestand darin, die Dinge zu akzeptieren, wie sie waren – vier Jahre lang. Denn es gab niemanden mehr, der ihr hätte helfen können.

Omi Ursula war krank. Katy musste alle Energie darauf verwenden, mit ihrem eigenen Leben zurecht zu kommen. Und ebenso wie die beiden hatte auch Bianca kein Geld, um einen Rechtsanwalt zu bezahlen. Dabei war es ohnehin fraglich, ob es überhaupt möglich sein würde, den Prozess neu aufzurollen. Solange es keine neuen Beweise gab, waren die Aussichten gleich null.

Sie musste also Geduld haben.

Vier Jahre Geduld.

Die Tür zum Nachbarbüro wurde geöffnet.

Bianca arbeitete weiter; sie drehte sich auch dann noch nicht um, als sie merkte, dass sich ihr jemand näherte. Erst als sie merkte, dass der Mann neben ihrem Schreibtisch stehen blieb, hielt sie inne.

Es war Thomas Uhlandt, der Verwaltungsleiter. Sie erkannte ihn bereits an seinem hellbraunen Sakko und dem beigefarbenen Hemd ohne Krawatte. Dazu trug er Jeans und Sportschuhe mit dicken Sohlen. Letztere gaben seinen Schritten etwas Federndes. Er war ausgesprochen schlank, sein strohblondes Haar war fransig kurz geschnitten.

Bianca mochte Herrn Uhlandt sehr. Deshalb hätte sie ihm gern einmal gesagt, dass er ihrer Meinung nach mit seinem jugendlich-lockeren Äußeren etwas übertrieb. Er war fünfzehn Jahre älter als sie, und etwas konservativere Kleidung hätte ihm als Vorgesetztem besser zu Gesicht gestanden. Aber sie traute sich nicht, ihn darauf anzusprechen, obwohl sie sich gut mit ihm verstand. Genau genommen hatte sie bei ihm sogar einen Stein im Brett. Doch über private Dinge hatte sie noch nie mit ihm gesprochen, und allein deshalb verbot sich ihr jede Art von persönlichen Äußerungen von vornherein.

„Bianca", sagte er gedämpft und beugte sich zu ihr hinab. „Ich muss Sie bitten, für heute Schluss zu machen."

Sie blickte erschrocken zu ihm auf. „Ist etwas geschehen?"

Die anderen Frauen hatten nur kurz herübergeblickt und ihre Arbeit sofort wieder aufgenommen. Bianca hatte keine Geheimnisse vor ihnen. Und wie sie selbst, wussten auch ihre Kolleginnen sofort, dass die Nachricht des Chefs mit Nadine zu tun haben musste. Denn Bianca hatte erzählt, was für einen schweren Tag ihre Zellengenossin heute hatte.

„Nadine braucht sie", erklärte Herr Uhlandt. „Frau Dr. Garland ist bei ihr, und sie lässt nach Ihnen schicken. Sie bittet Sie, Nadine möglichst sofort Gesellschaft zu leisten. Es ist einfach nur wichtig, dass Sie bei ihr sind, sagt Frau Dr. Garland."

„Mein Gott!" rief Bianca bestürzt. „Ich muss nur

eben abspeichern und das Programm schließen, dann bin ich …“

Herr Uhlandt unterbrach sie mit einer Handbewegung.

„Lassen Sie nur, das erledige ich schon. Gehen Sie am besten gleich los. In Ordnung?“

Bianca ließ sich das nicht zweimal sagen. Während ihr Vorgesetzter ihren Schreibtischplatz einnahm, eilte sie bereits hinaus. Voller Ungeduld passierte sie die verschiedenen Sicherheitsschleusen auf dem Weg zu ihrem Zellentrakt.

Auf den letzten Schritten registrierte sie erstaunt, dass es in ihrer Zelle völlig still war. Sie hatte damit gerechnet, Nadine schreien oder zumindest laut weinen zu hören. Sie trat ein.

Nadine lag bäuchlings auf ihrem Bett und rührte sich nicht, das Gesicht in ihr Kissen vergraben.

Dr. Miriam Garland, die Gefängnispsychologin, saß auf einem Stuhl neben Nadines Bett und drehte sich zu Bianca um. Mit einer Handbewegung bedeutete sie ihr, die Tür zu schließen und näher zu kommen. Bianca befolgte die Anweisung und ging neben Dr. Garland in die Hocke. Die Psychologin beugte sich vor und flüsterte:

„Ich habe ihr ein leichtes Beruhigungsmittel gegeben. Sie schläft aber nicht, dafür ist sie viel zu aufgewühlt. Körperlich ist sie dagegen völlig erschöpft.“

„Gab es Streit?“ fragte Bianca. „Trotz allem?“

Sie wusste, dass Nadine heute acht Stunden bewachten Freigang bekommen hatte, um ihre Mutter im Krankenhaus zu besuchen. Die Nachricht, dass ihre Mutter dort eingeliefert worden war, hatte sie erst vor drei Tagen erhalten.

„Nein, gestritten haben sie sich nicht. Sie haben sich sogar versöhnt."

„Das hatte Nadine gehofft", erwiderte Bianca, ebenfalls im Flüsterton.

Dr. Garland nickte. „Ihre Mutter hat ihr gesagt, dass sie sterben wird."

Bianca schloss entsetzt die Augen. Sie wehrte sich nicht gegen die Tränen, die über ihre Wangen zu rinnen begannen.

„Wie furchtbar!" hauchte sie.

„Es muss jetzt ständig jemand bei ihr sein", wisperte Dr. Garland. „Und es gibt niemanden, der dafür besser geeignet wäre als Sie, Bianca."

„Glauben Sie, dass sie versucht, sich etwas anzutun?"

Die Psychologin schüttelte den Kopf. „Nein, das nicht. Ich möchte nur ganz sicher sein. Und das bin ich, wenn ich weiß, dass Sie bei ihr sind." Nach einem Blick auf die Reglose stand Dr. Garland leise auf. „Lassen Sie mich benachrichtigen, wenn etwas sein sollte, ja?"

Bianca konnte nur nicken. Ihre Stimmbänder schienen auf einmal den Dienst zu versagen. Sie zog die Lippen zwischen die Zähne und versuchte, die Beklommenheit abzuschütteln, während die Psychologin sich zurückzog und die Zellentür kaum hörbar schloss. Bianca wandte sich dem Bett zu, und ihr wurde bewusst, dass sie in Nadines Anwesenheit zum ersten Mal keine Worte fand. Bislang war es immer so leicht gewesen, einfach drauflos zu plaudern, sobald sie Zeit und Gelegenheit dazu hatten. Wenn sie zusammen waren, hatte es ihnen noch nie an Gesprächsstoff gemangelt.

Und jetzt, auf einmal, war alles ganz anders. Oder nicht?

Sie konnten über alles miteinander reden. Das zeichnete ihre Freundschaft aus, und dabei musste es bleiben. Unbedingt. Das war zu wertvoll, als dass man es aus Angst oder Verlegenheit aufs Spiel setzen durfte. Bianca hatte schon oft darüber gelesen, dass Menschen – gute Freunde und sogar Ehepartner – sich voneinander zurückzogen, sobald einer von ihnen von schwerer Krankheit betroffen war. Sie hatte das nie verstehen können, obwohl sie wusste, dass die Angst dabei eine wesentliche Rolle spielte. Die Furcht davor, sich der Grausamkeit des Schicksals zu stellen.

So räusperte sie sich leise.

„Nadine“, sagte sie vorsichtig. „Hörst du mich?“

Bianca erschrak, als ihre Freundin sich so plötzlich herumwarf, dass die Bettfedern quietschten.

Ebenso ruckartig setzte sie sich auf. Ihre Gesichtshaut hatte eine fiebrige Farbe angenommen, die Augen waren rot geweint. Wie kraftlos hingen ihre Arme vom Körper herab.

„Es ist meine Schuld“, sagte sie tonlos. „Es ist alles meine Schuld.“

Bianca setzte sich zu ihr auf die Bettkante. Sie schluckte den Kloß hinunter, der sich in ihrem Hals gebildet hatte, und dann schloss sie Nadine einfach in die Arme. Voller ungestümer Verzweiflung klammerte sie sich an Bianca wie ein kleines Mädchen, das in Panik zu seiner Mutter geflohen war. Sie barg ihren Kopf an Biancas Schulter und schluchzte, wobei ihr schmaler Oberkörper wie von Krämpfen geschüttelt wurde.

Bianca mühte sich, ihre eigenen Tränen zu unterdrücken. Nadine brauchte in dieser Minute ganz bestimmt niemanden, der sich gemeinsam mit ihr die Augen aus dem Kopf heulte. Sie brauchte einen Menschen, der ihr Halt gab. Und Bianca wollte alles tun, um diese Aufgabe zu erfüllen.

Dazu gehörte, dass sie Nadine jetzt nicht einfach vom Gegenteil zu überzeugen versuchte. Etwa in dem Stil von ‚Aber du hast doch keine Schuld!‘ oder ‚Mach dir um Himmels Willen willen keine Vorwürfe.‘ Mit solchen Plattheiten, das spürte Bianca instinktiv, würde Nadine nicht das Geringste anzufangen wissen.

Deshalb strich sie über Nadines feines Haar und sagte: „Du meinst also, dass deine Mutter vor lauter Sorge um dich krank geworden ist?"

„Ja!" schniefte Nadine. „Ja! Mein Gott, genau so ist es! Wenn ich ihr nicht all die Jahre nur Ärger gemacht hätte, wäre es nicht passiert."

„Hat sie das gesagt?"

Nadine unterbrach ihr Schluchzen, bog den Kopf zurück und sah ihre Freundin verdutzt an.

„Nein, hat sie nicht. Aber es ist doch völlig klar." Nadine wischte sich die Tränen aus dem verweinten Gesicht und schniefte erneut. „Das weiß doch jeder. Kummer macht krank. Und wenn die Kummerkrankheit nicht aufhört, kann Krebs daraus werden. Dr. Garland sagt, das stimmt."

„Wirklich?"

Nadine atmete tief durch. „Na gut, sie sagt, man vermutet es. Bewiesen ist es nicht. Aber was ändert das schon? Für mich steht es fest. Meine Mam hat oft genug gesagt: ‚Du machst mich krank.' Damit hat sie zwar nicht das gemeint, was jetzt passiert ist, aber vielleicht war das so eine Art Vorahnung – verstehst du?"

„Natürlich", antwortete Bianca leise. „Aber was war mit deinem Bruder? War er nicht auch beteiligt?"

„Daran, dass sie krank wurde?"

„An der Ursache für ihre Krankheit – so würde ich es eher nennen."

„Aber er ist tot, Bianca! Und nach seinem Tod wäre es meine Aufgabe gewesen, mich um meine Mutter zu kümmern."

„Du tust es jetzt", sagte Bianca mitfühlend. „Es ist noch nicht zu spät, glaube mir. Und sieh mal, das mit deinem Bruder habe ich nicht gesagt, um abzulenken oder dir einzureden, dass du deiner Mutter keinen Kummer gemacht hast. Aber glaubst du nicht auch, dass der Tod eines ihrer Kinder das Schlimmste ist, was einer Mutter geschehen kann?"

Nadine blinzelte mit ihren geröteten Augen.

„Meinst du?"

„Ich sage auch nur das, was ich gelesen habe", erwiderte Bianca. „Aber man kann sich doch vorstellen, wie es ist, Mutter zu sein, oder?"

„Ja, schon", antwortete Nadine, und der Anflug eines Lächelns zeigte sich in ihren Mundwinkeln. „Ob du es glaubst oder nicht, aber genau das habe ich mir dann und wann schon mal ausgemalt."

Bianca nickte. „Und dann stell dir vor, du ziehst deinen Sohn – oder deine Tochter – groß, und dieses Kind stirbt in jugendlichem Alter, noch dazu an einer Überdosis Heroin."

Nadine presste die Zähne aufeinander und mahlte mit dem Kiefer.

„Du meinst also, ich soll einfach Michael die ganze Schuld geben und mir selbst überhaupt keine?"

„Nein", entgegnete Bianca. „So funktioniert das

bestimmt nicht. Ich weiß, wie schwer es ist, aber versuch doch bitte, die Dinge so zu sehen, wie sie sind. Dabei steht meiner Meinung nach an erster Stelle, dass du dich mit deiner Mutter versöhnt hast. Darüber muss sie sich doch sehr gefreut haben – ich meine, auch dass du zu ihr gekommen bist."

„Meinst du?" Nadines Stimme klang zaghaft und unsicher.

„Aber sicher. Dass ihr euch begegnen und wieder miteinander reden könnt, das ist es doch, was jetzt zählt. Ich glaube, mit deinem Besuch im Krankenhaus hast du deiner Mutter die größte Freude ihres Lebens gemacht."

Nadine senkte schuldbewusst den Kopf.

„Ich hätte es schon eher tun können, als ich noch nicht im Gefängnis war", murmelte sie.

Natürlich war Bianca klar, dass sie Nadine den Schmerz nicht abnehmen konnte. Aber zumindest war sie etwas ruhiger geworden. Vielleicht lag das auch an dem Mittel, das die Psychologin ihr gegeben hatte. Bianca konnte nur hoffen, dass sie auch ein wenig zu ihrer Besserung beitrug.

In den letzten Tagen, nachdem ein Arzt aus dem Krankenhaus in der Gefängnisverwaltung angerufen hatte, hatte Nadine ihrer Freundin alles erzählt, was sie so sehr belastete.

Ihr Vater hatte seine Familie im Stich gelassen, als sie und ihr Bruder Michael noch im Kindergartenalter gewesen waren. Ihre Mutter hatte es schwer gehabt, die beiden Kinder durchzubringen. Sie hatte kaum Zeit für sie, weil sie zwei, manchmal drei Jobs gleichzeitig hatte, um wenigstens das nötigste Geld nach Hause zu bringen.

Nadines Vater zahlte keinen Unterhalt und ließ sich nach der Trennung auch nie wieder blicken. Eines Tages flatterte dann die Nachricht ins Haus, dass er volltrunken auf eine Straße getorkelt und überfahren worden war. Nadine war damals vierzehn Jahre alt und empfand überhaupt nichts. Keine Trauer, keinen Schmerz. Sie konnte nicht begreifen, warum ihre Mutter trotz allem zu der Beerdigung ging.

In den darauf folgenden Jahren wurde es immer schlimmer. Unter dem wachsenden Druck der wirtschaftlichen Not fing auch Nadines Mutter an, zur Flasche zu greifen. Michael und Nadine waren nun noch mehr sich selbst überlassen und stürzten sich geradezu bereitwillig in schlechte Gesellschaft. Die Drogenszene empfing sie mit offenen Armen. Und als beinahe zwangsläufige Folge hatten beide jeglichen Kontakt zu ihrer Mutter abgebrochen.

Bianca brach das Schweigen. „Weißt du, Nadine, vielleicht wart ihr beide noch nicht so weit, dass ihr euch wieder begegnen konntet. Ich finde, du solltest deiner Mutter dankbar sein, dass sie den ersten Schritt gemacht hat."

„Oh, das bin ich auch!" rief Nadine mit bebender

Stimme, und abermals füllten sich ihre Augen mit Tränen. „Darüber bin ich ja so froh – ich kann dir gar nicht sagen, wie.“

„Hat sie es dir gesagt?“ fragte Bianca.

„Ja“, antwortete Nadine mit erstickter Stimme. „Sie weiß, dass sie sterben wird. Und was ich am allerwenigsten dabei begreife, ist, dass sie so total ruhig ist. Sie nimmt es völlig gelassen hin. Mein Gott, wenn ich erfahren würde, dass ich ...“ Sie schluckte, konnte erst nach einem Moment weitersprechen. „Also, ich glaube, ich würde durchdrehen.“

„So würde es mir auch gehen“, sagte Bianca und schloss Nadine erneut in die Arme.

Wieder verstummten beide und hingen ihren eigenen Gedanken nach. Lange verharrten sie in ihrer stillen Umarmung. Sie fühlten sich einander sehr nahe, obwohl jede ganz für sich war Dann war es Nadine, die das Schweigen brach.

„Wieso bist du eigentlich schon so früh hier?“ fragte sie.

„Dr. Garland hat mich rufen lassen, und Herr Uhlandt hat mir frei gegeben. Er hat mich regelrecht weggeschickt und hat sogar den Rest meiner Arbeit übernommen.“

Nadine konnte zum ersten Mal wieder richtig lächeln.

„Es sind gute Menschen, die sich hier um uns kümmern, nicht wahr?“

„Darüber können wir wirklich froh sein", erwiderte Bianca.

„Dieser Herr Uhlandt – hast du ihm nicht auch eine Menge zu verdanken?"

„Wie kommst du gerade jetzt darauf?" fragte Bianca verwundert.

„Ich weiß nicht genau. Kann sein, dass man glücklich ist, wenn man auf einmal auf einen Menschen stößt, der einem vertraut, obwohl …"

„Obwohl die ganze Welt gegen einen ist?"

„Ja", bestätigte Nadine. „Genau das ist es, was ich meine. Ich habe dieses Gefühl bei dir, seit ich dich kenne."

Bianca lächelte verlegen.

„Aber ich lebe nicht mit Herrn Uhlandt in einer Zelle", sagte sie, um abzulenken.

Nadine schüttelte den Kopf. „Darauf kam es damals doch auch gar nicht an, oder?"

„Nein", erwiderte Bianca nachdenklich. „Darauf kam es überhaupt nicht an …"

Ihr kam es vor, als würde das Ereignis inzwischen schon eine Ewigkeit zurückliegen. Dennoch konnte sie sich an jede Einzelheit erinnern.

Strahlender Sonnenschein begrüßte das Personal zum Beginn der neuen Arbeitswoche. In den Büros blieben die Leuchtstoffröhren ausgeschaltet.

„Eine absolute Seltenheit", erklärte Verwaltungsleiter Thomas Uhlandt, während er einen Stuhl heranzog und sich zu Bianca an den Schreibtisch setzte. „Meistens kommen wir auch bei Tageslicht nicht ohne künstliches Licht aus. Aber das haben Sie ja schon gemerkt.“

„Ja, natürlich“, antwortete Bianca und konzentrierte sich gleichzeitig auf die verschiedenen Fenster des Buchführungsprogramms, die sich nacheinander auf dem Bildschirm vor ihr öffneten.

Zudem bemerkte sie die Blicke der Abteilungsleiterin am Schreibtisch schräg gegenüber. Sie hieß Karla Eberle und war zugleich die Dienstälteste in der Abteilung. Seit fünfzehn Jahren arbeitete sie bereits in der Gefängnisverwaltung. Von den jüngeren Kolleginnen wusste Bianca, dass Frau Eberle den Chef der Verwaltung heimlich vergötterte. Sie war nur zwei Jahre jünger als Herr Uhlandt, und sie hatte den Ruf, reichlich humorlos und verknöchert zu sein. Überdies war sie nicht imstande, aus ihrem Äußeren etwas zu machen. Grau war ihre Lieblingsfarbe; sie hatte Kostüme und Hosenanzüge in sämtlichen vorstellbaren Schattierungen.

Thomas Uhlandt beachtete sie kaum, wechselte niemals ein privates Wort mit ihr. Ihr Kontakt war auf das rein Berufliche beschränkt. Und nur heimlich, wenn sie glaubte, dass niemand es merkte, himmelte sie ihn mit verzehrenden Blicken an.

Erst vor einer Woche hatte Bianca ihren Arbeitsplatz in der Gefängnisverwaltung erhalten, und ihre unmittelbare Vorgesetzte tat ihr eher Leid, als dass sie Angst vor ihr gehabt hätte. Alle in der Verwaltung hatten längst mitbekommen, dass Herr Uhlandt die unbeholfenen Freundlichkeiten von Frau Eberle bewusst ignorierte.

Nichtsdestoweniger war sie krankhaft eifersüchtig auf jede Kollegin, zu der er nur nett „Guten Morgen“ sagte.

Bianca wusste, dass sie als die Neue für Frau Eberle ein ganz besonderer Dorn im Auge war. Schon an ihrem zweiten Arbeitstag, letzte Woche, hatte sie zu Herrn Uhlandt gesagt: „Aber wegen der Einarbeitung von Frau Berger müssen Sie sich doch nicht persönlich herbemühen. Ich übernehme das gern für Sie.“‘

„Danke, nicht nötig“, hatte er beinahe schroff geantwortet.

Und nun saß er schon wieder hier, das sechste Mal schon, um Bianca weiter in den buchhalterischen Betriebsablauf einzuweihen. Er gab sich sichtlich Mühe, ihr selbst kleinste Details verständlich zu machen.

Bianca fühlte sich unbehaglich, aber das konnte sie natürlich weder Herrn Uhlandt noch Frau Eberle sagen. Irgendwie musste sie die Gratwanderung schaffen, mit beiden gut zurechtzukommen. Dabei wurde sie das bohrende Gefühl nicht los, dass ihr das gar nicht gelingen *konnte*.

„Gehen wir noch einmal die Listen vom letzten Freitag durch“, sagte Herr Uhlandt.

„Die Materialanforderungen?“ fragte Bianca. „Das war einmal für die Wäscherei und dann, im Werkstattbereich, noch für die Tischlerei und die Schneiderei.“

„Richtig“, erwiderte er und senkte die Stimme, als ob er nicht wollte, dass Frau Eberle mithören konnte. „Also, bei ihren Vorkenntnissen, Bianca, mache ich mir überhaupt keine Sorgen. Sie haben den Job hier ja schon nach einer Woche zu fünfundneunzig Prozent geschultert.“

„Danke“, sagte Bianca und konnte nicht verhindern, dass sie errötete.

Sie rief die erste Anforderungsliste auf, und noch während die Textspalten und Zahlenkolonnen auf dem Schirm auftauchten, sah sie, dass etwas nicht stimmte. Die Mengenangaben waren teilweise viel zu hoch, und entsprechend überhöht waren auch die veranschlagten Kosten.

Thomas Uhlandt bemerkte Biancas erschrockenes Gesicht.

„Sie sehen es also selbst“, sagte er halblaut. „Bei den anderen Listen ist es ähnlich. Wie konnte das bloß passieren? Frau Vermehren verlangt eine umgehende Erklärung von mir, und natürlich hat sie nicht vergessen, zu erwähnen, dass unqualifizierte Strafgefangene zurück in den regulären Vollzug zurückversetzt werden sollten.“

Bianca verspürte einen Stich. Der Schreck war ihr regelrecht in die Glieder gefahren. Frau Vermehren war die stellvertretende Direktorin, sie leitete zurzeit das Gefängnis, da der Direktor Urlaub machte. Bianca wusste, dass sie die Fehler, die sie da vor sich sah, nicht gemacht hatte. Niemals. Aber wie war es trotzdem geschehen? Bestürzt sah sie Herrn Uhlandt an, und ihr wurde ein wenig wohler, als sie nichts Vorwurfsvolles in seiner Miene sah.

„Könnte es ein Programmfehler gewesen sein?“ fragte sie.

„Sehen Sie doch mal in den Sicherungskopien nach“, bat er. „Die macht das Betriebssystem ja automatisch.“

Während sie die entsprechenden Tastenkombinationen eingab, wusste Bianca bereits, dass die automatische Sicherung kein anderes Ergebnis zeigen würde als die Originaldateien.

Die Originaldateien …

Das Wort hallte in ihr nach.

Und im nächsten Augenblick hatte sie den rettenden Einfall.

„Ich habe noch eine zusätzliche Sicherung“, sagte sie in der gedämpften Lautstärke, in der sich die gesamte Unterhaltung mit Herrn Uhlandt seit einigen Minuten bereits abspielte.

„Tatsächlich?“ erwiderte er, und es klang hoffnungsvoll.

Bianca griff wortlos in die obere linke Schreibtischschublade und holte eine Diskette heraus. Sie schob sie in das Laufwerk des Rechners und rief das entsprechende Verzeichnis und den Dateinamen auf.

Aus den Augenwinkeln heraus sah sie, wie Frau Eberle erbleichte.

„Das habe ich mir damals in der Firma meines Vaters angewöhnt", erklärte sie dem Verwaltungschef. „Weil wir zu oft Totalabstürze hatten, habe ich immer eine zusätzliche manuelle Sicherungskopie gemacht."

„Na, dann bin ich mal gespannt", sagte Herr Uhlandt, und es war deutlich zu hören, dass er das auch meinte.

Bianca teilte den Bildschirm in zwei Fenster und stellte die beiden Dateien gegenüber.

Ein einziger Blick genügte, um die Unterschiede zu erkennen.

Die auf der Diskette gesicherte Datei enthielt die korrekten Zahlen.

„Gott sei Dank", flüsterte Bianca erleichtert.

„Die anderen Listen haben Sie genauso gespeichert?" vergewisserte sich Herr Uhlandt mit grimmigem Unterton.

„Aber ja", antwortete Bianca.

„Gut." Er nickte und stand auf. „Dann nehmen Sie jetzt die Diskette und kommen Sie mit. Wir gehen sofort zu Frau Vermehren."

Die Kolleginnen blickten Bianca entgeistert nach, wie sie dem Verwaltungschef folgte – bis auf Frau Eberle. Sie starrte angestrengt auf den Bildschirm ihres Computers, ihr Gesicht war kalkweiß.

Als sie mit ihrem Begleiter im Büro der stellvertretenden Direktorin ankam, hatte Bianca weiche Knie. Doch Hermine Vermehren war eine gütige, mütterlich wirkende Frau. Herr Uhlandt erklärte ihr mit wenigen Worten, was sich abgespielt hatte.

Frau Vermehren hörte ihm wortlos und mit wachsender Überraschung zu. Dann bat sie Bianca, sich an ihren Computer zu setzen, die Dateien vom Server aufzurufen und zum Vergleich die Sicherungskopien von der Diskette daneben zu stellen.

Frau Vermehren warf nur einen kurzen Blick auf den Bildschirm, dann gab sie Bianca eine Leerdiskette und bat sie, eine Kopie von ihrer persönlichen Sicherungsdiskette zu machen.

„Und nun gehen Sie bitte zurück an Ihren Arbeitsplatz“, sagte die stellvertretende Direktorin. „Und machen Sie sich keine Sorgen.“

„Aber ich möchte nicht, dass jemand meinetwegen Probleme bekommt“, erwiderte Bianca verstört.

„Ihr Wunsch ehrt Sie“, entgegnete Frau Vermehren. „Nur kann ich ihn leider nicht erfüllen.“

Ihr Chef blieb bei seiner Vorgesetzten, und Bianca hatte noch weichere Knie als zuvor, als sie sich wieder an ihren Schreibtisch setzte. Niemand sprach ein

Wort, die Stimmung war von geradezu arktischer Kälte – und die ging von Frau Eberle aus. Zehn Minuten später klingelte ihr Telefon. Nur ein knappes „Ja, sofort“ kam über ihre Lippen, nachdem sie sich gemeldet hatte. Dann legte sie auf und verließ den Raum, ohne ein Wort und ohne jemanden eines Blickes zu würdigen.

Danach wurde Karla Eberle in der Verwaltung nie wieder gesehen.

Die Geschichte sprach sich in Windeseile um. Und keiner brauchte besondere Erklärungen, um zu wissen, wie es abgelaufen war. Frau Eberle war als Abteilungsleiterin die Einzige gewesen, die Zugriff auf die Dateien ihrer Untergebenen hatte. Gegenüber Frau Vermehren hatte sie demzufolge auch nicht leugnen können, dass sie Biancas Dateien nach Feierabend heimlich manipuliert hatte.

Doch ihr Plan war nicht aufgegangen. Es war ihr nicht gelungen, der Neuen, an der ihr Schwarm so offensichtlich Gefallen gefunden zu haben schien, einen schwer wiegenden Fehler in die Schuhe zu schieben und sie damit hinauszubefördern.

Die stellvertretende Direktorin hatte Karla Eberle nahe gelegt, freiwillig zu kündigen. Durch aufgelaufene Urlaubstage und Überstunden war es Frau Eberle möglich gewesen, sofort zu gehen. So war ihr die Schmach erspart geblieben, ihren Mitarbeiterinnen noch einmal unter die Augen treten zu müssen.

Es dauerte dennoch lange, bis Bianca die Angelegenheit verarbeitet hatte. Obwohl die Kolleginnen ihr immer wieder versicherten, dass sie absolut richtig gehandelt hatte und dass Frau Eberle letzten Endes selbst schuld sei, konnte sie dieses Erlebnis nicht so leicht abschütteln. Immerhin war sie der Grund dafür gewesen, dass eine bisher geschätzte Mitarbeiterin ihren Arbeitsplatz verlassen musste.

Als sie Nadine Jahre später diese Selbstzweifel geschildert hatte, hatte deren Reaktion aus nur zwei Worten bestanden:

„Du spinnst."

9. KAPITEL

Sie wollte ins Feuer, aber sie wurde zurückgehalten. Hände gruben sich in ihre Hüften und ihre Schultern und umklammerten ihre Oberarme. Mit aller Kraft versuchte sie, sich loszureißen. Um Himmels willen, warum verstand sie denn niemand? Sie *musste* doch in das Flammenmeer vordringen, denn dort war ihr Vater, und nur sie konnte ihn retten, nachdem kein anderer sich in die tosende Feuersbrunst wagte.

„Papa!" schrie sie. „Papa, bitte halt durch! Ich komme! Nur noch einen Moment, dann bin ich bei dir!"

Die grellgelben Spitzen der Flammen züngelten ihr entgegen, stießen nach ihren Händen wie attackierende Giftschlangen. Doch das konnte sie nicht aufhalten. Sie entwickelte Kräfte, die sie selbst nie für möglich gehalten hätte, um sich loszureißen.

Doch dann, noch während sie keuchte und kämpfte, sah sie ihn plötzlich.

Sein Gesicht, wie es glühte inmitten des Infernos.

Seine Hände, die er ihr entgegenreckte.

Seine Augen, die sie um Hilfe anflehten und voller Todesangst weiter und weiter wurden.

„Bianca!" rief er. „Bianca, meine geliebte Tochter! Warum hast du mir das angetan?"

Sie zuckte zusammen. Der Vorwurf in seiner Stimme raubte ihr die Luft.

„Ich habe es nicht getan!“ antwortete sie verzweifelt. „Ich war es nicht!“

„Aber alle Beweise sprechen gegen dich, meine Tochter. Du bist zur Vatermörderin geworden … zur Vatermörderin …“

Das Feuer toste und brüllte wie ein Ungeheuer.

Und die Stimme ihres Vaters wurde immer schwächer.

Gleichzeitig fraßen sich die Flammen in sein Gesicht und die Hände, die er so flehend nach ihr ausgestreckt hatte.

„Vatermörderin …“, klang das Wort nach.

Jetzt waren es die Flammen, die es raunten.

„Vatermörderin …“

Und sie schrie.

Das Gellen ihres Schreies übertönte alles – das brüllende Lodern der Flammen ebenso wie ihre geraunte Anklage.

Der Schmerz in ihrem Inneren schien ihren Körper verzehren zu wollen. Ihr Schrei und ihr Schmerz vereinten sich zu einer vernichtenden Macht. Nun, da sie ihren Vater in der wabernden Lohe nicht mehr sehen konnte, war ihr, als würde sie gemeinsam mit ihm sterben.

Jeder einzelne Muskel in ihr war angespannt. Ihre Stimmbänder verkrampften sich, und ihr Schrei schien nicht mehr enden zu wollen.

Die Hände, die sie festhielten, verwandelten sich

in weiche und fürsorgliche Arme. Sie spürte die Nähe und Wärme eines Körpers, und dann hörte sie eine Stimme, mitfühlend und Trost spendend.

„Es ist alles gut, Bianca. Alles ist gut. Hab keine Angst. Ich bin's, Nadine. Ich bin bei dir, ich helfe dir doch."

Augenblicklich fiel die Anspannung von Bianca ab. Ihr Schrei verstummte, und sie sank in sich zusammen. Es war ein Gefühl, als würde sie ganz tief fallen – allerdings mit der felsenfesten Gewissheit, dass ihre Freundin sie auffing.

Dennoch brauchte Bianca lange, um sich zu beruhigen. Ihr Atem ging schwer und stoßweise, und ihre Tränen wollten nicht versiegen.

„Es tut mir Leid", schluchzte sie. „Dieser Traum war ... so schrecklich."

„Das muss dir doch nicht Leid tun. Ich entschuldige mich ja auch nicht, wenn ich das heulende Elend kriege und du mich tröstest. Dafür kennen wir uns ja nun lange genug."

Bianca hob den Kopf und lächelte unter Tränen.

„Warum tust du das bloß für mich?" fragte sie.

„Wie man in den Wald hineinruft, so schallt es heraus", erwiderte Nadine und schmunzelte.

Bianca bemerkte erst jetzt, dass ihre Zellengefährtin die Leselampe eingeschaltet hatte. Der vertraute Lichtkreis vermittelte Geborgenheit, gab ein Gefühl von Zuhausesein. Bianca sah Nadine voller Dankbarkeit an und schloss die Augen einen Moment lang wieder.

„Habe ich geschrien?“ fragte sie dann.

Nadine lachte lautlos. „Schreien ist gar kein Ausdruck. Ich wette, du hast die ganze Nachbarschaft aufgeweckt.“

Bianca verzog gequält das Gesicht. „Hoffentlich nicht.“

„Vergiss es.“ Nadine winkte ab. „Du bist hier nicht die Einzige mit Albträumen. Was war es denn diesmal? Wieder das Feuer?“

„Ja“, antwortete Bianca und musste erneut gegen die aufsteigenden Tränen ankämpfen. „Aber es war mehr als das.“ Ihre Stimme drohte zu ersticken. „Mein Vater …“ Sie konnte nicht weitersprechen.

„Was ist mit ihm?“ fragte Nadine einfühlsam.

„Er … er glaubt, dass ich ihn umgebracht habe.“

Nadine wich ein Stück zurück und umfasste ihre Oberarme.

„Wie kommst du denn auf so was?“

„In meinem Traum hat er es gesagt.“

„Also nein!“ rief Nadine und schüttelte entgeistert den Kopf. „Das ist ja wohl das Unglaublichste, was ich je gehört habe! Also, wenn ich alles für bare Münze nehmen würde, was in meinen Träumen schon gequatscht wurde, dann … also wirklich, dann könnte ich mich gleich umbringen.“

„Aber es kann doch sein, dass er das gedacht hat“,

erwiderte Bianca und schluchzte wieder. „Ich war doch nicht bei ihm, als er starb. Wie kann ich denn wissen, welche furchtbaren Gedanken er in seinen letzten Minuten hatte!“

„Ach, und du meinst, die waren ausgerechnet gegen dich gerichtet. Du sagst, du hast den Brand nicht gelegt. Wie kannst du dann allen Ernstes annehmen, dass dein Vater dir genau das zugetraut hat?“

„Alle Beweise vor Gericht sprachen gegen mich.“

„Das konnte dein Papa aber nicht wissen.“

„Nein. Aber vielleicht hat er etwas gesehen – in der Firma, bevor ihn die Flammen einschlossen.“

„Bist du verrückt?“ Nadine furchte die Stirn. „Was soll er denn gesehen haben? Wie du das Feuer gelegt hast? Warst du es denn etwa doch?“

„Nein, natürlich nicht.“

„Na also. Und was für Beweise gab es denn schon? Ein paar Handschuhe, die nach Benzin gerochen haben. Meinst du, dass dein Papa die entdeckt hat? Im Altkleider-Container?“

„Nein.“

„Aber da wurden sie gefunden, hast du gesagt.“

„Ja, das stimmt. Und sie rochen nach Benzin.“

„Ich fasse es nicht.“ Nadine schüttelte den Kopf. „Glaubst du allen Ernstes, dass dein Vater dich wegen diesem so genannten Beweis – nach Benzin riechende Handschuhe im Altkleider-Container – für schuldig befunden hätte?“

Bianca blinzelte irritiert. „Ja, warum denn nicht? Die Staatsanwälte und die Richter haben es doch auch getan."

„Allerdings", entgegnete Nadine grimmig. „Aber dann unterstellst du deinem Papa, dass er sich genauso irren würde wie die Herren Rechtsverdreher. Ich frage mich, was für einen Rechtsanwalt du gehabt hast. Der Typ kann ja überhaupt keinen Plan gehabt haben."

„Aber der hat schon immer für unsere Firma als Anwalt gearbeitet. Ein hervorragender Jurist. An ihm gibt es überhaupt nichts auszusetzen."

„Bis auf die kleine, unbedeutende Tatsache, dass es ihm nicht gelungen ist, für dich den Freispruch herauszuholen, der dir zugestanden hätte. Oder wenn er das nicht packen konnte, dann hätte er wenigstens Bewährung herausholen sollen."

„Aber die Beweise waren doch so eindeutig!"

„Das hast du dir eingeredet. Hat euer toller Anwalt jemals zuvor einen Strafprozess geführt?"

Bianca seufzte tief. „Nadine, ich weiß es nicht. Aber du kannst mir glauben, dass der Mann gute Arbeit geleistet hat. Ich habe auch heute noch volles Vertrauen zu ihm."

„Na, toll", erwiderte Nadine. „Dein Vertrauen ehrt dich. Aber ich habe da so meine Zweifel. Nimm es mir nicht krumm. Es ist nur so, dass ich mit Strafprozessen meine Erfahrungen gemacht habe.

Zwangsläufig. Das lag daran, dass ich in der Drogenszene mitgemischt habe. Und wenn die Polizei mal wieder einen Typ gekrallt hatte, den ich kannte, ja, dann hatte ich ruckzuck eine Vorladung als Zeugin. Das war in der Zeit, bevor ich selbst verknackt wurde, und es war ein Teil meiner Schule fürs Leben, kann ich dir sagen. Zweimal ging's um Mord, einmal um Körperverletzung mit Todesfolge, ein paarmal um vorsätzliche Körperverletzung und immer natürlich auch ums Dealen. Was ich sagen will, ist: Ich habe da mitgekriegt, was Beweise sind und was ein Mangel an Beweisen ist. Und gibt's die geringsten Zweifel an der Schuld des Angeklagten, darf er nicht verurteilt werden."

„Richtig", erwiderte Bianca. „Und in meinem Fall gab es leider nicht mal den Hauch eines Zweifels."

Nadine sah sie lange und nachdenklich an, sagte aber nichts mehr zu dem Thema.

„Verdammt noch mal!" rief sie dann unvermittelt. „Jetzt ist aber Schluss mit dem Unsinn! Du reißt dich gefälligst zusammen und träumst ab sofort was Romantisches. Hast du denn in der Richtung gar nichts auf der Pfanne – aus der Erinnerung, meine ich?"

Bianca lächelte gerührt.

„Doch, klar. Da gab's mal ein tolles Candlelightdinner in einem Fünf-Sterne-Hotel in Dresden, mit Blick auf die Elbe und die Raddampfer. Da war ich mit Papa auf Geschäftsreise."

„Mann, Bianca! Mit romantisch meine ich etwas, das mit Liebe zu tun hat. Oder zumindest Verliebtsein. Hat es dich wirklich noch nie erwischt?“

„Na ja …“, antwortete Bianca verlegen. „Damals in Italien …“

„Wusste ich’s doch!“ Nadine nickte, als hätte sie nichts anderes erwartet. „Die Toskana-Story war noch nicht zu Ende. Hab ich mir gedacht. Also lass hören!“

„Ich weiß nicht“, murmelte Bianca zögernd. Doch dann, nachdem Nadine ihr den üblichen freundschaftlichen Boxhieb gegen die Schulter versetzt hatte, begann sie zu erzählen. Und sie spürte schon bei den ersten Sätzen, wie gut es ihr tat, ihre Gedanken in eine völlig andere Richtung zu lenken.

Kerzen brannten auf den Tischen des Restaurants, auf den Simsen der kleinen Fenster und in den Nischen der Wände. Die verwinkelten, gewölbeartigen Räume waren durch offene Bogendurchgänge miteinander verbunden und hatten schon zu Zeiten Michelangelos und der Medici so ausgesehen wie heute. Das gedämpfte Licht von Wandlampen mit kunstvoll geformten gläsernen Schirmen hob den warmen, hellroten Farbton des jahrhundertealten Ziegelmauerwerks hervor.

„Die besten Restaurateure haben hier gearbeitet“, erklärte Amadeo, während die Antipasti serviert wurden. „Alles ist in den damaligen Zustand versetzt worden – mit der notwendigen modernen Technik natürlich. Aber das haben die so geschickt gemacht, dass man davon kaum etwas bemerkt."

Er hob sein Glas, und Concetta und Bianca folgten seinem Beispiel.

Durch die bleigefassten Fensterscheiben waren die Lichter des Straßenverkehrs zu sehen. In Wellenlinien glitten sie über die unregelmäßige Oberfläche des Glases, das mit den handwerklichen Techniken des sechzehnten Jahrhunderts hergestellt worden war. Zu hören war nichts, was wiederum die Schallschutztechnik des einundzwanzigsten Jahrhunderts bewirkte.

Im Inneren des Restaurants waren die Gespräche auf die Lautstärke eines Murmelns gedämpft, und das, obwohl jeder Tisch besetzt war. Das lag an der Bauweise der Gewölbe- und Deckenkonstruktionen. Was Akustik betraf, hatte Amadeo erläutert, brauchten sich die Baumeister jener Zeit vor fünfhundert Jahren vor ihren heutigen Kollegen nicht zu verstecken.

Leise Musik tönte durch das Lokal. Die dreiköpfige Combo spielte auf einem Podium im Nebenraum und war vom Tisch der Braccis aus gut zu sehen. Jazz-Standards und Evergreens der Unterhaltungsmusik, mit Klavier, Bass und Schlagzeug dezent intoniert, bildeten eine unaufdringliche Tonkulisse.

Amadeo hatte von seiner Sekretärin einen Tisch reservieren lassen, und Concetta und Bianca waren mit einem Taxi in die Stadt gefahren. Für Bianca war es der Abend des zweiten Tages bei der Familie Bracci in Florenz, und sie genoss jede Sekunde. Das stilvolle Abendessen, nur einen Steinwurf vom weltberühmten Ponte Vecchio entfernt, war die absolute Krönung des Tages.

Während des Essens – der Hauptgang bestand aus Seeteufel im Kräutermantel – plauderte Amadeo höchst unterhaltsam über das historische Florenz.

„Stell dir vor, Bianca", sagte er, „als der Ponte Vecchio – die Brücke über den Arno – im vierzehnten Jahrhundert gebaut wurde, war man schon so fortschrittlich, eine Ladenpassage daraufzusetzen. Und zwei Jahrhunderte später ließ der damalige Medici über den Läden …"

„Das war Cosimo I. de Medici", warf Concetta ein.

„Seines Zeichens Großherzog der Toskana", bestätigte Amadeo und nickte. „Er ließ jedenfalls diesen überdachten Gang über den Läden des Ponte Vecchio bauen, der den Palazzo Vecchio mit dem Palazzo Pitti verband."

„So gelangten die noblen Signori damals trockenen Fußes von einer Machtzentrale zur anderen", fügte Concetta hinzu. „Und sie brauchten sich nicht unter den Pöbel zu mischen."

„Aber die Läden auf der Brücke“, sagte Bianca, „konnte man mit den heutigen Läden wohl kaum vergleichen.“

„Überhaupt nicht“, antwortete Amadeo. „Bis weit ins sechzehnte Jahrhundert hinein waren darin Schlachter untergebracht – und zwar aus praktischen Gründen, weil sie nämlich ihre stinkenden Abfälle in den Arno werfen konnten.“

„Der arme Fluss.“ Bianca schüttelte sich. „Übrigens – die Brücke ist auf Italienisch männlich?“

„Richtig! Sehr gut!“ lobte Amadeo sie. *„Il ponte*, die Brücke. Aber das kannst du dir nachher noch von kompetenter Seite bestätigen lassen.“

„Nachher?“ wiederholte Bianca erstaunt. „Was bedeutet denn das?“

„Das ist ein Geheimnis“, antwortete Concetta und zwinkerte ihr zu. „Aber ein nettes.“

„Mit anderen Worten“, folgerte Bianca, „es gibt hier jemanden, den ich kennen lernen soll.“

„Concetta!“ tadelte Amadeo seine Frau. „Jetzt hast du’s fast verraten!“

„Ich?“ erwiderte sie entrüstet und spreizte die Finger über ihrem Dekolletee. „Du warst es doch! Wer hat denn von der kompetenten Seite gesprochen?“

Amadeo gestand seine Niederlage mit einer resignierten Handbewegung ein.

„Da siehst du es, Bianca“, sagte er und tat entmutigt. „Die Situation der Männer heutzutage ist auf tragische Weise aussichtslos. Gegen den überlegenen Scharfsinn der Frauen kriegen wir Männer – wie sagt man in Deutschland? – kein Bein mehr …"

„ … auf den Boden", ergänzte Bianca und lachte. Gleich darauf wurde sie ernst. „Nettes Ablenkungsmanöver, Amadeo. Aber gib dir keine Mühe. Meinen Scharfsinn jedenfalls schaltest du damit nicht aus."

Concetta klatschte Beifall. „Gut pariert, Bianca!" rief sie begeistert.

Amadeo seufzte. „Ach, ich Trottel! Jetzt habe ich meinen eigenen Plan zerstört. Ich wollte die beiden doch erst nach dem *caffè* miteinander verkuppeln. Nun müssen wir es noch vor den *dolci* tun."

Die Braccis sahen aus, als wollten sie sich ausschütten vor Lachen.

„So ist das also", sagte Bianca und tat pikiert. „Ein Geheimplan! Eine Verschwörung. Ist mein eigener Papa womöglich daran beteiligt? Macht ihr mit ihm gemeinsame Sache? Hat er mich deswegen nach Italien geschickt? Um mich unter die Haube zu bringen?"

„Nein, nein!" Amadeo prustete und wedelte abwehrend mit der Hand. „Dein Papa weiß nichts davon, und der junge Mann, um den es geht, hat ebenfalls nicht die leiseste Ahnung. Es war einfach nur ein kleiner Scherz – zwischen Concetta und mir."

„Freut mich, wenn ihr euren Spaß habt – auf meine Kosten." Bianca entschärfte ihren Spott durch ein Zwinkern.

Nach dem jungen Mann, um den es ging, brauchte sie nicht mehr zu fragen. Denn noch bevor die süßen Nachspeisen serviert wurden, stand Amadeo unvermittelt auf und winkte in den Nebenraum. Dort beendete die Combo gerade ein Stück, und der Pianist sagte eine Pause an.

Überrascht beobachtete Bianca, wie er Amadeos Winken erwiderte und herüberkam. Sieht gut aus, dachte sie, aber der typische italienische Schönling ist er nicht.

Eine eher herbe Männlichkeit ging von dem Musiker aus. Wie viele Norditaliener war er mittelblond, und das helle Braun seiner Augen schien in dem gedämpften Licht des Restaurants zu changieren. Er war mittelgroß, schlank und sportlich. Der sandfarbene Anzug und das dunkelbraune Stehkragenhemd passten perfekt zu seinem Typ. Es handelte sich dabei um die Bandkluft; seine beiden Musikerkollegen, die sich an die Bar verzogen hatten, trugen die gleichen Anzüge und Shirts.

„Ciao, Concetta! Ciao, Amadeo!" rief er, und die Braccis begrüßten ihn herzlich.

Bianca wusste von ihren früheren Italienreisen, dass man „Ciao" nicht nur zum Abschied, sondern auch zur Begrüßung sagte.

„Ich darf dann mal bekannt machen", sagte Amadeo feierlich. „Bianca, das ist Matteo Villani, ein großer Künstler, ein echtes Allroundtalent. Und außerdem wird er bald dein Italienischlehrer sein. Matteo, das ist Bianca Berger, unser Gast aus Deutschland."

Matteo lächelte und gab ihr die Hand auf eine Weise, dass sie das Gefühl hatte, es handele sich um eine große Ehre, diese Hand schütteln zu dürfen.

„Ciao, Bianca", sagte er und sprach in akzentfreiem Deutsch weiter. „Wunderbar! Blonde Germaninnen hatten in unseren Breiten schon immer einen ganz besonderen Stellenwert. Vor zweitausend Jahren dienten sie in römischen Haushalten als Gastarbeiterinnen."

„Richtig", erwiderte Bianca kühl. „Und währenddessen haben unsere germanischen Männer den römischen Legionären das Fell versohlt. Wenn wir schon die Geschichte bemühen, wollen wir das auch nicht vergessen, nicht wahr?"

Matteos Lächeln schwand, und er sah Bianca verdutzt an. Wahrscheinlich hatte er derartige Widerworte nicht erwartet.

„Setz dich, mein Junge!" rief Amadeo und wies auf den freien Stuhl am Tisch. „Trink einen ordentlichen Montepulciano mit uns." Ohne die Antwort des Musikers abzuwarten, nahm er ein noch unbenutztes Glas von der Mitte des Tisches und schenkte ein. Nachdem er auch die übrigen Gläser mit dem edlen Rotwein gefüllt hatte, hob er sein eigenes und rief: „Möge Bianca bei uns die schönste Zeit ihres Lebens verbringen! Als Controllerin wird sie unsere italienischen Buchhalter auf Trab bringen. Und als Gast unserer Familie darf sie sich einfach nur verwöhnen lassen."

Bianca war froh, dass sie zwischen Amadeo und Concetta saß, sodass der Tisch eine beruhigende Barriere zwischen ihr und diesem angeblich so großen Künstler bildete. Denn würde er neben ihr sitzen, würde sie sich bei seiner nächsten herablassenden Bemerkung wahrscheinlich nicht mehr beherrschen können und ihm die Augen auskratzen. Warum sie so empfindlich auf ihn reagierte, verstand sie allerdings selbst nicht.

Nichtsdestoweniger bemerkte sie, dass Matteos Brauen sich bei dem Wort „Controllerin" anhoben. Gleichzeitig schien der Ausdruck seiner Augen etwas weniger herablassend zu werden.

„Um die Dinge mal ein wenig aufzuklären", sagte Amadeo und stellte sein Glas ab. „Liebe Bianca, leider kann ich dir nicht mitteilen, dass Matteo dir Privatunterricht erteilen wird."

Amadeo lachte, Concetta stimmte ein, und Matteo grinste.

Bianca starrte mit steinerner Miene vor sich hin.

„Aber ...", fuhr Amadeo in gewichtigem Tonfall fort, „wir haben einen Platz in seinem Kursus ‚Italienisch für Ausländer' reservieren lassen. Der Kursus beginnt morgen Abend. Und was die Kompetenz betrifft, von der ich schon sprach, liebe Bianca, da bist du bei Matteo in den besten Händen."

„Im Deutschen ist die Brücke weiblich", erklärte Concetta. „Bianca hatte sich darüber gewundert, dass die Brücke in unserer Sprache männlich ist."

„Il ponte", sagte Matteo und schüttelte kaum merklich den Kopf. „So eine Konstruktion – solide, kraftvoll und Tonnenlasten tragend – kann doch nur männlich sein."

Bianca glaubte, in den Winkeln seiner Augen etwas Schalkhaftes aufblitzen zu sehen. Aber vielleicht wünschte sie sich das nur, weil sie einfach nicht glauben konnte, dass dieser Mann so selbstherrlich war, wie er vorgab.

„Matteo ...", fuhr Amadeo in schwärmerischem Ton fort und wandte sich erneut an Bianca, „ist ein Mann mit vielen Talenten. Bis vor ein paar Jahren war er noch hauptberuflich Gymnasiallehrer in den Fächern ...", er warf dem Multitalent einen Blick zu, „korrigiere mich, wenn ich was Falsches sage", dann sah er wieder Bianca an, „ ... Deutsch, Englisch, Französisch, Musik und Kunst."

Amadeo holte tief Luft, wie um die Bedeutungsschwere von Signor Villanis Fähigkeiten zu unterstreichen. Bianca beobachtete den Hochgelobten, während Amadeo sprach, und konnte es nicht fassen. Jeder andere hätte verlegen den Kopf gesenkt, hätte wahrscheinlich bescheiden abgewiegelt und wäre vielleicht sogar ein bisschen rot geworden. Nicht so Matteo, der Großartige. Er hatte den Kopf gehoben, lächelte gönnerhaft und nickte dazu auf eine penetrant wohlwollende Weise.

Bianca hätte ihre Teilnahme an seinem famosen Kursus am liebsten sofort abgesagt, aber sie wollte ihre Gastgeber nicht vor den Kopf stoßen. Das hatten sie einfach nicht verdient.

„Matteo hat dann erkannt“, fuhr Amadeo fort, „dass der Schuldienst seine künstlerischen Begabungen zu sehr einengt. Also hat er gekündigt und wurde freischaffender Künstler – als Musiker und Grafiker. Weil er von der Lehrtätigkeit aber nicht ganz lassen kann, gibt er diese Abendkurse in der Erwachsenenbildung. Natürlich nicht nur Italienisch für Ausländer, sondern auch Französisch für Anfänger und für Fortgeschrittene und das Gleiche noch mal im Englischen.“

Concetta klatschte, wie sie es immer tat, wenn sie begeistert war.

„Bravo!“ rief sie. „Bravissimo!“

Bianca war froh, auf diese Weise eines Kommentars enthoben zu sein. Sie begnügte sich mit einem unverbindlichen Lächeln, das der talentierte Signor Villani ohnehin nicht wahrnahm, weil sein Blick sich in Regionen richtete, die von der Höhe seiner Nase bestimmt waren.

Bianca war froh, als ihn die Pflicht zurück zu seiner Combo rief.

„Was für ein hoffnungsvoller junger Mann!" schwärmte Amadeo.

„Ach, wie wahr!" seufzte Concetta und sandte einen schmachtenden Blick zum Podium. „Wäre ich jung und ungebunden, könnte er mir ausgesprochen gefährlich werden."

„Na, na!" Amadeo hob drohend den Zeigefinger und lachte dabei.

Im nächsten Moment sahen die Braccis ihren schweigsamen Gast an.

„Und?" fragten sie wie aus einem Mund. „Wie findest du ihn?"

„Von ganzem Herzen unsympathisch", antwortete Bianca wahrheitsgemäß.

Verblüfft musste sie feststellen, dass Concetta und Amadeo keinen Versuch unternahmen, sie vom Gegenteil zu überzeugen. Stattdessen lachten sie und wechselten viel sagende Blicke.

Bianca kam sich völlig missverstanden vor und konnte beim besten Willen nicht begreifen, was an ihrer Äußerung so lustig gewesen war. Doch sie wollte die Sache nicht vertiefen. Denn jedes weitere Gespräch über den Aufschneider Matteo war in ihren Augen ein überflüssiges Gespräch.

Der erste Arbeitstag in Amadeos Firma lag hinter

ihr. In der Mittagspause hatte Bianca sich einen Leihwagen besorgt – auf ihren eigenen Namen, auf ihre eigene Rechnung. Sie hatte darauf bestanden, obwohl Amadeo händeringend versucht hatte, sie davon zu überzeugen, dass es seine Pflicht als Gastgeber sei, ihr auch ein Auto zur Verfügung zu stellen.

So hatte er sich darauf beschränken müssen, ihr den Weg zur Schule zu beschreiben, in der Matteo Villani seine Abendkurse abhielt.

Bianca folgte den Hinweisschildern durch die Korridore des großen, leeren Gebäudes, und dann, als sie vor dem Klassenzimmer ankam, staunte sie nicht schlecht.

Der Mann, der vor der offenen Tür stand, um jeden Kursusteilnehmer zu begrüßen, war Matteo, ohne jeden Zweifel. Statt seines Musikeranzugs trug er einen stahlblauen Sommerpulli, khakifarbene Jeans und helle Sportschuhe. Schon auf zehn Meter Entfernung stellte Bianca fest, dass in der legeren Kleidung ein völlig anderer Mensch steckte.

Sie selbst trug einen cremefarbenen Hosenanzug, in dem sie sich ausgesprochen wohl fühlte.

Freundlich lächelnd kam Matteo ihr entgegen und gab ihr die Hand.

„Willkommen zu unserem Kursus“, sagte er höflich. „Es ist bei uns üblich, dass wir uns mit Vornamen und ‚du‘ ansprechen. Einverstanden? Ich bin Matteo – Bianca, nicht wahr?“

„Ja", antwortete sie und verbarg ihre Irritation.

Wo war nur der Snob von gestern Abend geblieben? Hatte er den etwa nur gespielt? Vielleicht war es eine gut einstudierte Rolle, mit der er Fremde schockierte. Nun, sollte er! Bianca sagte sich, dass sie nicht versessen darauf war, es herauszufinden. Damit, dass er sich als charmant und zuvorkommend erwies, hatte er ja keineswegs schon das Privileg erworben, zum Objekt persönlicher Erkundungen zu werden.

Er fragte, wie ihr erster Tag im Handelshaus seines Freundes Amadeo verlaufen sei, und Bianca gab freundlich Auskunft. Sie schilderte, wie sie die Einkaufs- und die Exportabteilungen kennen gelernt hatte, dann die Buchhaltung und schließlich die Abteilung des Controllers, Signor Lucio Capobianco. Eine Abteilung, die allerdings nur aus ihm selbst und einer Sachbearbeiterin namens Giulia Cattaneo bestand.

Bianca war nun die Dritte im Controlling-Büro des Handelshauses „Luciano Bracci, Firenze". Vorteilhaft war, dass Signor Capobianco zwar sehr gut Deutsch sprach, Giulia dagegen nur Italienisch. Bianca profitierte davon, konnte sie doch neben ihren Fachkenntnissen im Controlling gleichzeitig ihre Kenntnisse im Wirtschaftsitalienisch verbessern. Und was ihr im Umgangssprachlichen fehlte, würde sie in den Abendkursen ergänzen.

„Nun“, sagte Matteo, „ich denke, ich habe gut daran getan, dich für den Fortgeschrittenen-Kursus einzuteilen. Brauchst du unsere Sprache mehr beruflich oder eher für den Urlaub?“

„Mehr beruflich“, antwortete Bianca und ertappte sich dabei, dass sie zu nett lächelte. Sie rief sich innerlich zur Ordnung. Zwar sah sie ihn jetzt mit völlig anderen Augen, aber das bedeutete noch lange nicht, dass sie ihn anhimmeln musste. Deshalb wurde sie ernst, als sie hinzufügte: „In der Firma meines Vaters haben wir uns auf hochwertiges italienisches Tuch spezialisiert. Den Geschäftsbereich möchte ich eines Tages ausweiten. Deshalb ist die Sprache für mich sehr wichtig.“

„Ich sehe schon.“ Matteo lächelte. „Dich wird hier in Italien keiner über den Tisch ziehen.“

Bianca ging nicht darauf ein, erwiderte aber sein Lächeln. Hatte er vielleicht auf seine Snob-Show im Restaurant angespielt? War es ein Eingeständnis, dass er gemerkt hatte, dass er auf diese Weise bei ihr nicht ankommen konnte?

Der erste Kursabend verging wie im Flug. Die Kursusteilnehmer – drei weitere Deutsche, zwei Engländer und zwei Franzosen – stellten sich vor, indem sie ihre Namen nannten und kurz schilderten, woher sie kamen, was sie beruflich machten und weshalb sie in Italien waren. Das alles musste auf Italienisch bewältigt werden und sorgte für einige Heiterkeit. Den Rest der Unterrichtsstunde verbrachten Matteo und seine Schüler mit dem Auffrischen von Grundkenntnissen.

Zum besseren Kennenlernen, so sagte Matteo, sei es Tradition, dass die Teilnehmer nach dem Kursbeginn noch kurz zum gemütlicheren Teil übergingen. Der fand ganz in der Nähe in einem Terrassenlokal statt – unter freiem Himmel, mit Blick auf den Arno und das Panorama des abendlichen Florenz. Die von Flutlicht angestrahlten historischen Gebäude, als Glanzpunkte in den Lichterteppich der Stadt eingebettet, boten ein faszinierendes Bild.

Nach und nach verabschiedeten sich die Kursusteilnehmer, und Bianca fragte sich, ob es Zufall war, dass sie zum Schluss mit Matteo allein am Tisch saß. Warum war sie nicht auch längst gegangen? Vielleicht zog er falsche Rückschlüsse daraus, vielleicht bildete er sich ein, dass sie sich für ihn nicht nur als Italienischlehrer interessierte. Doch zu ihrer Beruhigung deutete nichts an seinen charmanten Plaudereien darauf hin, dass er seinerseits mehr als eine aufmerksame Gesprächspartnerin in ihr sah.

Und dann war er es, der den Abend beendete, indem er auf seine Armbanduhr blickte. Er begleitete Bianca zum Parkplatz, bis zu ihrem Leihwagen, einem quietschgelben Fiat Punto. Matteos Wagen stand auf demselben Parkplatz.

„Findest du allein nach Hause?“ fragte er, während Bianca den Fiat aufschloss. „Oder soll ich vor dir herfahren und dich lotsen?“

Sie drehte sich zu ihm um und lächelte dankbar.

„Das ist nicht nötig. Ich habe mir die Strecke gut eingeprägt. Außerdem habe ich ein Handy. Wenn ich mich verfahre, kann ich Amadeo anrufen.“

„Gut“, antwortete Matteo. „Dann kann dir ja nichts passieren. Und – hat dir der Abend gefallen?“

„Aber ja“, erwiderte Bianca. „Es war sehr interessant und … sehr nett.“

Auch er lächelte jetzt, und der Ausdruck seiner Augen veränderte sich. Er blickte sie tief an, und sie spürte, wie ihre Mauern zu bröckeln begannen. Eine unbekannte innere Wärme füllte sie aus. Sie konnte es selbst nicht fassen, aber von einem Augenblick zum anderen hatte Matteo sich in einen Mann gewandelt, der sie buchstäblich verzauberte.

Was sie noch vor wenigen Stunden für ausgeschlossen gehalten hatte, geschah. Sie fühlte sich zu ihm hingezogen, und als seine Lippen die ihren berührten und seine Arme sie umschlangen, war es, als würde ein Traum in Erfüllung gehen, den sie noch nicht einmal geträumt hatte. Als Matteo sich von ihr löste, spürte sie auf einmal eine schmerzhafte Leere.

„Ich denke, wir müssen jetzt nach Hause“, sagte er vorsichtig, als wollte er sie nicht erschrecken.

Bianca bedauerte es und war ihm zugleich dankbar dafür. Mochte es altmodisch sein oder nicht, sie war überzeugt davon, dass man sich erst einmal richtig kennen lernen musste. Also stimmte sie zu, freute sich aber, als Matteo darum bat, sie am nächsten Tag anrufen zu dürfen.

Am späten Vormittag fuhr Matteo mit seinem stahlblauen Lancia Thesis bei den Braccis vor. Unter den wohlwollenden Blicken ihrer Gastgeber stieg Bianca in den eleganten Wagen. Matteo lud ihre Sporttasche mit den Strandsachen ein, winkte, schwang sich auf den Fahrersitz und gab Gas.

Sehr bald erreichten sie die Autobahn, die *autostrada*.

„Riviera della Versilia“, las Bianca von den Hinweisschildern ab. „Ist das unser Ziel?“

„Ja“, antwortete Matteo. „Die Versilia ist der Strand der Toskana, ungefähr zwanzig Kilometer lang. Und ein Stück Binnenland gehört natürlich auch noch dazu. Wir fahren nach Viareggio, das ist die größte Stadt dort, direkt am Meer.“

Er schoss in einem Wahnsinnstempo auf der Überholspur dahin.

Bianca fühlte sich dennoch sicher. Matteo war ein ausgezeichneter Fahrer.

Sie lehnte sich in den weichen Lederpolstern zurück und genoss den Blick auf die Berglandschaft. Manchmal, wenn die Autobahn über Viadukte in schwindelnder Höhe führte, schien das Auto wie ein

Flugzeug zu schweben. Dann sahen die Häuser und Straßen in den Tälern tief unten aus wie in Heikos Modellbahnanlage.

Bald schon, wenn der Blickwinkel günstig war, konnte man das Meer durch die Taleinschnitte der Berge sehen. Es sah aus wie ein im Sonnenlicht glitzerndes blaues Band, das mit Diamantsplittern besetzt war. Wenig später erstreckte sich beiderseits der Fahrbahn das Hügelland der Toskana.

„Hier sieht es ganz genauso aus wie auf den Fotos!“ rief Bianca begeistert. „Diese sanften Hügel! Und dann die Bäume und die Bauernhäuser! Oder sind das alles Weingüter?“

„Die meisten“, erklärte Matteo lächelnd. „Schließlich sind wir hier in einem der wichtigsten Weinanbaugebiete Italiens. Ganz in der Nähe ist das berühmte Chianti-Land.“

„Chianti!“ schwärmte Bianca. „Na klar! Sind das nicht diese dickbauchigen Flaschen mit dem Bast drumherum?“

Matteo musste lachen. „Ich merke, du hältst Abstand zum Alkohol. Sehr vernünftig. Aber ein guter Chianti, in Maßen genossen, gehört hier bei uns zu einem ordentlichen Essen. Und die Bastflaschen – na ja, das ist eher unterer Durchschnitt.“

„Nicht, dass ich hier zur Trinkerin werden will“, entgegnete Bianca. „Aber was wäre dann über dem Durchschnitt?“

„Ein Chianti Classico zum Beispiel. Der kommt in ganz normalen Flaschen, aber mit besonderen Banderolen.“ Er warf ihr einen kurzen Blick zu. „Für praktischen Anschauungsunterricht werden wir bestimmt noch viel Zeit und Gelegenheit haben.“

„Na, dann bin ich ja gewarnt.“ Bianca zwinkerte ihm zu.

Kurze Zeit später erreichten sie bereits die Abfahrt nach Viareggio.

Die Stadt war das, was man früher wohl einen mondänen Badeort genannt hatte. Der breite Strandboulevard mit seinen Palmen und den prachtvollen Gebäuden zeugte vom Glanz vergangener Zeiten. Riesige Hotelbauten im Stil des neunzehnten Jahrhunderts standen an der dem Strand gegenüberliegenden Seite des Boulevards.

Bianca stellte sich vor, wie dort einmal auf Hochglanz polierte Kutschen, gezogen von rassigen Pferden, vorgefahren waren und wie vornehm gekleidete Ehepaare aus adligen Kreisen über einen roten Teppich die Stufen zum Portal hinaufgeschritten waren, umschwärmt von diensteifrigen Portiers und Pagen.

Nichtsdestoweniger war Viareggio eine moderne kleine Stadt. Das zeigten die hochklassigen Geschäfte am Boulevard. Der breite Bürgersteig erstreckte sich über mehrere Kilometer, Scharen von Spaziergängern drängten sich vor den Schaufenstern.

Matteo parkte in einer Nebenstraße, lud die Taschen aus, und fünf Minuten später erreichten sie den Platz am Strand, den er gemeinsam mit seinen Eltern das ganze Jahr über gemietet hatte. Matteo und der Pächter begrüßten sich mit großem Hallo, und Bianca stimmte erfreut zu, als Matteo vorschlug, Pizza zu bestellen, statt essen zu gehen.

Als Bianca in ihrem roten Einteiler aus der Umkleidekabine zurückkehrte, kam sie sich zwischen all den braungebrannten italienischen Bikinischönheiten ziemlich fehl am Platz vor.

„Ah, meine blonde Germanin!“ rief Matteo und setzte sich in seinem Liegestuhl auf. „Du nimmst mir das von neulich Abend doch hoffentlich nicht übel? Ich wollte mich nur ein bisschen wichtig machen, weißt du.“

„Das habe ich gemerkt“, antwortete Bianca. „Aber du hast hoffentlich auch gemerkt, dass es mich kalt gelassen hat.“

„Allerdings“, gestand Matteo.

Er sah sie an, nachdem sie sich auf den zweiten Liegestuhl gesetzt hatte, und im nächsten Moment lachten sie beide prustend los.

Nach der Pizza dösten sie auf den Liegen und genossen die Sonne und die Meeresluft. Später liefen sie zum Wasser und planschten eine Weile ausgelassen wie Kinder, um dann immer weiter hineinzuwaten. Es herrschte nur eine leichte Brandung, und die Wellenausläufer zum Strand hin waren flach. Doch je tiefer Bianca und Matteo kamen, desto intensiver war die Kraft zu spüren, mit der die Wellen gegen ihre Körper rollten.

Als ihnen das Wasser bis zu den Hüften reichte, klatschten die Wogen an ihren Oberkörpern hoch, und Bianca lachte und schrie jedes Mal vor Vergnügen. Eine der Wellen war stärker als die anderen, und ehe Bianca sich versah, wurde sie umgeworfen und versank in einem Schwall von schäumendem Wasser.

Doch sofort waren starke Arme zur Stelle, die sie aufrichteten. Und dann, als sie Luft holte und sich das Wasser aus dem Haar schüttelte, waren Matteos Arme noch immer da. Er zog sie an sich und hielt sie sicher im Wellengang, der sie nun nicht mehr umwerfen konnte. Salzig umspülte das Wasser ihre Haut, und die aufsteigende Gischt verlieh auch ihrem Kuss einen betörenden Geschmack von Salzwasser und wilder, befreiender Natur.

Wären sie allein gewesen, hätte Bianca sich ihm womöglich schon hier ergeben. Obwohl noch keiner von ihnen über Gefühle gesprochen hatte, war sie sicher, dass Matteo und sie dasselbe empfanden. Nur die Liebe konnte solche überwältigenden Gefühle hervorbringen. Sie war so glücklich, dass nicht der geringste Zweifel in ihren Gedanken Platz hatte.

Nach dem Nachmittag am Strand führte Matteo Bianca in eines der Straßenrestaurants am Boulevard. Zum Essen bestellte er jenen Chianti Classico, den er so gerühmt hatte. Bianca stieß mit ihm an, und sie fragte nicht, wie er denn zurück nach Florenz fahren wolle – mit Alkohol im Blut.

Und vermutlich am Alkohol lag es auch, so erklärte sie es sich später, dass sie irgendwann alle Vernunft über Bord warf. So betrachtete sie es als glückliche Fügung, als Matteo ihr freudestrahlend mitteilte, dass sich gleich gegenüber, dort, wo er den Wagen geparkt hatte, die Ferienwohnung seiner Eltern befand und dass sie und er die Wohnung ganz für sich allein hatten. Für die lange Rückfahrt nach Florenz wäre es doch sowieso schon viel zu spät.

Matteo ließ sich vom Ober noch eine Flasche Wein bringen, die sie dann in der luxuriösen Wohnung seiner Eltern leerten. Was für ein herrlicher Tag lag hinter ihnen. Bianca war ganz berauscht, nicht nur vom Alkohol, sondern auch von der Erinnerung an das warme, tosende Wasser, die Sonne, die ihre Gefühle durcheinander brachte, und Matteos starke Arme, die sie festhielten. Seine Lippen, die sich auf ihre drückten.

Sie sehnte sich nach seinen Händen und Küssen, und nach einer Weile hob er sie auf die Arme und trug sie in ein helles Zimmer, das vom rötlichen Schein der untergehenden Sonne durchflutet war. Die strahlend weißen Laken dufteten, und Matteo liebte Bianca mit einer Leidenschaft, die sie alles vergessen ließ. Es gab nur sie und ihn und ihre schweißglänzenden Körper und sie glaubte, vor Liebe sterben zu müssen.

Als Bianca am nächsten Morgen aufwachte, war sie allein im Bett. Sie traf Matteo in der Küche, am Tisch sitzend. Er hatte das Frühstück bereitet, war so freundlich wie immer und entschuldigte sich dafür, dass er es ihr nicht ans Bett gebracht hatte. Trotz oder gerade wegen seiner Höflichkeit spürte Bianca, dass sich etwas verändert hatte. Sie wagte nicht, ihn zu umarmen oder gar zu küssen, und zugleich wurde ihr erschreckend bewusst, wie wenig sie ihn kannte.

War er immer so, morgens, nach dem Erwachen?

Oder lag es nur an dem Wein, von dem sie beide ein bisschen zu viel getrunken hatten? Hatte er Kopfschmerzen?

Es war weder das eine noch das andere, wie Bianca schon sehr bald herausfinden sollte. Auf der Rückfahrt und dann in Florenz verhielt Matteo sich zunehmend reserviert. Später, bei den wöchentlichen Kursabenden, behandelte er sie mit der gleichen ausgesuchten Höflichkeit wie alle anderen Teilnehmer. Nachdem Bianca anfangs Angst davor gehabt hatte, ihn zur Rede zu stellen, verbot sich genau das kurze Zeit später.

Nach einer der Italienischstunden sah sie, wie Matteo von einer dunkelhaarigen Schönheit abgeholt wurde. Die beiden umarmten und küssten sich und brausten dann in seinem Lancia davon.

Nun gab es keinen Zweifel mehr, was geschehen war. Matteo hatte sein Ziel erreicht; er hatte die blonde Germanin erobert, und damit war die Geschichte für ihn erledigt. Nach der geglückten Verführung war sie sofort uninteressant für ihn geworden. Wahrscheinlich hatte er schon beim Frühstück in Viareggio Pläne für seine nächste Eroberung geschmiedet. Und bestimmt hatte er zu Hause ein hölzernes Bett, in das er eine weitere Kerbe geschnitzt hatte – mit einem Namenszug: Bianca, Germanin.

10. KAPITEL

„Und hast du bei dem Italienischkurs trotzdem weiter mitgemacht?" fragte Nadine neugierig.

„Ja", antwortete Bianca. „Aber das ist mir nicht leicht gefallen, wie du dir vorstellen kannst."

„Sagen wir mal so …", erwiderte Nadine grinsend. „Ich kann mir vorstellen, dass es *dir* nicht leicht gefallen ist. Für mich wäre es ein Klacks gewesen."

Bianca lachte. „Das glaube ich dir aufs Wort." Sie wurde ernst. „Anfangs hatte ich geglaubt, ich würde mit Matteo noch mal über alles reden können. Aber er ist mir ausgewichen. Er war zu mir genauso höflich und nett wie zu allen anderen Kursteilnehmern."

„Wahrscheinlich mehr zu den weiblichen", warf Nadine ein. „Oder war er dieser Typ, der für jeden den Strahlemann spielt? Also auch für seinesgleichen?"

„Ich glaube schon", erwiderte Bianca. „Den Eindruck machte er durchaus. Jedenfalls, als ich ihn dann mit seiner neuen Freundin gesehen habe …"

„Freundin?"

Bianca hob die Schultern. „Eroberung, meinetwegen. Wie dem auch sei, danach habe ich mich nicht mehr bemüht. Im Grunde wollte ich auch gar kein Gespräch mehr mit ihm führen. Ich hatte ja längst gemerkt, dass das gar keinen Zweck hatte. Ich bin auch sicher, dass er gar nicht kapiert hätte, was ich eigentlich meine."

„Aha. Ich denke, es war, wie du sagst. Dieser gut aussehende Signore wollte es seinen römischen Vorfahren nachmachen. Eine blonde Germanin fehlte noch auf seiner Liste, und als er dich dann rumgekriegt hatte, warst du abgehakt. Hast du mit Amadeo und Concetta darüber gesprochen?"

„Nur mit Concetta. Sie war sehr verständnisvoll, und sie hat mir auch geraten, mich so zu verhalten, wie ich es getan habe. Ihm hinterherzulaufen wäre das Verkehrteste gewesen, das ich hätte tun können. Dann hätte ich ihn in seiner Rolle als großer Verführer nur noch mehr bestätigt."

„Und wie lange musstest du den Kerl sehen?"

„Sechs Wochen. Dann war der Kurs zu Ende. Und den Anschlusskurs habe ich nicht mehr mitgemacht. Fürs Geschäftliche reichte mein Italienisch damals schon. Außerdem hatte ich bald ganz andere Sorgen."

„In Italien?"

„Ja, da fing es an. Ich war ja drei Monate dort, und die Zeitspanne war gerade ausreichend, um mich in ein paar Zusammenhänge zu vertiefen, die ich später, zu Hause in Papas Firma, verwerten konnte."

„Das klingt jetzt wieder nach komplizierten Geschichten", sagte Nadine betrübt. „Bestimmt irgendwas, das total über meinen Horizont geht."

Bianca schüttelte heftig den Kopf. „Fang bloß nicht wieder damit an. Nichts geht über deinen Horizont. Was du verstehen willst, das verstehst du auch. Verstanden?“

„Ja, Frau Lehrerin“, antwortete Nadine und senkte den Blick.

Im nächsten Moment mussten sie beide lachen, und sie umarmten sich spontan. Es war ganz sicher eine gütige Fügung des Schicksals gewesen, die sie zusammengeführt hatte. Was sie auch quälte, sie konnten es sich von der Seele reden, und sie fanden in dem jeweils anderen nicht nur einen aufmerksamen Zuhörer, sondern auch den besten vorstellbaren Ratgeber.

„In Italien habe ich ja nicht nur in Amadeos Firma mitgearbeitet“, fuhr Bianca fort. „Ich habe auch andere Firmen besucht, mit denen er enge Geschäftsbeziehungen pflegte. Da war ich dann jeweils für ein paar Tage. Das waren hauptsächlich Webereien, aber auch Konfektionäre, Fachspeditionen und andere Handelshäuser. Und bei denen bin ich auf ein paar Dinge gestoßen, die mich stutzig gemacht haben.“

„Bei den Handelsfirmen?“

„Ja. Die kauften teilweise in Niedriglohnländern in Osteuropa ein und haben dann in Vertragstextilfabriken billige Massenware produzieren lassen. T-Shirts, Blusen und solche Sachen.“

„Und warum hat dich das stutzig gemacht?“

„Bei uns zu Hause waren vor dem Zeitpunkt auch ein paar Transitgeschäfte gelaufen – mit Lieferanten in Osteuropa."

„Warte mal!" rief Nadine. „Transit – das bedeutet, in einem Land einkaufen und über Deutschland in ein anderes Land verkaufen. So ungefähr?"

„Aber haargenau", lobte Bianca ihre Freundin. „Glaubst du jetzt ...?"

„Ich weiß, ich weiß." Nadine machte eine abwehrende Handbewegung. „Wenn man wirklich lernen will, schafft man es auch."

„Das hast du gerade bewiesen."

„Ich fürchte ja", seufzte Nadine. „Da habe ich mir vielleicht was eingebrockt. Habe ich mich doch tatsächlich in Zugzwang gebracht!"

Bianca sah sie mit großen Augen an. „Sag nur noch, du hast mal Schach gespielt!"

„Ein bisschen. Michael hat es mir damals beigebracht, bevor er – na ja, du weißt schon." Nadines Stimme klang auf einmal belegt. Sie räusperte sich. „Aber was war nun komisch an den Transitgeschäften im Hause Berger?"

„Die Einkaufsrechnungen. Ich war nicht ganz sicher, aber die kamen mir zu hoch vor. Aus Italien hatte ich für vergleichbare Stoffe andere Preise in Erinnerung. Niedrigere Preise. Das war ja der Grund, weshalb man in den Billigländern einkaufte. Bei uns waren die betreffenden Einkaufspreise zwar auch niedriger als bei den westeuropäischen Lieferanten, aber eben nicht so niedrig, wie ich es in Italien gesehen hatte."

„Und was bedeutet das?"

„Nadine!" Bianca flüsterte eindringlich. „Es gibt buchhalterische Tricks, von denen du dir überhaupt keine Begriffe machst. Mir erging das anfangs nicht anders. Selbst dann, als ich glaubte, über Buchführung alles zu wissen, habe ich immer noch dazugelernt. Nach und nach habe ich begriffen, dass ich ein richtig ahnungsloser Engel war, was Buchungsmanipulationen betrifft. Wobei es mit der Fakturierung natürlich schon losgeht."

„Fakturierung?"

„Rechnungen schreiben."

„Warte mal …" Nadine rieb sich das Kinn. „Der Lieferant schreibt die Rechnungen. Und die sind höher, als sie sein dürften. Dann wird für die gelieferte Ware mehr bezahlt, als sie kostet. Und den Unterschied zwischen dem echten Preis und dem zu hohen Preis kassiert wer?"

„Wahrscheinlich der Lieferant und sein Komplize. Der Lieferant muss ja bereit sein, so etwas mitzumachen."

„Und dieser Komplize – das wäre dann jemand in eurer Firma gewesen?"

Bianca nickte. „Ich hätte es meinem Vater damals schon sagen müssen. Vielleicht war das überhaupt mein größter Fehler. Hätte ich ihn eingeweiht, hätte ich vielleicht alles verhindern können, was passiert ist."

Nadine legte eine Hand auf Biancas Arm. „Diese Vorwürfe kannst du dir machen, solange du willst. Aber ändern wirst du damit nichts. Sicherlich hattest du damals deine Gründe, dich genauso zu verhalten, wie du dich verhalten hast. Du hattest einen Verdacht, aber du konntest nichts beweisen. Das war doch wohl der springende Punkt, wenn ich es richtig verstehe."

„Ja, du hast Recht."

„Und kannst du es nicht nachträglich beweisen?"

„Ausgeschlossen", erwiderte Bianca. „Es ist ja alles verbrannt."

„Kannst du denn nicht bei den Lieferanten von damals den Hebel ansetzen? Die waren doch daran beteiligt."

„Das wäre unendlich schwer, wenn nicht sogar unmöglich", sagte Bianca. „Dazu müsste man schon an Ort und Stelle recherchieren, in den betreffenden Ländern. Da würde man Dolmetscher brauchen, Rechtsanwälte und, und, und."

Nadine seufzte. „Unbezahlbar, so was."

„Ich muss das tun, was machbar ist", erklärte Bianca. „Und das ist schlicht und einfach, mein neues Leben zu leben, wenn ich rauskomme. Vielleicht habe ich später einmal die Zeit und vor allem das Geld, um Ermittlungen anstellen zu lassen."

Nadine nickte nachdenklich.

„Was machbar ist ...“, wiederholte sie leise. „Das gilt auch für meine Mutter und mich. Es ist zu dumm, dass ich ausgerechnet jetzt im Gefängnis sitze. Ich würde so gern so vieles für sie tun.“

„Du hast doch einige Möglichkeiten“, entgegnete Bianca. „Du kannst jeden Freigang dafür nutzen. Und Daniel wird doch bestimmt Verständnis haben, wenn du dich jetzt erst mal deiner Mutter widmest.“

„Natürlich“, antwortete Nadine. „Daniel wäre der Letzte, der dagegen etwas einzuwenden hätte.“ Ihre Augen leuchteten auf. „Weißt du was?“ Sie faltete die Hände unter dem Kinn. „Es dauert zwar noch eine Weile, aber zu Weihnachten möchte ich ihr eine ganz besondere Freude machen. Ich weiß noch nicht was, und ich weiß noch nicht, wie ... auf jeden Fall muss es etwas ganz Außergewöhnliches werden.“ Nadines Blick verlor sich im Nichts, als sie leise murmelnd wiederholte: „Etwas ganz Außergewöhnliches ...“

Bianca schwieg. Sie wollte die Gedanken ihrer Freundin nicht stören.

Das Weihnachtsfest, von dem Nadine sprach, würde das vierte sein, das sie, Bianca, im Gefängnis verbrachte.

Wehmut befiel sie bei dem Gedanken an die Festtage, die – wie keine andere Zeit des Jahres – vor allem den Familien gehörten. Dreimal hatte sie Weihnachten nun schon im Gefängnis verbracht. Gewiss, die Direktion hatte sich alle Mühe gegeben, die Feiertage angenehm zu gestalten. Doch letztendlich hatte es natürlich nicht geholfen, sondern die Erinnerung an schöne Weihnachtstage in Freiheit, in der Familie, nur noch schmerzhafter gemacht.

Das Schlimmste aber war, dass es Biancas Familie im Grunde nicht mehr gab – kein Zuhause mit einem reichlich geschmückten Weihnachtsbaum. Ihr Vater lebte nicht mehr, er war auf grauenvolle Weise ums Leben gekommen. Und Heiko war verschwunden. Dass er gelegentlich Ansichtskarten aus allen möglichen Teilen der Welt schickte, war kein wirklicher Trost.

Omi Ursula war mittlerweile fünfundsiebzig. Ihr hatte nach dem Unglück die Kraft gefehlt, die sie gebraucht hätte, um für Heiko die Mutter zu ersetzen. So hatte es der Junge in Pflegefamilien und Heimen aushalten müssen. Doch dann, als er die Nachricht vom Tod des Vaters erhalten hatte, musste der Schock für ihn zu groß gewesen sein. Er war einfach verschwunden.

Bianca hatte in den ersten Wochen und Monaten im Gefängnis nicht gewusst, wie sie die Katastrophe ihrer Familie verkraften sollte.

Ihrem Vater hatte das mörderische Feuer das Leben und seinen Kindern – Bianca und Heiko – sein Lebenswerk genommen. Eine grauenvolle Wendung des Schicksals.

Ihren Bruder schien dieses Ereignis ins Unglück getrieben zu haben. Das hatte Bianca jedenfalls so lange glauben müssen, bis endlich die erlösende erste Ansichtskarte aus Australien eingetroffen war. Heiko hatte geschrieben, dass es ihm gut gehe und dass sie sich seinetwegen keine Sorgen machen müssten.

Ihre Großmutter war allein und musste ihre ganze Energie darauf verwenden, sich selbst zu versorgen. Bianca hoffte, dass sie bald, sehr bald in der Lage sein würde, Omi Ursula zu unterstützen und damit ein bisschen von dem gutzumachen, was sie all die Jahre so unermüdlich für die Familie getan hatte.

Damals, vor der Katastrophe, hatte eben diese Familie Bianca die Kraft gegeben, die sie gebraucht hatte, um ihre Karriere aufbauen zu können. Das war vor allem nach ihrer Rückkehr aus Italien für sie wichtig gewesen. Denn in jener Zeit hatten ihre Ahnungen über Ungereimtheiten in der Firma Hans Berger neue Nahrung bekommen …

Die Spätnachmittagssonne fiel schräg in das Büro. Durch die Sprossenfenstern malte sie ein exakt symmetrisches Arrangement sich verbreiternder Schächte aus Licht bis hin zu den Schreibtischen.

„Sieh mal“, sagte Viktor Schneider, der Bianca in der Buchhaltung gegenübersaß. Er zeigte auf das Lichtmuster. „So viel Staub haben wir hier in der

Luft. Wenn der nicht wäre, würden sich die Sonnenstrahlen gar nicht von der Umgebung abheben."

Bianca neigte den Kopf nach rechts, um Viktor an ihrem Computerbildschirm vorbei ansehen zu können.

„Wir müssten also längst eine Staublunge haben", sagte sie todernst. „Ist es das, was du meinst?"

„Ach, was." Viktor grinste. „Wären wir Beamte, würden wir Staubzulage bekommen. Zehn Prozent vom Bruttogehalt oder so."

„Heißt das bei denen nicht Sold?"

Viktor überlegte. „Sold, Besoldungsgesetz, hm – keine Ahnung. Bei denen gibt's ja auch keine richtige Buchführung."

„Viktor!" ermahnte Bianca ihn lachend. „Fang nicht schon wieder damit an. Kameralistik ist eine richtige Buchführung, nur eben eine andere als die kaufmännische."

„Eben", antwortete Viktor und nickte. „Deshalb verschwenden sie unsere Steuergelder ja auch nach nichtkaufmännischen Gesichtspunkten."

„Mein lieber Viktor", sagte Bianca streng. „Fang jetzt bloß nicht an, Beamtenwitze zu erzählen."

„Schon gut, schon gut", seufzte er. „Ich weiß, die sind während der Arbeitszeit verboten."

„Alle Witze sind verboten", verbesserte Bianca ihn und bemühte sich, ernst zu bleiben. „Im Übrigen genügt es, wenn du Katy damit auf die Nerven gehst."

Viktor blinzelte entgeistert.

„Das hat sie dir erzählt? Ich meine, dass ihr meine Witze auf die Nerven gehen?“

„Nicht direkt“, erwiderte Bianca. „Aber es ist doch so, Viktor: Katy und ich sind Cousinen, und wir sind zusammen aufgewachsen. Das bedeutet, wir sind wie Schwestern, und wir erzählen uns einfach alles. Auch jetzt noch, wo sie ihre eigene Wohnung hat.“

„Alles?“ wiederholte Viktor erschüttert. „Heißt das, dass du über alles Bescheid weißt, was Katy so erlebt?“

„Über fast alles“, verbesserte Bianca. „Kleine Geheimnisse hat doch jeder, oder? Und es gibt natürlich Teile des Privatlebens, über die man nicht spricht.“

„Da bin ich aber erleichtert“, sagte Viktor aufatmend. „Und wie war das mit den Beamtenwitzen?“

„Dazu hat sie mir nur gesagt, dass das deine Lieblingswitze sind.“ Bianca schmunzelte. „Dass du sie damit nervst, habe ich mir ausgedacht, um dich ein bisschen zu ärgern. Bist du jetzt böse?“

„Himmel, nein!“ Viktor richtete die Augen zur Decke und schnalzte mit der Zunge. Dann sah er Bianca wieder an und grinste. „Solange sich euer Erfahrungsaustausch auf Witze und Ähnliches beschränkt, habe ich kein Problem damit.“

„Mach dir keine Sorgen“, entgegnete Bianca und wandte sich wieder den Buchungsposten zu, die sie auf dem Bildschirm aufgelistet hatte.

Katy und Viktor hatten sich beim letzten Betriebsfest der Firma Berger kennen gelernt, und indirekt war Bianca sogar schuld daran. Denn als sie mit ihrem Vater die Einladungsliste zusammengestellt hatte, war es für sie beide selbstverständlich gewesen, dass Katy dazugehörte.

Inzwischen arbeitete Katy schon fast ein halbes Jahr als Sachbearbeiterin in einer Versicherungsagentur. Obwohl sie in dem Beruf keinerlei Erfahrung vorweisen konnte, hatte der Inhaber sie sofort eingestellt.

Seit der Schulzeit hatte Katy alle möglichen Jobs angenommen; zu einer dreijährigen Lehrzeit hatte sie sich nie durchringen können. ‚Da werde ich verrückt', hatte sie ihrer Cousine gestanden. ‚Das halte ich nicht aus – so lange immer das Gleiche tun!' Also hatte sie sich von einem Job zum anderen gehangelt. Angefangen hatte sie im Lager eines Supermarkts, wo sie schon als Schülerin in den Ferien gearbeitet hatte.

Und im gleichen Stil hatte sich ihre „Karriere" fortgesetzt. Unter anderem war sie in einem Call Center gelandet. Bianca erinnerte sich noch, wie sie geschwärmt hatte: „Du, Cousinchen, stell dir vor, die sind ganz begeistert von meiner Telefonstimme und vor allem von meiner akzentfreien Aussprache. Und weißt du, was die gesagt haben? Nein, das glaubst du nicht! Die sind überzeugt, dass ich es in der Branche zu was bringe. Da gibt es tolle Aufstiegsmöglichkeiten, musst du wissen, auch in andere Richtungen. Wenn ich mich anstrenge, werde ich eines Tages Nachrichtensprecherin beim Fernsehen. Oder Moderatorin. Ach, Cousinchen, ich sage dir, jetzt steht mir die Welt offen!"

Doch schon ein Vierteljahr später hatte die große weite Sprecherinnenwelt allen Glanz verloren. Katy war bei dem Versuch gescheitert, mit dem Inhaber des Call Centers anzubändeln. Denn seine Ehefrau hatte sich als die Stärkere erwiesen, und so war Katy noch vor dem Ende der Probezeit hinauskomplimentiert worden.

Die anschließenden Jobs waren von ähnlich kurzer Dauer gewesen. Ob als Serviererin in einem Verzehrkino, Empfangsdame in einem großen Autohaus, Zimmermädchen in einem Hotel oder Telefonistin bei einem Schrotthändler – Katy war ihrem Prinzip treu geblieben, es nie lange an einem Platz auszuhalten.

Insofern war ihr derzeitiger Job bei dem Versicherungsagenten eine Ausnahme. Es gefiel ihr dort besser als an jedem vorherigen Arbeitsplatz, und nach einfachen Aufgaben im Büro hatte sie inzwischen auch begonnen, Kunden anzuwerben. Zwar probierte sie ihre Verkaufstalente bislang überwiegend im Verwandten- und Bekanntenkreis aus, aber das war nach Biancas Überzeugung nur zu verständlich.

Versicherungen waren nun mal Vertrauenssache, und deshalb ließen sich die potenziellen Kunden sicherlich leichter locken, wenn sie den Akquisiteur persönlich kannten.

Auch bei Papa hatte Katy vorgesprochen. Obwohl er überhaupt nicht vorhatte, neue Versicherungen abzuschließen, hatte er sich doch zu einem Termin mit ihr überreden lassen. Papa war eben ein höflicher Mensch, und so hatte er es auch geduldig über sich ergehen lassen, dass Katy seinen „Versicherungsstatus" überprüfte. Das bedeutete nichts weiter, als dass sie sich ansah, welche Versicherungen er schon hatte und welche ihm ihrer Meinung nach noch fehlten.

Doch bei aller Höflichkeit war Papa nun mal nicht der Typ, der sich etwas aufschwatzen ließ, was er partout nicht brauchte – zum Beispiel eine weitere Rechtsschutzversicherung oder eine zusätzliche Lebensversicherung.

„Ist schon in Ordnung, Onkel Hans", hatte Katy fröhlich gesagt. „Du musst doch nichts aus Gefälligkeit unterschreiben, nur, weil ich deine Nichte bin. Auf jeden Fall ist es schon mal gut, dass du das Bezugsrecht deiner Lebensversicherung geändert hast."

Obwohl Katy zur Familie gehörte, war Bianca der Meinung, dass Papa ihr seine Policen nicht unbedingt hätte zeigen müssen. Schließlich war es eine sehr persönliche Angelegenheit, und dass Mama nach ihrem

Tod als Bezugsberechtigte der Lebensversicherung hatte gelöscht werden müssen, wusste man, ohne sich die Dokumente ansehen zu müssen.

Bianca fühlte sich auf eine merkwürdige Weise bloßgestellt. Das war der Grund, weshalb ihr Katys Aktion nicht gefiel. Nun gut, Papa hatte sich zwar nicht direkt überrumpeln lassen, aber er war vielleicht ein bisschen zu entgegenkommend gewesen. Dass in der Police seiner Lebensversicherung jetzt „Bianca Berger, Tochter" als Bezugsberechtigte stand, war ihr schon zu dem Zeitpunkt unangenehm gewesen, als Papa das erste Mal mit ihr darüber gesprochen hatte.

Es hing damit zusammen, dass sie sich innerlich sträubte, überhaupt an die Möglichkeit seines Todes zu denken. Das war so unendlich weit weg, dass es außerhalb ihrer Vorstellungskraft lag. Ihr großer, starker Vater würde immer da sein; er stand mitten im Leben und in der Blüte seiner Schaffenskraft. Weshalb sollte man da an so etwas Grässliches wie den Tod und all seine schrecklichen Konsequenzen denken?

Bianca wusste, dass es kindisch war, was sie sich da zusammenreimte. Aber ihr Name als Verlängerung des Satzes „Bezugsberechtigt im Falle des Todes des Versicherungsnehmers ist …" – nun, das hatte für sie etwas erschreckend Endgültiges. Es zwang sie, dem Unvermeidlichen ins Auge zu blicken, wo doch schon der leiseste Gedanke daran Angst in ihr auslöste. Angst davor, dass ihrem geliebten Papa etwas zustoßen könnte. Ein Unfall, eine schwere Krankheit …

Nutznießerin eines solchen Schicksalsschlags wollte sie einfach nicht sein.

Sie verdrängte solche Überlegungen jedes Mal aus ihrem Bewusstsein, sobald sie nur aufkamen. Sicher, dass sie in dieser Beziehung so empfindlich war, hing bestimmt mit Mamas Tod zusammen. Wenn sie im Beruf vorwärtskommen wollte, durfte sie sich von derart übersteigerter Sensibilität nicht unterkriegen lassen.

Was das Thema Versicherungen betraf, hatte sie sich schließlich beruhigt. Katy wusste jetzt, dass sie, Bianca, das Geld aus Papas Lebensversicherung erhalten würde. Na und? Im Grunde musste es gar kein Geheimnis sein. Es war ja nicht nur juristisch korrekt, sondern auch nahe liegend, dass nach dem Tod des Ehepartners der nächste Verwandte eingesetzt wurde. Also wusste es praktisch sowieso jeder.

Auf diese Weise hatte sich Bianca schließlich von ihren quälenden Gedanken befreit. Doch ihre vorherige Besorgnis hatte zumindest geholfen, sich damit auseinander zu setzen. Und damit hatte das Thema seine scheinbar bedrohliche Bedeutung verloren. Und ohnehin gab es viel wichtigere Aufgaben, mit denen man sich beschäftigen musste.

Die Bürotür schwang auf.

Bianca sicherte ihre Buchungen reflexartig auf der Festplatte und im externen Laufwerk. Das hatte sie sich angewöhnt, und es hatte sich bewährt. Bevor sie sich von irgendetwas oder irgendjemandem ablenken ließ, musste doppelt abgespeichert werden. Das hatte sie für sich selbst zu einem eisernen Gesetz gemacht. Durch Unachtsamkeit ging ihr jedenfalls nichts mehr verloren.

„Hallo, Kollegen!“ rief Rudolf Wagner, der Prokurist der Firma, aufgeräumt. Er schloss die Tür und lehnte sich dagegen. Gleichzeitig grinste er wie jemand, der vorhatte, gleich ein wohl gehütetes Geheimnis zu verraten.

„Hallo, Rudi“, sagte Viktor. Seine Finger flogen noch kurz über die Tastatur, dann lehnte er sich zurück. „Findest du nicht auch, dass wir zu viel Staub einatmen?“

„Beachte ihn einfach nicht“, empfahl Bianca dem Prokuristen. „Er leidet zurzeit darunter, dass er Angestellter und nicht Beamter geworden ist.“

Viktor wollte schon protestieren, doch er kam nicht zu Wort.

„Das ist es!“ rief Wagner begeistert, und mit ausgestrecktem Arm zeigte er auf Bianca. „Du hast das Stichwort geliefert.“

„Nein!“ stöhnte sie. „Nicht schon wieder!“

Rudolf Wagner ließ sich nicht aus dem Konzept

bringen. „Kennt ihr den? Beamte sollen ja jetzt auch nach Leistung bezahlt werden. Und da kommt so ein Behördenmensch keuchend zu seinem Vorgesetzten ins Büro. Total außer Atem ruft er: ‚Herr Oberamtsrat, Herr Oberamtsrat! Ich habe gerade zehn Bleistifte gespitzt, vier Aktendeckel nach Datum sortiert, das Farbband meiner Schreibmaschine ausgewechselt und dann noch den Gummibaum begossen. Das alles habe ich in sechsundvierzig Minuten geschafft! Dafür bekomme ich doch jetzt bestimmt eine Gehaltszulage, nicht wahr?'"

„Nein!" brüllte Viktor. „Neiiin! Das halte ich nicht aus." Er schlug sich vor Vergnügen auf die Schenkel und schnaufte und prustete. Erst nach einer Weile beruhigte er sich wieder. Er ächzte wie nach einer schweren körperlichen Anstrengung.

„Über so was kann ich überhaupt nicht lachen", behauptete Bianca und strengte sich an, um ernst zu bleiben. „Was würdet ihr denn sagen, wenn sich die Beamten in ihren Amtsstuben Buchhalterwitze erzählen?"

„Ach, wie gut, dass ich kein Buchhalter bin!" Rudolf Wagner lachte schallend und zeigte auf Viktor Schneider. „Warte mal ab, bis sie dich am Wickel haben! Gibt's nicht schon Erbsenzähler-Witze?"

„Was hat denn Buchhaltung mit Erbsenzählen zu tun?" Viktor verzog beleidigt das Gesicht. Über seinen Computer hinweg deutete er mit einer Kopfbewegung auf Bianca. „Noch eine Buchhalterin. Sind wir denn beide Witzfiguren?"

„Bianca ist nur ein durchlaufender Posten, sozusagen", erklärte der Prokurist. „Wer eines Tages der Geschäftsleitung angehört, muss eben alle Abteilungen des Hauses kennen lernen."

„Pass bloß auf", murrte Viktor. „Der Fußboden ist empfindlich gegen Kratzspuren."

Rudolf Wagner lachte wieder. „Ich bin doch bloß Realist, mein Lieber. Wer den Dingen rechtzeitig ins Auge sieht, erlebt weniger Überraschungen."

„Also, meine Herren, ich muss doch sehr bitten", sagte Bianca betont förmlich. Gleichzeitig entkräftete sie ihren Ton mit einem Lächeln. „Der Inhaber dieser Firma heißt Hans Berger, und so, wie ich ihn kenne, hat er vor, es noch sehr, sehr lange zu bleiben."

„Mit anderen Worten", sagte Viktor. „Wir sind alle eine große Familie."

Bianca konnte nicht feststellen, ob er es ernst oder sarkastisch meinte. Manchmal war sie bei ihm nicht ganz sicher. Andererseits – welchen Grund hätte er haben sollen, etwas nicht so zu meinen, wie er es sagte?

Bianca konnte sich zumindest keinen Grund vorstellen. Andererseits kannte sie Viktor nur als Kollegen. Nur wegen seiner Beziehung mit Katy waren sie sich in der letzten Zeit ein paarmal privat begegnet.

„Eine Familie", wiederholte Bianca. „Ich denke auch, dass wir das sind."

„Um unser gutes Betriebsklima beneidet uns so manche andere Firma“, erklärte Rudolf Wagner.

„Woher willst du denn das wissen?“ fragte Viktor.

Rudolf lächelte nachsichtig. „Man trifft sich. Zum Beispiel bei Tagungen der Handelskammer.“

Viktor sah ihn an und machte ein finsteres Gesicht. „Weshalb hältst du uns eigentlich von der Arbeit ab?“

„Tue ich das?“ Der Prokurist lachte abermals. „Ich wollte nur mal so reinschauen. Pflege des Betriebsklimas nennt man das.“

„Eine Klimaanlage würde uns schon reichen“, brummte Viktor. „Wenn die den Staub aus der Luft rausfiltert, wäre das eine ganz schön gesundheitsfördernde Maßnahme.“

Bianca war nicht sicher, wie sie seinen Stimmungsumschwung deuten sollte. Oder hatte sich seine Laune gar nicht wirklich geändert? Schon möglich, dass er seinen Unwillen lediglich spielte. Eigentlich konnte er es nicht ernst meinen, was er da gerade gesagt hatte. Andererseits hatte das mit der gesundheitsfördernden Maßnahme durchaus ein wenig bitter geklungen.

Was steckte dahinter?

Bianca und Rudolf tauschten einen Blick und gaben sich erheitert. Doch Bianca spürte, dass auch Rudolf das Verhalten Viktors zumindest seltsam fand.

„Betriebseinrichtungen sind Chefsache“, erklärte

Rudolf dem Kollegen. „Ich werde das beim nächsten Treffen mit Herrn Berger zur Sprache bringen. Bestimmt kriegst du deine Klimaanlage, Viktor. Du weißt, dem Chef liegt viel am Wohlergehen seiner Mitarbeiter."

Viktor nickte nur.

Bianca hatte den Eindruck, dass Victor irgendwie triumphierend schaute. Doch schon in der nächsten Sekunde konzentrierte er sich wieder ganz und gar auf die Zahlenkolonnen auf seinem Computerbildschirm. Sein Schweigen dauerte auch dann an, als Rudolf Wagner das Büro verlassen hatte.

Bianca fragte sich, was in Viktor vorging. Sie konnte sich nicht erinnern, dass er früher solche Stimmungsschwankungen an den Tag gelegt hätte. Sie überlegte, wann es angefangen haben konnte. Etwa in der Zeit, nachdem er Katy kennen gelernt hatte?

Sie erschrak fast, als sie zu der Überzeugung gelangte, dass es sich tatsächlich so zu verhalten schien. Wenn es so war, dann bedeutete es, dass Katys Art auf Viktor abfärbte. Sie war eben sehr kritisch eingestellt, sah in anderen oft eher das Schlechte als das Gute, auch wenn sie die Betreffenden gar nicht so genau kannte.

Viktor war andererseits immer ein treuer Mitarbeiter gewesen, und er hatte es auch zu würdigen gewusst, dass er zum Abteilungsleiter der Buchhaltung ernannt worden war. Welchen Grund aber sollte es haben, dass Katy ihn neuerdings gegen ihren eigenen Onkel aufwiegelte?

Oder gab es andere Gründe?

Was wusste Viktor über möglicherweise überhöhte Einkaufsrechnungen?

War er, da er als Buchhalter ja schließlich an der Quelle saß, vielleicht sogar an Unregelmäßigkeiten beteiligt – wenn es sie denn gab?

Bianca verdrängte diese Gedanken. Ihr Innerstes weigerte sich, diese Vermutung zu akzeptieren. Sie konnte, nein, sie wollte es sich einfach nicht vorstellen.

11. KAPITEL

Bianca wälzte sich in ihrem Bett, warf sich von einer Seite zur anderen. Wie schon all die Jahre im Gefängnis, quälten sie auch in der Freiheit die Alpträume.

„Du hast es getan! Du warst es, du elende Brandstifterin!"

Die Frau keifte wie eine Hexe. Schrill und erbarmungslos gellte ihre Stimme durch das Prasseln der Flammen, die sich gierig durchs Gebäude fraßen und bereits meterhoch aus dem Dachstuhl loderten.

„Ja, du warst es! Du hast deinen Vater umgebracht! Ich habe dich gesehen!"

Die geifernde Stimme dröhnte schmerzhaft in Biancas Ohren.

„Nein!" schrie sie. „Nein, ich war es nicht!"

„Und doch warst du es! Ich kann es bezeugen! Ich allein – hi, hi, hi!"

Das Lachen der Frau wehte wie ein teuflisches Meckern durch die Flammenhölle. Ihr Gesicht war unter der Kapuze ihres langen dunklen Umhangs nicht zu erkennen.

„Wer bist du?" rief Bianca verzweifelt. „Warum tust du mir das an? Was habe ich dir denn nur getan?"

Aber sie erhielt keine Antwort. Die unheimliche Frau hatte sich einfach umgedreht und ging davon.

Sie verschmolz mit der Dunkelheit außerhalb der Feuersbrunst. Erst jetzt ertönten Sirenen, und der erste Schein von zuckendem Blaulicht näherte sich.

Bianca wollte der fremden Frau hinterherrennen. Alles in ihr schrie danach, Klarheit zu gewinnen, zu begreifen, was hier gespielt wurde. Die Beschuldigungen, die diese Frau ausgestoßen hatte, waren ungeheuerlich und durch nichts gerechtfertigt. Bianca musste einfach herausfinden, wie die Unbekannte dazu kam, solche niederträchtigen Behauptungen aufzustellen. Es war einfach unerträglich, diese Ungerechtigkeit hinnehmen zu müssen und nichts dagegen tun zu können.

Mit aller Kraft versuchte Bianca, loszurennen. Sie musste die Frau zur Rede stellen – unbedingt. Denn wenn sie es nicht tat, das spürte sie, würde sie für alle Zeiten von dieser Last erdrückt werden.

Doch eine andere, viel stärkere Kraft hielt sie zurück.

Es war ihr Vater.

Sie erschrak, als sie sich umdrehte und ihn sah. Er brannte bereits lichterloh, doch die Hand, mit der er sie festhielt, war kalt wie der Tod.

„Bleib bei mir“, flehte er. „Lass mich nicht im Stich, Bianca. Tu mir das nicht an. Ich habe den schwersten Weg meines Lebens vor mir, und du musst mich begleiten. Vergiss nicht, du bist schuld daran. Jetzt ist es deine verdammte Pflicht, es mir zu erleichtern. Wenn du bei mir bist, fällt mir das Sterben leichter."

„Nein, Papa!" schrie Bianca. „Das ist nicht fair! Ich habe immer alles für dich getan, das weißt du. Aber was du jetzt verlangst, ist zu viel. Ich bin nicht schuld, das musst du doch wissen! Sag mir lieber, wer es wirklich war!"

„Rede nicht solchen Unsinn!" fuhr er sie an. „Du hast ein Verbrechen begangen. Finde dich gefälligst damit ab. Und jetzt tust du deine Pflicht, verstanden!"

Seine Stimme war so barsch und grob, wie Bianca es nie zuvor erlebt hatte. Der Schmerz, der in ihr wühlte, war unbeschreiblich und ging ihr durch und durch. Und wieder hörte sie sich schreien – markerschütternd diesmal. Die Angst um ihren Vater, die Trauer um ihn und zugleich die Empörung über die falschen Anschuldigungen vereinten sich in diesem einsamen Schrei.

Ihre eigene Stimme schrillte in ihren Ohren.

Das Feuer sank in sich zusammen, verschwand schließlich vollends und wich völliger Dunkelheit. Nirgendwo war auch nur noch der winzigste Lichtschein zu sehen, und als auch Biancas Schrei verstummte, kehrte völlige Stille ein.

Sie brauchte noch eine Weile, bis ihr klar wurde, dass sie aufgewacht war und schon wieder geträumt hatte. Sie schluchzte, ihr Oberkörper bebte. Das furchtbare Geschehen in dem Albtraum war noch derart deutlich in ihrem Bewusstsein, dass es ihr wie erlebte Wirklichkeit vorkam. Tränen rannen ihr in Strömen über das Gesicht, mühsam zog sie sich hoch.

Sie wartete auf tröstende Arme, die sie festhalten konnten. Ihr die Angst nehmen.

Sie wartete darauf, dass die Leselampe aufflammte und ihr vertrautes heimeliges Licht ausstrahlte.

Sie wartete auf Nadines beruhigende Stimme.

Wieder verging ein Moment, bis ihr bewusst wurde, dass sie sich im Bett aufgesetzt hatte. Und noch immer war sie von tiefschwarzer Finsternis umgeben. Da war keine Leselampe, und es fiel auch kein Widerschein von den Außenlampen im Gefängnishof durchs Fenster.

Plötzlich knarrte ihre Tür, und viel zu helles Licht fiel herein.

Bianca schloss geblendet die tränennassen Augen.

Katy gähnte laut, in ihrer Stimme schwang ein unüberhörbarer Vorwurf mit.

„Hab ich mich erschrocken!" rief sie. „Diesmal war es echt ganz schön schlimm. Aus dem schönsten Schlaf hast du mich gerissen. Ich bin senkrecht im Bett gesessen, als ich dich schreien hörte."

„Tut mir Leid", antwortete Bianca zerknirscht und unterdrückte ein Schluchzen. „Das wollte ich nicht." Sie winkelte die Beine unter der Bettdecke an, schlang die Arme um die Knie und bettete das Kinn darauf, um sich selbst ein wenig das Gefühl von Geborgenheit zu geben.

„Zuerst habe ich gedacht, draußen vor dem Haus wird jemand umgebracht", fuhr Katy fort. Sie blieb auf der Schwelle der halb geöffneten Tür stehen. „Ich musste erst mal zu mir kommen, bis ich kapiert habe, dass das wieder einer deiner idiotischen Albträume war."

„Entschuldige", sagte Bianca bedrückt.

„Weißt du, wie spät es ist?"

„Nein."

„Viertel nach drei!"

„Oh, mein Gott", hauchte Bianca. „Katy, wirklich, es tut mir wirklich Leid. Geh wieder schlafen. Ich werde auch ganz still sein."

„Soll das ein Witz sein?" Katy furchte die Stirn. „Du kannst doch deine Albträume nicht steuern. Sonst wäre es ja Absicht – ich meine, dann wäre das vorsätzliche nächtliche Ruhestörung!"

Bianca erschrak. „Das glaubst du doch wohl nicht wirklich! Ich würde doch niemals …"

„Nein, nein, beruhige dich." Katy winkte ab und lächelte ein wenig. „Das weiß ich doch, dass du so was niemals absichtlich tun würdest. Aber trotzdem – langsam müsste damit mal Schluss sein. Vielleicht solltest du mal über eine Therapie nachdenken."

„Du meinst …?" Bianca bekam den Mund nicht wieder zu.

„Ja, warum denn nicht?" erwiderte Katy gleichmütig. „Zu einem Psychofritzen zu gehen ist heute doch das Normalste der Welt. Der findet raus, was Sache ist, und du hast endlich Ruhe vor deiner Albträumerei."

„Ich weiß nicht …", entgegnete Bianca.

Katys Vorschlag kam ihr absurd vor. Sie kannte die Ursache ihrer Albträume, und sie brauchte niemanden, der ihr das erklärte. Denn das Entscheidende würde auch ein Psychotherapeut nicht erklären können, nämlich, wer wirklich das Feuer in der Firma Hans Berger gelegt hatte. Schließlich wusste sie das selbst nicht.

„Na, ich gehe dann mal wieder", sagte Katy und gähnte erneut so herzhaft, dass ihr Tränen in die Augen schossen. „Und jetzt wird geschlafen, nicht mehr geschrien – versprochen?"

„Versprochen", antwortete Bianca. „Ich werde mich bessern. Und jetzt schlaf gut."

„Du auch, Cousinchen." Katy zog die Tür zu und sperrte das Licht damit wieder aus.

Bianca blieb zusammengekauert auf dem Bett sitzen. Sie fürchtete sich davor, wieder einzuschlafen. Nicht etwa weil sie Angst hatte, Katy erneut zu wecken. Nein, Katy war ihr sowieso nicht wirklich böse. Sie fand es eben nicht so toll, aus dem Schlaf gerissen zu werden. Das war alles. Und absolut verständlich. Sie brauchte ja auch ihren Schlaf.

Aber Biancas wusste aus Erfahrung, dass es möglich war, diesen Alptraum einfach weiterzuträumen. Gab es denn wirklich nichts, was man dagegen tun konnte? Ach, wie gern hätte sie Nadine um ihre Meinung gefragt. Bestimmt hätte sie eine Antwort gewusst oder ihr zumindest einen guten Rat geben können.

Noch bevor Bianca den Gedanken zu Ende gedacht hatte, fielen ihr Nadines Worte ein – das, was sie damals gesagt hatte, in jener Nacht in der Zelle …

„Du reißt dich gefälligst zusammen und träumst ab sofort was Romantisches. Hast du denn da gar nichts auf der Pfanne – aus der Erinnerung, meine ich?“

Bianca lächelte in der Dunkelheit.

„Aber ja!“ hätte sie am liebsten laut gerufen. „Jetzt habe ich etwas, Nadine. Etwas viel Besseres sogar. Nicht irgendeinen romantischen Quatsch. Es ist die große Liebe – die Liebe meines Lebens.“

Oliver. Biancas Herz schwoll an, als sie an ihn dachte. Und an den geheimen Ort, an dem sie sich immer trafen.

Die Ruine war etwas ganz Besonderes.

Das wurde Bianca auch an diesem Abend bewusst, als sie vom Nachhauseweg abbog und den

Pfad benutzte, der sie an den verschwiegendsten und schönsten Ort der Welt führte. Denn genau das war die Ruine – und noch viel mehr.

Durch hohes Gras, das ihr bis zur Hüfte reichte, und vorbei an noch höherem Gebüsch, strebte Bianca auf den geheimen Treffpunkt zu. Mit jedem Schritt schlug ihr Herz schneller. Nicht einmal als Kind war sie aufgeregter gewesen, wenn besondere Ereignisse vor der Tür gestanden hatten.

Der verschwiegene Ort gehörte Oliver und ihr.

Hier waren sie zum ersten Mal ganz allein gewesen, gleich nachdem sie sich am See kennen gelernt hatten. Damals hatte sie noch geglaubt, er sei Eddie, der Sohn ihres jetzigen Chefs, Georg Behringer. Aber der Rollentausch der beiden Freunde – Eddie und Oliver – war längst vergessen. Wie ausgelassene Jungen hatten sie sich einen Scherz erlaubt, als sie so unverhofft die beiden Badenixen – Katy und Bianca – am Ufer des Sees vor sich gesehen hatten.

Kurz darauf, hier bei der Ruine, hatte Bianca den Regen auf ihre Haut prasseln lassen, und sie hatte ihre Freiheit und ihr Glück in vollen Zügen genossen.

Die Ruine war ein altes Backsteingemäuer, das schon Spuren des Verfalls zeigte. Früher einmal, als das Gut noch landwirtschaftlich genutzt worden war, musste das Gebäude als Feldscheune und als Unterstand für Maschinen und Geräte gedient haben.

Heute war die Umgebung verwildert, ein richtiger kleiner Urwald war auf dem riesigen Gelände des ehemaligen Gutshofes entstanden. Wer die Ruine nicht kannte, konnte sie von außerhalb des grünen Dickichts überhaupt nicht sehen. So gab es nur die alten Pfade, die früher einmal von den Kindern der Landarbeiter benutzt worden waren.

Bianca malte sich aus, wie die hellen, heiteren Stimmen der Mädchen und Jungen in der Sommerluft geklungen hatten. Es mussten unbeschwerte Zeiten gewesen sein – und zugleich harte Zeiten für die Erwachsenen, deren Arbeit damals viel kräftezehrender gewesen sein musste, als man es sich heute vorstellen konnte.

Bianca erreichte den Torbogen, durch den damals hoch beladene Erntewagen gerollt waren, um ihre wertvolle Fracht sicher und trocken zu lagern.

Innerhalb der nach wie vor soliden Mauern lagen noch heute Strohballen, die aus den letzten Jahren der landwirtschaftlichen Vergangenheit des Gutes stammten. Rostige Mähmaschinen, Pflüge und Eggen standen an der gegenüberliegenden Wand. Nie wieder würden diese Geräte von stämmigen Kaltblutpferden über das fruchtbare Ackerland gezogen werden.

Bianca setzte sich auf einen Strohballen und atmete ein paarmal tief durch. Ihre Aufregung wich einem Gefühl bangen Erwartens. Würde sie Oliver auch diesmal hier treffen – an ihrem geheimen Ort?

Gewiss, einige Male war das nun schon geschehen, und inzwischen war es fast schon eine wunderschöne Gewohnheit geworden. Wenn sie Feierabend hatte auf Schloss Wellinghoff, gab es nichts Eiligeres für sie zu tun, als zur Ruine zu gehen und auf Oliver zu warten. Er wusste es, und bislang hatte er sie nicht ein einziges Mal versetzt.

Würde dies der erste Abend sein, an dem er nicht erschien?

Sie waren ja nicht verabredet; das war nur einmal, ganz zu Anfang, der Fall gewesen. Und Bianca wusste auch, wie sehr Oliver beschäftigt war. Als Junior-Inhaber des Bankhauses Wellinghoff hatte er ein Pensum zu bewältigen, das weit über das von Angestellten hinausging. Selbst in seiner karg bemessenen Freizeit musste er so manches Mal unerwartet für die Bank da sein.

Bianca lächelte verträumt, während sie ihren Gedanken nachhing.

Nun war es für sie schon eine Art vertrauter Gewohnheit, Olivers Tagesabläufe bis ins Einzelne zu kennen. Er hatte ihr so viel von sich erzählt, dass sie sich leicht vorstellen konnte, wie es sein musste, ständig mit ihm zusammenzuleben. Dabei kamen ihr Zukunftsvisionen in dieser Form allzu geschäftsmäßig vor – zu sachlich und zu nüchtern. Die Liebe zu Oliver war so wundervoll, wie sie es sich früher nicht einmal in ihren Träumen hatte vorstellen können.

Etwas so Schönes wie diese Liebe, das sagte sie sich immer wieder, durfte man nicht durch nüchterne, organisatorische Überlegungen abwerten. Dadurch zerstörte man die romantischsten Empfindungen.

Andererseits war Bianca sich darüber im Klaren, dass es weltfremd gewesen wäre, die Alltagsdinge des Lebens hinter einem rosaroten Vorhang zu verbergen. Denn eben jene Alltagsdinge waren es oft, die einem alle Gefühle rauben konnten – Gefühle, derer man sich so sicher geglaubt hatte.

Immerhin hatte sie eine solche Erfahrung mit Oliver ja schon gemacht.

Und zu dem Zeitpunkt war sie sicher gewesen, es niemals verkraften zu können. Denn er hatte sie belogen.

So hatte sie es jedenfalls gesehen – im ersten Moment. Da war es für sie alles andere als ein Scherz ausgelassener Jungen gewesen. Und sie hatte es Oliver spüren lassen. Denn das Wunder der Liebe hatte sie in dem Augenblick zerbrochen geglaubt, in dem sie erfahren hatte, dass er sich vor ihr als ein anderer ausgegeben hatte. Es war die schwer wiegendste Enttäuschung ihres Lebens gewesen. Sie hatte nicht begreifen können, warum Oliver sie – noch als Eddie – so an der Nase herumgeführt hatte.

Alles hatte sie ihm geglaubt, die ganze Geschichte, die er ihr im Zusammenhang mit seinem angeblichen Vater, Herrn Behringer, vorgeflunkert hatte. Dass er ein gutes Wort für sie einlegen und ihn um einen Arbeitsplatz für sie bitten würde. Dabei hätte er, Oliver, als Juniorchef des Bankhauses Wellinghoff eine solche Entscheidung doch sicher selbst treffen können. Nun gut, Georg Behringer hatte in seinem Arbeitsbereich, der Hausverwaltung, die alleinigen Kompetenzen, und Oliver war lediglich für das Bankgeschäft zuständig, wenn man so wollte. Doch das änderte nichts daran, dass Oliver als Mitglied der Familie bestimmt auch im privaten Bereich ein Wörtchen mitzureden hatte.

Aber Olivers Arbeitsplatz-Aktion als angeblicher Eddie war beileibe nicht der alleinige Grund für Biancas Verstimmung gewesen. Viel schwer wiegender war für sie die „arglistige Täuschung“ gewesen. So würden es wohl die Juristen nennen, deren Sprache ihr noch immer in den Ohren klang. Ja, heute musste sie es zugeben: Damals hatte sie es wirklich als arglistige Täuschung empfunden und ganz und gar nicht als einen lustigen Jungenstreich.

Sicher konnte man darüber streiten, ob es wirklich lustig gewesen war, was die beiden Freunde sich da geleistet hatten. Doch zweifellos hatten Oliver und Eddie in den vielen Jahren ihrer Freundschaft einen eigenen Humor entwickelt, den Außenstehende nur schwer verstehen konnten.

Das änderte aber alles nichts daran, dass Bianca einen Teil der Schuld auch bei sich selbst suchen musste. Sie hatte es eingesehen, nachdem sie ein wenig Abstand zu den Dingen gewonnen hatte. Ja, sie war vor allem überempfindlich gewesen. Sie hatte in Olivers und Eddies Täuschungsmanöver eine böse Absicht hineininterpretiert, die es gar nicht gegeben hatte.

Und diese Fehldeutung ihrerseits hatte einen eindeutigen Grund gehabt. Nach vier Jahren, die sie unschuldig im Gefängnis verbracht hatte, war sie einfach überempfindlich geworden – vor allem, was die Vortäuschung falscher Tatsachen betraf.

Denn falsche Tatsachen waren es letzten Endes gewesen, die sie ins Gefängnis gebracht hatten.

Das würde sie sicherlich nie vergessen können. Andererseits konnte sie es Oliver nicht erklären, denn sie betrachtete die Gefängnisstrafe immer noch als einen dunklen Punkt in ihrer Vergangenheit. Wie lange würde das noch so bleiben? Es war vergleichsweise einfach gewesen, Oliver das Bäumchen-wechsle-dich-Spiel zu verzeihen. Doch sich selbst zu offenbaren, fiel ihr unendlich schwer – ja, zurzeit erschien es ihr noch so gut wie unmöglich.

Und dafür gab es eine einfache Erklärung.

Sie wollte Olivers Liebe zu ihr nicht zerstören.

Ihre Gedanken wurden unterbrochen, denn unvermittelt hörte sie Schritte.

Erfreut hob sie den Kopf und lauschte. Gleich darauf glitt ein freudiges Lächeln über ihr Gesicht. Ja, es war Oliver! So sehr waren sie bereits miteinander vertraut, dass sie ihn am Geräusch seiner Schritte erkennen konnte, noch bevor sie ihn sah. Es war ein Teil des Wunders, das mit ihr geschehen war. Die Liebe hatte unendlich viele beglückende Facetten, das erfuhr sie jeden Tag von neuem, seit sie Oliver begegnet war. Je besser sie sich kennen lernten, desto tiefer wurde ihre Liebe.

Ob es Olivers Vorlieben für bestimmte Dinge waren, seine Lieblingsfarben oder seine Lieblingsspeisen, oder ob es seine Sicht der Dinge war, seine Meinung zu den Geschehnissen auf dieser Welt – Bianca musste immer wieder feststellen, dass sie in allem vollkommen mit ihm einig war. Und umgekehrt teilte auch Oliver ihre Wertschätzungen und Ansichten. Ihre Gemeinsamkeiten gingen so weit, dass Bianca manchmal glaubte, auch dieser Teil ihrer Liebe könne eigentlich nur ein Traum sein.

Aber nein, das größte Glück ihres Lebens war Realität.

Es zeigte sich wieder in diesem Augenblick, als sie ihn erblickte. Er ließ die Büsche hinter sich, und als er sie entdeckte, breitete sich auf der Stelle sein strahlendstes und schönstes Lächeln auf seinem Gesicht aus. Niemals zuvor in ihrem Leben hatte jemand so gelächelt, nur weil er sie sah.

„Es ist so schön, dich zu sehen“, sagte Oliver und beschleunigte seine Schritte, um ihr so schnell wie möglich ganz nahe zu sein. „Und es liegt nicht nur daran, dass du wunderschön bist. Das muss echte Liebe sein!“ Er lachte glücklich. Dann breitete er die Arme aus, und sie konnte kein Wort sagen, sich nur stumm an ihn schmiegen. Seine starken Arme auf ihrem Rücken gaben ihr das Gefühl, für alle Zeiten beschützt und sicher zu sein. Sie legte den Kopf in den Nacken und blickte zu ihm auf.

„Hast du auch wirklich Zeit für mich?“ fragte sie sanft. „Ich möchte nicht, dass du meinetwegen einen wichtigen geschäftlichen Termin ver…“

Er verschloss ihre Lippen mit einem Kuss. Bianca sah noch kurz seine Augen heiß aufleuchten, dann gab sie sich ganz diesem leidenschaftlichen Kuss hin, der sie wegzureißen schien in eine andere, glücklichere Welt. In eine Welt, in der nichts anderes zählte als der Augenblick. In der es kein Gefängnis gab, keine Flammenhölle, keinen Vater, der ihr Vorwürfe machte.

Wie stets, wenn sie mit Oliver zusammen war, wünschte sich Bianca, dass sein Kuss niemals enden möge. Doch als er nach einer kleinen Ewigkeit seine Lippen von den ihren löste, wusste sie, dass es nur für eine kurze Zeit sein würde. Arm in Arm gingen sie in die Ruine und suchten sich einen kuscheligen Platz auf Strohballen, die wie ein großes, kantiges Sofa gestapelt waren.

Abermals küssten sie sich, und Bianca fragte sich,

wie es möglich war, dass sie sich mit jeder Stunde, die sie gemeinsam verbrachten, immer noch näher kamen. Es war nicht der Augenblick für Worte, das wusste sie, und dennoch spürte sie umso intensiver ihren Wunsch, keine Geheimnisse mehr vor Oliver haben zu müssen.

So, wie er ihr alles von sich erzählte, hätte sie es am liebsten auch gehalten.

Aber da war immer noch diese innere Barriere, die sie daran hinderte, ihm die Wahrheit über ihre Vergangenheit zu sagen. Es bereitete ihr ein schlechtes Gewissen, dass sie nicht imstande war, von ihrer Zeit im Gefängnis zu erzählen. Sie kannte Oliver nun schon lange und gut genug, um zu wissen, dass er Verständnis für sie haben würde. Und doch gab es diesen letzten nagenden Zweifel in ihr.

Wenn sie gewissermaßen ein Geständnis vor Oliver ablegte, würde er vielleicht im ersten Moment geschockt sein – so geschockt, dass er sich von ihr abwandte. Immerhin war sie eine rechtskräftig verurteilte Brandstifterin. Eine Vorbestrafte also, eine Kriminelle. Eine, die zudem ein Menschenleben auf dem Gewissen hatte.

Das konnte auch der verständnisvollste Mann nicht so einfach wegstecken. Oliver würde begreifen müssen, dass er sich mit einer Frau eingelassen hatte, die angeblich ein Verbrechen begangen hatte. Ein Kapitalverbrechen.

Sie brachte es einfach nicht übers Herz, es ihm jetzt schon zu erzählen. Doch zugleich wusste sie nicht, ob es jemals einen besseren Zeitpunkt dafür geben würde. Ihr Zögern, alles zu sagen, was sie bewegte, hatte schon einmal zu schlimmen Folgen geführt.

Das war damals gewesen, als sie ihrem Vater nur den Teil ihres Wissens preisgegeben hatte, von dem sie glaubte, dass er ihn verkraften würde.

Damals hatte sie falsche Rücksicht genommen. Heute wusste sie es besser. Damals hätte sie sofort und direkt zur Polizei gehen sollen, zum Dezernat für Wirtschaftskriminalität …

Es war an einem dieser Abende, als Bianca wie üblich das Büro ihres Vaters betrat, um ihn zur gemeinsamen Heimfahrt abzuholen.

„Papa …", begann sie zögernd und setzte sich auf den Stuhl vor seinem Schreibtisch.

Er hob den Blick von der Auftragsmappe, mit der er gerade beschäftigt war. Über die Lesebrille und den Papierrand hinweg sah er sie an. Seine Augenbrauen, dunkel mit silbernen Fäden darin, waren aufgerichtet, wie immer, wenn er bereit war, ihr aufmerksam zuzuhören. Im Blaugrau seiner Augen lag eine beruhigende Kraft. Sofort fühlte sie sich sicher und beschützt. Seit sie denken konnte, war ihr Papa der Mann, der ihr so viel Geborgenheit und Sicherheit vermittelte wie kein anderer Mensch auf der Welt.

Niemals hatte es in ihrem jungen Leben ein Problem gegeben, das mit seiner Hilfe nicht zu lösen gewesen wäre.

„Wir schaffen das schon, mach dir keine Sorgen", sagten seine Augen, bevor sie überhaupt erklären konnte, was sie bedrückte. Das war damals so gewesen, und es hatte sich bis heute nicht geändert. Hatte sie als Kind geglaubt, für eine Klassenarbeit nicht genug gelernt zu haben, dann hatte Papa ihr Mut gemacht, und schon die Tatsache, dass er an sie glaubte, hatte dafür gesorgt, dass sie prompt eine Eins oder Zwei geschrieben hatte. Und ihre Probleme in der Welt der Erwachsenen mochten für sie noch so riesengroß und unüberwindlich gewesen sein – hatte sie Papa erst einmal ins Vertrauen gezogen, waren sie rasch zu Problemchen geschrumpft, die er mühelos aus der Welt schaffte.

„Ja?" sagte er. Dann, als er ihren Gesichtsausdruck studiert hatte, lächelte er mild. „Was hat meine nachdenkliche Tochter denn heute auf dem Herzen?"

„Tja, die Sache ist etwas heikel. Und ich habe keine Beweise", antwortete sie. „Außerdem muss es unbedingt unter uns bleiben. Es geht um Viktor." Sie schilderte, wie sie Viktor vor ein paar Tagen im Büro erlebt hatte.

Ihr Vater hörte ihr aufmerksam zu.

„Und danach?“ fragte er, als sie geendet hatte. „Ich meine, ist dir an den Tagen danach noch irgendetwas an ihm aufgefallen?“

„Nein“, antwortete Bianca. „Aber irgendwie ist er seit einiger Zeit verändert.“

„Du denkst also“, sagte Papa nachdenklich, „Viktor sieht seinen Arbeitsplatz und das Umfeld kritischer, seit er mit Katy zusammen ist?“

Bianca wiegte den Kopf. „So, wie du es sagst, klingt es mir ein bisschen hart. Aber im Grunde ist es das, was ich meine.“

Papa wurde noch eine Spur ernster.

„Wir haben keine Geheimnisse voreinander“, sagte er. „Das war immer unser Grundsatz, und dabei soll es auch bleiben.“

„Aber natürlich“, antwortete Bianca erstaunt. „Darüber sind wir uns doch völlig einig.“

Papa nickte. „Sind wir auch. Nur – ich habe dir etwas verschwiegen.“

Bianca nahm diese überraschende Wendung des Gesprächs zunächst einmal hin.

„Du wirst deine Gründe gehabt haben“, sagte sie. „Keine Regel ohne Ausnahme, so heißt es doch, oder?“

„Ja, schon.“ Papa schmunzelte. „Aber so einfach will ich es mir gar nicht machen. Es kann sein, dass ich einen Fehler begangen habe. Das lag daran, dass ich keine unnötigen Spannungen aufkommen lassen wollte. Aber genau das scheint trotzdem eingetreten zu sein."

Bianca furchte die Stirn.

„Hat es mit Katys Versicherungsaktion zu tun? Ich meine ihren Versuch, dir zusätzliche Versicherungen zu verkaufen?"

„Es ging nicht allein um Versicherungen", antwortete Papa. „Und sie hat mich händeringend darum gebeten, dir nichts zu erzählen."

„Ich verstehe", entgegnete Bianca und schüttelte den Kopf. „Sie hat dich um einen Job gebeten."

„Ja. Und sie wollte auf keinen Fall, dass du etwas davon erfährst. Sie sagte, es wäre ihr peinlich, wenn du erfahren würdest, dass sie schon wieder den Arbeitsplatz wechseln will."

„Das sieht sie richtig", sagte Bianca. „Ich habe so oft mit ihr darüber gesprochen, und eigentlich hat sie auch eingesehen, dass sie nicht alle paar Monate einen neuen Job annehmen kann. Sie weiß, dass sie sich nur selbst damit schadet. Bei jeder neuen Bewerbung werden ihre Chancen doch nur schlechter."

„Ich nehme an, dass sie das auch begriffen hat." Papa nahm seine Mineralwasserflasche aus der Halterung und trank einen Schluck. „Es ist allerdings auch so, dass sie bei dem Versicherungsagenten schon gekündigt hat. Sie sagte, sie könne absehen, dass es nicht mehr allzu lange gut gegangen wäre mit dem

Mann. Immer wenn sie nach Feierabend im Büro mit ihm allein ist …“

„Belästigt er sie“, vervollständigte Bianca den Satz ihres Vaters.

„Obwohl er verheiratet ist und obwohl er weiß, dass sie einen Freund hat.“ Papa hob die Schultern. „Ich kann ja verstehen, dass das eine unangenehme Situation ist – und vor allem, dass es auf die Dauer nicht gutgehen konnte. Meine erste Reaktion war jedenfalls, ihre Bewerbung abzulehnen. Ich mochte es ihr nicht so deutlich sagen, aber da ist ja immer noch die Frage ihrer Qualifikation.“

„Die sie nicht hat“, sagte Bianca. „Auch darüber habe ich mit ihr gesprochen. ‚Such dir einen Beruf, der dir gefällt‘, habe ich gesagt, ‚und mach wenigstens eine Lehre. Dann hast du bei jeder Bewerbung bessere Karten.‘“

„Und wie hat sie darauf reagiert?“

„Kannst du dir das nicht denken? ‚Dafür bin ich zu alt‘, war ihre Antwort. ‚Stell dir das doch mal vor, dann würde ich mir in der Berufsschule vorkommen wie im Kindergarten.‘ Außerdem, meint sie, gäbe es gar keinen Beruf, den sie so toll findet, dass sie es drei lange Jahre aushalten würde.“

Papa nickte bedächtig. „Ich frage mich, von wem sie diese Sprunghaftigkeit geerbt hat. Von ihren Eltern jedenfalls nicht. Da muss sich schon irgendein Gen von früheren Generationen bei ihr eingenistet haben.“

Bianca erinnerte sich noch genau an die Zeit damals, als Mama und Papa Katy bei sich aufgenommen hatten. Heiko war noch nicht einmal geboren gewesen. Katys Eltern waren bei einem Autounfall tödlich verunglückt, und das kleine Mädchen, plötzlich Vollwaise, hatte sich mit Händen und Füßen geweigert, zu ihren Großeltern zu ziehen. So hatte Biancas Mutter das Kind ihrer toten Schwester bei sich aufgenommen, und Bianca und Katy waren bald selbst wie Schwestern geworden. Sie waren es geblieben, als Omi Ursula in der vom Schicksal gestraften Familie das Zepter übernommen hatte.

„Trotzdem ist Katy ein lieber Mensch", sagte Bianca. „Ihre kleinen Schrullen kann man ihr wirklich verzeihen. Wenn es darauf ankommt, ist sie immer für einen da."

„Das sehe ich auch so", sagte Papa. „Deswegen kann ich mir eigentlich auch nicht vorstellen, dass sie Viktor Schneider jetzt gegen unsere Firma aufbringt – zumal ich ihr dann doch eine Zusage gegeben habe."

„Was?" rief Bianca überrascht.

„Ein paar Tage später rief sie an und fragte, ob ich es mir nicht noch mal überlegen wolle. Na ja, und da habe ich schließlich doch Mitleid mit ihr gehabt und ihr eine Stelle gegeben. Am nächsten Ersten fängt sie bei uns an."

„Wo?"

„In der Registratur. Du weißt, da können wir jemanden gebrauchen. Bei aller Computertechnik gibt es ja immer noch Unmengen an Papier. Und außerdem ist Katy dort nicht überfordert.“

Bianca ließ sich auf dem Stuhl zurücksinken. Sie musste die Neuigkeit erst einmal verdauen.

„Ich finde es gut, dass du ihr eine Chance gibst“, sagte sie dann. „Aber ich nehme an, du weißt auch, dass sie nicht gerade das ist, was man eifrig nennt.“

„Ich weiß.“ Biancas Vater nickte. „Aber vielleicht können wir sie ein bisschen zum Lernen anstiften.“

Bianca schmunzelte. „Du bist sehr optimistisch, Papa.“

„Hältst du das für schlecht? Du weißt, ich bin davon überzeugt, dass in jedem Menschen ein guter Kern steckt.“

„Das bin ich auch“, erwiderte Bianca. „Das habe ich ja von dir gelernt.“

„Aber?“ Ihr Vater sah sie forschend an, denn ihr Unterton war ihm nicht entgangen.

Bianca überlegte, wie sie es möglichst schonend formulieren konnte.

„Es gibt da noch etwas anderes, über das ich mit dir reden möchte.“

„Geht es um Viktor?“ kam die prompte Rückfrage ihres Papas. „Oder um seine Beziehung zu Katy?“

„Nein“, erwiderte Bianca ausweichend. „Was das betrifft, nehme ich an, dass Viktor einfach mal öfter eine Laus über die Leber läuft. Und Katy muss überhaupt nichts damit zu tun haben."

„Das denke ich auch", erwiderte Papa. „Sei zu Viktor einfach so freundlich wie immer. Und falls er private Sorgen haben sollte, kannst du ihm bestimmt helfen."

„Wenn er sich mir anvertraut", sagte Bianca. „So sehr lange arbeiten wir ja noch nicht zusammen, deshalb haben wir über persönliche Angelegenheiten bislang kaum gesprochen."

„Das übernimmt jetzt sowieso Katy", sagte Biancas Vater lächelnd. „Und ich bin sicher, es gelingt ihr in kürzester Zeit, aus Viktor wieder einen bestens gelaunten Menschen zu machen."

„Nichts fällt ihr leichter", bestätigte Bianca.

Papa blickte auf seine goldene Armbanduhr, das Geschenk von Amadeo Bracci.

„Zeit für den Feierabend", sagte er. „Das war doch alles, worüber du mit mir reden wolltest – hier, im Büro. Ich bin sicher, dass Omi mal wieder ungeduldig mit dem Abendessen auf uns wartet."

„Dann sollten wir jetzt aufbrechen", sagte Bianca, unzufrieden mit sich selbst, weil sie nicht zum eigentlichen Thema gekommen war.

Auf der Heimfahrt, im Auto, fasste sie sich dann doch ein Herz und berichtete von den Erfahrungen, die sie in Italien bezüglich der Einkäufe in Niedriglohnländern gemacht hatte. Nach ihrer Rückkehr habe sie stichprobenartig in den Buchungsposten der letzten Jahre nachgesehen. Dabei sei sie zu der Überzeugung gelangt, dass es einige Ungereimtheiten gebe.

„In welcher Form?“ fragte ihr Vater.

„Ich bin überzeugt, dass die Preise, die wir gezahlt haben, teilweise zu hoch waren.“

„Hast du das genau überprüft? Ich meine, hast du die gelieferten Qualitäten verglichen, die Mengen, die Rabatte? Und waren es tatsächlich dieselben Lieferanten wie die, von denen unsere Kollegen in Italien bezogen haben? Du weißt, es ist ein schwer wiegender Verdacht, den du da äußerst.

„Ja, natürlich“, antwortete Bianca. „Überprüft habe ich das alles noch nicht. Aber ich meine, dass es getan werden müsste.“

„Einverstanden“, sagte Papa. „Wir werden eine Innenrevision veranlassen. Und zwar werden wir eine Fremdfirma damit beauftragen. Das hat den Vorteil, dass die Angelegenheit von neutralen Personen erledigt wird und niemand sich von einem Kollegen aus dem eigenen Hause angegriffen fühlen muss.“

„Das ist die beste Lösung“, erwiderte Bianca erfreut. „Vielleicht irre ich mich ja, aber wenn diese Innenrevision ergibt, dass bei uns keine Unregelmäßigkeiten vorgekommen sind, werde ich mich bestimmt besser fühlen.“

Einerseits war Bianca froh, dass ihr Vater sich nicht aufgeregt hatte. Es war ihr gelungen, ihm vorsichtig beizubringen, dass ihr etwas aufgefallen war. Möglich, dass er es ihrem Übereifer zuschrieb, mit dem sie sich – insbesondere nach dem Italienaufenthalt – dem Controlling widmete. Deshalb dachte er vielleicht, dass sie unbedingt etwas finden wollte und dass die Innenrevision selbstverständlich das Gegenteil ihrer Befürchtungen beweisen würde.

Andererseits fragte sie sich, warum sie ihm nicht die ganze Wahrheit sagte.

Darüber nämlich, dass sie hundertprozentig sicher war, eine ganze Reihe überhöhter Einkaufsrechnungen gefunden zu haben.

12. KAPITEL

Die Adventszeit war auch im Gefängnis spürbar. Kleine Dekorationen aus Tannengrün und Kerzen, größtenteils von den Insassinnen selbst angefertigt, zierten die Korridore, die Werkstätten, die Büros der Verwaltung, die Cafeteria und vor allem den Speisesaal.

Nadine hatte bereits in der ersten Adventswoche die Erlaubnis erhalten, ihre Mutter zu besuchen. So war es auch in der Woche nach dem zweiten Advent. Beide Male erzählte Nadine nach ihrer Rückkehr noch tagelang mit leuchtenden Augen, wie weihnachtlich die Welt draußen sei.

„Weißt du, Bianca", sagte sie atemlos, „als ich noch draußen war, hat mir der ganze Rummel nichts bedeutet. Lichter noch und noch, Weihnachtslieder dudeln von morgens bis abends, und nirgendwo findet man noch eine Wand, an der nicht ein Weihnachtsmann hochklettert. Außerdem kriegst du ein total schlechtes Gewissen, wenn du nicht dein ganzes Geld für Geschenke ausgibst – so, wie die Werbung mit immer neuen Geschenkideen auf einen einhämmert."

Bianca nickte.

„Und wenn dein Geld nicht reicht, nimmst du einen Kredit auf. Das kann den Geschäftsleuten nur recht sein."

„Erst mal bekommen – den Kredit." Nadine winkte ab. „Nein, zur Zielgruppe für die Banken habe ich wahrlich nie gehört."

„Warte mal ab, bis du wieder draußen bist."

Nadine zwinkerte ihrer Freundin zu. „Setz mir bloß keine Flausen in den Kopf. Von wegen ‚Bildung ist die halbe Miete' und so. Gut, ich hab ja kapiert, dass ich was tun muss. Das hast du mir schließlich lange genug eingetrichtert. Aber ob was Gutes dabei rauskommt, ist noch die große Frage."

„Schlecht kann es jedenfalls nicht werden, Nadine", widersprach Bianca überzeugt. „So, wie du motiviert bist ..."

„Jetzt fang nicht auch noch an, mich zu loben", wehrte Nadine ab. „Umso tiefer ist anschließend der Sturz – auf den Boden der Tatsachen, wenn ich dir meine Zeugnisse zeige."

Bianca lachte. „Versuch's mal mit positivem Denken. Darauf kommt es an. Inzwischen scheinst du ja sogar über die Adventszeit positiv zu denken, wenn ich das richtig verstanden habe."

Nadine schob die Unterlippe vor und nickte versonnen. „Stimmt, das muss ich zugeben. Das liegt wahrscheinlich daran, dass ich im Knast sitze und der Lichterglanz irgendwie ein Stück Freiheit symbolisiert. Und es kommt noch was hinzu, das weißt du ja. Meiner Mutter geht es jeden Tag besser. Ich bin sicher, dass ich sie am dritten Advent zu Hause besuchen kann.“

„Das heißt, sie wird tatsächlich diese Woche aus dem Krankenhaus entlassen?“

„Ja.“ Nadine strahlte vor Freude. „Wahrscheinlich Mittwoch, spätestens Donnerstag. Sie ruft mich an, sobald sie in ihren eigenen vier Wänden angekommen ist. Du glaubst ja nicht, wie sehr sie sich darauf freut, Weihnachten in der gewohnten Umgebung feiern zu können.“

Nadines Worte hallten noch lange in Biancas Bewusstsein nach.

Weihnachten in der gewohnten Umgebung …

Für sie, Bianca, würde es das nie wieder geben – einfach weil es ihre gewohnte Umgebung nicht mehr gab. Doch das bevorstehende Weihnachtsfest würde ihr letztes Weihnachtsfest hinter Gittern sein. Und danach, im nächsten Jahr, wollte sie sich ein neues, eigenes Zuhause schaffen – in Freiheit.

Die Tage vergingen, und Bianca war froh, dass auch Nadine inzwischen eine Beschäftigung hatte. Die Verwaltung hatte ihr einen Arbeitsplatz in der Wäscherei des Gefängnisses gegeben. Dort arbeitete sie abwechselnd vier oder sechs Stunden am Tag.

Als Bianca am Mittwochabend aus dem Verwaltungsbüro zurückkehrte, hoffte sie, dass Nadines Mutter schon angerufen hatte. Doch sie brauchte nur in das Gesicht ihrer Freundin zu sehen, um zu wissen, dass das nicht der Fall war.

Und auch am Donnerstag kam der ersehnte Anruf nicht.

Nadine rief daraufhin am Freitag im Krankenhaus an und erhielt die niederschmetternde Nachricht, dass ihre Mutter doch ein paar Tage länger bleiben müsse. Das Ergebnis einiger Kontrolluntersuchungen müsse noch abgewartet werden.

„Ich möchte mal wissen, was das soll!“ schimpfte Nadine. „Die verlängern doch bloß Mamas Aufenthalt, damit sie mehr Geld kassieren können!“

Bianca pflichtete ihr bei und tröstete sie. Doch insgeheim befürchtete sie das Schlimmste. Die Verantwortlichen im Krankenhaus versuchten nur, Nadine zu schonen. In Wahrheit ging es ihrer Mutter wahrscheinlich wieder schlechter. Nur, das wollte man einer Tochter, die psychisch so labil war, vermutlich nicht sagen. Oder wenn, dann wollten die Ärzte es ihr bestimmt so schonend wie möglich beibringen.

Schon in der Nacht vom Samstag zum Sonntag schlief Nadine fast überhaupt nicht. Bianca verbrachte Stunden mit ihr und hörte den Kindheitsgeschichten zu, die Nadine ihr erzählte. Es waren alles Geschichten aus jener Zeit, in der Nadine und ihr Bruder noch klein gewesen waren und mit ihrer Mutter glücklich zusammengelebt hatten.

Die Zeit bis zum frühen Sonntagnachmittag war für Nadine endlos gewesen. Dann, als sie endlich zum Freigang aufbrechen durfte, hatte sie ihre Zellengefährtin stumm umarmt, und auch Bianca hatte nichts sagen können, denn die Angst um Nadines Mutter machte auch ihr zu schaffen.

Erinnerungen an die Schicksalsschläge, die sie selbst hatte hinnehmen müssen, wurden wach. Nach dem grauenvollen Tod ihres Vaters hatte sie immer häufiger auch an den Tod ihrer Mutter denken müssen. Heiko lebte zwar, und nach seinen Ansichtskarten zu urteilen, ging es ihm gut. Aber Bianca hatte auch ihn verloren, denn vielleicht kehrte er nie wieder nach Hause zurück.

Bianca mochte dieser Frage lieber nicht auf den Grund gehen.

Sie verbrachte den Sonntag allein in der Zelle und versuchte, sich abwechselnd durch Lesen und Fernsehen abzulenken. Die Stunden krochen quälend langsam dahin.

Dann, endlich, näherten sich Schritte im Zellentrakt – Schritte von mehreren Personen. Und niemand sprach.

Bianca schaltete den Fernsehapparat aus und lauschte. Sie vermochte Nadines Schritte nicht herauszuhören. Vielleicht war es jemand anderes.

Doch schon im nächsten Augenblick war Gemurmel zu hören, und dann wurde die Tür geöffnet.

Bianca erschrak, als sie Dr. Miriam Garland erblickte, die Gefängnis-Psychologin. Ihre Miene war ernst und angespannt. Sie nickte Bianca zu und führte Nadine herein. Eine Aufseherin wartete draußen; ihr Blick folgte Nadine voller Mitgefühl.

Schon in diesem Moment wusste Bianca, was geschehen war.

Nadine sah aus wie ein Schatten ihrer selbst – das Gesicht maskenhaft und bleich, die Augen matt und ausdruckslos. Sie schien ihre Freundin nicht einmal wahrzunehmen, die gesamte Umgebung schien für sie nicht zu existieren. Ihre Schritte, ihre Bewegungen hatten etwas Mechanisches, Puppenhaftes.

Bianca stand auf – langsam und vorsichtig, weil sie das Gefühl hatte, Nadine jetzt nicht erschrecken zu dürfen. Doch das lag wohl nur daran, dass sie den Eindruck einer Person machte, die in Hypnose versetzt worden war.

Bianca half Dr. Garland, Nadine aufs Bett zu legen. Willenlos ließ Nadine es geschehen, und dann lag sie einfach da wie ein Brett; selbst in ihrem Gesicht zuckte nicht der winzigste Muskel.

Die Psychologin nahm Bianca beiseite und flüsterte ihr ins Ohr: „Ich habe ihr ein Beruhigungsmittel gegeben. Ihre Mutter ist gestorben. Sie war dabei."

„Sie hat sie also noch lebend angetroffen?" fragte Bianca leise.

„Ja. Wenn sie es erst einmal überwunden hat, wird sie sicher zu schätzen wissen, dass sie ihre Mutter beim Sterben begleiten durfte."

Bianca schloss die Augen. Es tat weh, dass Nadine den Tod ihrer Mutter erlebt haben musste, nachdem sie ihre Liebe erst vor so kurzer Zeit wiederentdeckt hatten.

„Ich werde auf sie aufpassen", sagte Bianca.

„Ich weiß, dass Sie das tun", erwiderte Dr. Garland. „Sie haben Ihre Sache auch letztes Mal ganz hervorragend gemacht. Erst einmal wird sie jetzt eine Weile schlafen. Falls sie für die Nacht noch etwas braucht, sagen Sie bitte Bescheid."

Bianca versprach es. Nachdem die Zellentür wieder geschlossen war, nahm sie einen Stuhl und setzte sich zu Nadine ans Bett. Tatsächlich hatte ihre Freundin inzwischen die Augen geschlossen und war fest eingeschlafen. Bianca deckte sie zu und nahm dann ihr Taschenbuch vom Tisch. Es war ein romantischer Abenteuerroman, der im England des 19. Jahrhunderts spielte – die richtige Lektüre, um sich abzulenken. Während sie las, warf sie immer wieder einen Blick auf die Schlafende. Nadine lag immer noch völlig unbeweglich da.

Das änderte sich auch nicht, bis sie nach eineinhalb Stunden die Augen aufschlug.

Es war ein offenbar mühsamer Vorgang für sie. Zuerst hoben sich ihre Lider nur ein Stück und fielen sofort wieder zu. Beim zweiten Versuch öffnete sie die Augen ganz, doch es geschah wie in Zeitlupe, und sie schien noch immer nichts wahrzunehmen. Wieder ließ die Müdigkeit ihre Lider schwer werden. Erst beim dritten Versuch kehrte etwas Leben in ihre Augen zurück.

„Bianca!“ hauchte sie. „Dass du da bist!“ Ihre Stimme klang schwach und zerbrechlich. „Mein Gott, bin ich froh.“

„Du weißt doch“, erwiderte Bianca, „so schnell wirst du mich nicht los.“ Sie ergriff die Hand ihrer Freundin und beugte sich über sie. „Wie fühlst du dich?“

„Hundsmiserabel“, antwortete Nadine. „Als ob ich Blei in den Knochen hätte.“ Sie machte Anstalten, sich aufzusetzen.

Bianca hielt sie behutsam davon ab, indem sie die freie Hand auf ihre Schulter legte.

„Bleib lieber erst mal liegen“, sagte sie.

„Wieso? Bin ich krank?“

„Nein.“ Bianca musste schmunzeln. Obwohl es ihr so schlecht ging, war Nadine immer noch ganz die Alte. „Aber Frau Dr. Garland hat dir ein Beruhigungsmittel gegeben.“

„Schon wieder?“ stöhnte Nadine. „Ich hoffe, ich werde hier nicht langsam, aber sicher eingeschläfert.“

„So schnell schläfert es sich nicht ein“, entgegnete Bianca mit fester Stimme. „Im Übrigen passe ich auf dich auf, und auch Dr. Garland will nur das Beste für dich."

„Weiß ich doch." Nadine atmete ein paarmal tief durch. Dann sagte sie beinahe flehentlich: „Bianca, ich möchte mich hinsetzen, dann kann ich besser sprechen. Ist das in Ordnung?"

„Aber ja. Warte, ich hole noch mein Kissen dazu, dann hast du es gemütlich."

Bereitwillig ließ Nadine sich die beiden Kissen hinter den Rücken stopfen, nachdem Bianca ihr geholfen hatte, den Oberkörper aufzurichten.

„Hat Dr. Garland dir gesagt ...?" fragte sie dann. Ihre Stimme versagte.

„Ja", antwortete Bianca. „Und es tut mir sehr, sehr Leid."

„Ich weiß", brachte Nadine mühsam hervor. „Wenn es jemand nachempfinden kann, dann du." Abermals konnte sie nicht weiter sprechen, es gelang ihr erst nach mehrmaligem Durchatmen. „Oh Gott, Bianca, es war schrecklich! Ich meine diesen Moment, als ich ihr Krankenzimmer betreten musste. Der Arzt hatte mir vorher gesagt, wie es um sie stand. Dass sich ihr Zustand vor ein paar Tagen plötzlich rasend schnell verschlechtert hatte und dass sie es abgelehnt hatte, an diese Apparate angeschlossen zu werden, die ihr Leben künstlich verlängert hätten."

„Aber dann warst du bei ihr“, sagte Bianca und hielt die Hand ihrer Freundin.

„Ja.“ Ein kleines Lächeln stahl sich in Nadines Mundwinkel. „Ich hatte solche Angst, als ich über die Türschwelle trat. Aber ich glaube, du kannst dir denken, was dann geschah.“

„Ja“, erwiderte Bianca und spürte, wie ihre Stimme heiser wurde. „Auf einmal warst du froh.“

„So war es!“ rief Nadine beinahe enthusiastisch. „Ich sah, wie glücklich sie war, mich zu sehen, und dieses Glück sprang auf mich über. Auf einmal wusste ich, was dieser Augenblick bedeutete. Sie hatte mit dem Sterben gewartet, bis ich da war.“

„Ganz bestimmt.“

„Du glaubst das also auch?“

„Aber ja. Zu wissen, dass du sie noch einmal besuchen würdest, hat ihr die Kraft gegeben.“

„Das muss es gewesen sein“, sagte Nadine. „Weißt du, ich glaube, ich habe etwas ganz Wertvolles erlebt.“ Tränen liefen nun über ihre Wangen. „Sie hat auf mich gewartet, und dann durfte ich sie auf ihrem letzten Weg begleiten.“

„Auf ihrem schwersten Weg“, ergänzte Bianca.

„Sie war ganz ruhig“, erwiderte Nadine. „So unglaublich ruhig! Ich hielt ihre Hände – so, wie du jetzt meine hältst, und sie redete noch eine Weile mit mir. Sie fragte mich, wie meine Zukunft werden würde, und da habe ich geantwortet, dass ich viel,

viel lernen will. Dass ich meinen Schulabschluss nachholen will und einen richtigen Beruf lernen. ‚Wie kommt das?' hat sie geflüstert, und ich habe erst nicht verstanden, was sie meinte. Aber dann habe ich gesagt: ‚Es liegt daran, dass ich jetzt eine gute Freundin habe, Mama. Und du glaubst ja nicht, was ich von ihr schon alles gelernt habe.'"

Und dann brach Nadine in Tränen aus. Sie schluchzte und wimmerte, ihr schmaler Oberkörper verkrampfte sich. Bianca schloss sie in die Arme und hielt sie, so fest sie konnte.

Diesmal dauerte es lange, bis Nadine sich beruhigte. Bianca versorgte sie mit Taschentüchern. Nach einer Ewigkeit sah Nadine sie schließlich aus geröteten Augen an.

„Wie hast du es erlebt?" fragte sie. „Erzähl mir, wie es bei dir war."

„Als meine Mutter starb?"

„Ja", sagte Nadine. „Bitte erzähl – wenn es dir nichts ausmacht."

„Nein, es macht mir nicht aus", entgegnete Bianca. „Aber meinst du, dass es dir hilft, wenn du jetzt auch noch meine Geschichte verkraften musst?"

Nadine lachte zum ersten Mal. Es war ein leises, beinahe vorsichtiges Lachen, aber es zeigte, dass sie auf dem besten Weg war, den ersten Schleier der Trauer wegzuwischen.

„Ganz bestimmt hilft es", sagte sie überzeugt.

„Unsere Gespräche haben doch immer etwas genützt, hast du das nicht gemerkt? Außerdem lerne ich von dir, das weißt du. Und gerade jetzt, in dieser Situation, kann ich eine Menge lernen."

„Ich hätte nicht gedacht, dass … dass …" Bianca suchte nach Worten.

„Dass es mir so viel bedeutet, was du sagst?"

„Ja, genau."

Nadine lächelte, nahm ein Taschentuch und wischte sich die letzten Tränen ab.

„Das liegt an dir, Bianca. Ich habe noch nie einen Menschen getroffen, der so ehrlich und anständig ist wie du. Ich glaube, du könntest niemals etwas Böses tun. Dazu wärst du bestimmt gar nicht fähig. Und schon von dem Augenblick an, als ich das erste Mal diese Zelle betreten habe, wusste ich, dass wir beide die besten Freundinnen der Welt werden."

„Jetzt wird mir fast ein wenig schwindlig", sagte Bianca leise. „Dass ich so eine Wirkung habe, hätte ich mir in meinen kühnsten Träumen nicht vorgestellt."

Nadine ließ Biancas Hand los und hob den Zeigefinger.

„Aber es ist die reine Wahrheit. Allerdings …." Sie schloss die Augen einen Moment und sah Bianca dann wieder an. „Genau genommen nutze ich dich aus."

„Tust du nicht."

„Tue ich doch“, sagte Nadine trotzig und lächelte schon wieder. „Ich lasse mir von dir erzählen, wie man mit Trauer umgeht. Und dadurch habe ich es weniger schwer mit meiner eigenen Trauer. Klingt doch logisch, oder?“

„Mag sein“, erwiderte Bianca. „Aber ich betrachte es trotzdem nicht als Ausnutzen. Es ist ein Freundschaftsdienst, wenn du so willst. Einer, der selbstverständlich ist.“

„Einverstanden.“ In Nadines Gesicht kehrte ein wenig Farbe zurück. „Also dann – aber wie gesagt, es muss nicht sein.“

Bianca nickte nur.

„Eigentlich geht es mehr um meine Familie, von der ich dir berichte. Als meine Mutter starb, praktisch im Kindbett, war ich gerade mal zehn Jahre alt.“

„Das war, als Heiko geboren wurde?“

„Ja. Und was ich vor allem mitbekommen habe, war, dass es da plötzlich so ein niedliches kleines Baby gab, das mein Bruder war. Dieser kleine Schreihals lenkte davon ab, wie schlecht es Mama ging. Omi Ursula hatte alle Hände voll mit ihm zu tun.“

„Sie war damals bestimmt noch gut drauf“, entgegnete Nadine. „Und gesund wahrscheinlich auch.“

„Ja, genau. Sie war erst siebenundfünfzig, aber

trotzdem natürlich nicht mehr in dem Alter, in dem eine Frau normalerweise Säuglinge versorgt. Andererseits war es früher fast an der Tagesordnung, dass Frauen bei der Geburt eines Kindes gestorben sind und das Kleine dann von der Großmutter aufgezogen werden musste."

„Wie furchtbar." Nadine erschauerte. „Und wie ich dich kenne, hast du deiner Oma mit deinen zehn Jahren ordentlich geholfen."

„Ja, aber erst nachmittags, wenn ich mit den Schularbeiten fertig war. Weißt du, Omi Ursula wollte unbedingt, dass alles so weiterging wie zu Mamas Lebzeiten."

„Hast du sie sterben sehen?"

„Nein. Papa war bei ihr, als es zu Ende ging. Er hat sie begleitet, wie du heute deine Mutter begleitet hast. Er wollte in der schwersten Stunde ihres Lebens bei ihr sein, allein mit ihr, so wie sie auch in den schönsten Stunden ihres Lebens zusammen waren. Danach hat Papa mich dann zu ihr gebracht, und ich habe gemeinsam mit ihm von ihr Abschied genommen."

„Und wie hast du es verkraftet?"

„Es war ein Schock. Aber ich glaube, wenn man noch so jung ist, kommt man schneller darüber hinweg. Vor allem war ja auch das Baby da, und ich habe wie gesagt viel im Haushalt mitgeholfen."

„Dein Opa lebte da schon nicht mehr, nicht wahr?"

Bianca nickte. „Er war schon ein paar Jahre vorher gestorben. Er war auch viel älter als Omi Ursula. Jedenfalls hat sie es wunderbar verstanden, Papa und mir das Gefühl zu geben, in einer vollständigen Familie zu leben. Das galt natürlich auch für Heiko, als er dann größer wurde."

„Und hast du nie vermisst, was vorher war? Ich meine, als deine Mutter noch lebte?"

„Doch, natürlich", erwiderte Bianca sanft. „Aber ich habe nicht so sehr getrauert, als ich Mamas Tod erst mal überwunden hatte. Ich erinnere mich gern und mit einem guten Gefühl an sie."

„Das klingt schön." Nadine lächelte mit Tränen in den Augen.

„So habe ich es auch empfunden", stimmte Bianca ihr zu. „Als meine Mutter noch lebte, waren wir eine ganz normale Familie, bestehend aus Vater, Mutter und Tochter. Mein Papa arbeitete hart, selten weniger als zwölf Stunden am Tag. Nur sonntags gönnte er sich ein bisschen Freizeit. Mama kümmerte sich nicht nur um den Haushalt, sie arbeitete auch noch jeden Tag ein paar Stunden in der Firma mit – in der Buchhaltung. Trotzdem waren wir nicht nur eine normale, sondern auch eine glückliche Familie. Meine Eltern haben mir von Anfang an immer erklärt, was sie taten und warum sie es taten."

„Wunderbar“, sagte Nadine leise. „Ich kann mir richtig gut vorstellen, wie toll es bei euch gewesen sein muss.“

„Ja, das war es“, fuhr Bianca fort. „Mama und Papa haben mir gesagt, dass sie so hart arbeiten müssen, weil man als Selbstständiger nicht einfach die Hände in den Schoß legen kann. Weil man die Existenz nicht nur für sich selbst sichert, sondern auch für die Menschen, die man beschäftigt. Man müsse sich dieser Verantwortung bewusst sein, und zwar bei allen Entscheidungen, die man treffe.“

„Das hört sich nicht so leicht an. Eher nach einer schweren Belastung.“

„Das war es auch. Trotzdem haben sie mich diese Last nie spüren lassen. Ich hatte das, was man eine unbeschwerte Kindheit nennt. Und dann, in der Schule, haben sie mich nie unter Druck setzen müssen. Nach guten Leistungen zu streben, war für mich selbstverständlich, weil meine Eltern mir vorgelebt haben, worauf es ankommt.“

„Gute Leistungen ...“, wiederholte Nadine nachdenklich. „Davon bin ich wohl noch meilenweit entfernt. Und so eine großartige Leistung wie deine Eltern werde ich bestimmt nie vollbringen.“

„Du hast noch genug Zeit dafür“, widersprach Bianca. „Und behaupte bloß nicht das Gegenteil. Ich weiß, dass du es schaffen wirst.“

Nadine lachte wieder. „Dann hoffe ich, dass du

regelmäßig zur Kontrolle vorbeikommst – egal, wo ich mich gerade herumtreibe."

„Versprochen", antwortete Bianca und stimmte in das Lachen ihrer Freundin ein. Wieder ernst, fuhr sie fort: „Bei uns, in meiner Familie, hat das Schicksal leider vieles durcheinander gebracht. Zu viel, um ehrlich zu sein. Wie gesagt, als Heiko geboren wurde, war ich zehn Jahre alt."

„Ein großer Altersunterschied."

Bianca zuckte mit den Schultern. „Ich nehme an, dass Mama und Papa in den Jahren nach meiner Geburt so hart gearbeitet haben, dass sie gar nicht gemerkt haben, wie die Jahre dahinflogen. Und dann, in einer Verschnaufpause, wird ihnen bewusst geworden sein, dass sie gerne noch ein Kind haben wollten."

„Und warst du dann eifersüchtig auf deinen kleinen Bruder, als er da war? Bei mir war es oft so. Ich gebe zu, dass ich auf Michael manchmal ganz schön eifersüchtig war."

„Bei mir und Heiko war das überhaupt nicht der Fall. Wie gesagt, ich war schon zehn, und ich war ja eher so eine Art Assistentin für Omi Ursula und eine kleine Zweitmutter."

„Und bist du in der Schule nicht schlechter geworden?"

„Nein, überhaupt nicht", antwortete Bianca. „Ich habe mich eben ein bisschen mehr angestrengt, und schon klappte es. Ich glaube, man kann die schwierigen Dinge im Leben am besten bewältigen, wenn man sich nicht beklagt, sondern zupackt."

„Das hast du mir ja schon ein paarmal klar gemacht", erwiderte Nadine. „Und es tut immer noch gut, dir zuzuhören. Im Ernst, das meine ich wirklich."

„Ich weiß", antwortete Bianca gerührt.

„Bestimmt warst du damals ein großer Lichtblick für deine Omi. Und du liebst sie auch heute noch über alles, stimmt's?"

„Das ist wahr", erwiderte Bianca. „Wie du weißt, ist sie inzwischen selbst krank, schon seit einiger Zeit. Aber sie will sich nicht bemitleiden lassen. Sie sagt immer, die Ärzte und der liebe Gott hätten sie voll im Griff."

„Eine starke Frau, deine Omi." Nadine schmunzelte. „Ich glaube, so langsam weiß ich, von wem du das hast."

„Es war eine entscheidende Zeit damals", sagte Bianca. „Ich glaube, nach dem Tod meiner Mutter habe ich erst richtig begriffen, was mein Vater mir bedeutete."

„Du hast ihn sehr geliebt, nicht wahr?" Nadine sah sie voller Mitgefühl an.

„Ja", antwortete Bianca und Tränen schossen in ihre Augen. „Mein Papa war immer groß und stark für mich, der unerschütterliche Baum, den kein

Sturm des Lebens entwurzeln konnte. Und dann, plötzlich, musste ich erleben, wie er schwach und hilflos wurde – durch Mamas Tod. Ich habe viel gelernt damals. Vor allem, was es bedeutet, einen geliebten Menschen zu verlieren."

Nadine senkte den Kopf.

„Das kann ich mir vorstellen", murmelte sie mit gepresster Stimme.

„Es war furchtbar für uns alle", fuhr Bianca fort. „Ich habe geglaubt, dass Papa daran zerbrechen würde. Aber zum Glück hat er sich wieder aufgerappelt – nach mehr als einem Jahr. Nur ist eines geblieben: Er hat seine Frau, unsere Mama, so sehr geliebt, dass es für ihn einfach nicht in Frage kam, jemals eine neue Bindung einzugehen."

„Bewundernswert!" Ein schwärmerischer Ausdruck trat in Nadines Augen.

„Omi Ursula und ich haben natürlich auch gelitten", fuhr Bianca fort. „Es war ja nicht so, dass das an uns spurlos vorübergegangen wäre. Wir haben gelernt, was Trauer bedeutet, wie wichtig sie ist, um das Unbegreifliche zu verarbeiten. Omi Ursula hat mir das alles mit Engelsgeduld erklärt, und ich habe es begriffen, obwohl ich noch so klein war. Einer der wichtigsten Menschen in deinem Leben ist plötzlich nicht mehr da. Du kannst deiner Mama nicht mehr freudestrahlend berichten, dass du die beste Klausur in der Klasse geschrieben hast. Und du kannst sie nicht mehr ins Vertrauen ziehen und ihr mit klopfendem Herzen beichten, dass zum ersten Mal ein Junge versucht hat, dich zu küssen."

„Ich habe das so leider sowieso nicht erlebt", sagte Nadine mühsam. Sie schluckte, bevor sie weiter sprechen konnte. „Aber ich verstehe trotzdem, was du meinst." Mit einem stummen Blick forderte sie ihre Freundin auf, ihre Schilderung fortzusetzen.

„Heute glaube ich", sagte Bianca, „dass man es eher – nicht unbedingt leichter – verkraften kann, einen geliebten Menschen durch den Tod zu verlieren als beispielsweise durch Trennung oder Scheidung. Wenn jemand tot ist, dann weiß man definitiv, dass er nicht mehr existiert, dass der Abschied, den man bei der Trauerfeier von ihm nimmt, endgültig und unwiderruflich ist. Wenn man sich trennt oder scheiden lässt, sind die Symptome sehr ähnlich – bis hin zur Trauer. Aber was diese Art der Trauer viel, viel schwerer macht, ist die Hoffnung. Die Hoffnung, die weiterlebt. Weil man weiß, dass der Mensch, den man verloren hat, noch da ist. Nur an einem anderen Ort."

„Und du hast auch noch beide Eltern verloren", entgegnete Nadine bedrückt. „Was mir geschehen ist, kommt mir dagegen richtig klein und unbedeutend vor."

„Das ist es nicht." Bianca schüttelte den Kopf.

„Für dich ist es genauso eine Katastrophe, wie sie es für mich war."

„Aber der Tod deines Vaters muss viel schlimmer gewesen sein."

„Das mag sein", stimmte Bianca ihr zu. „Nur haben die Jahre im Gefängnis auch etwas Gutes gehabt. Ich kann mich heute daran erinnern, ohne jedes Mal das Gefühl zu haben, der Schmerz bringt mich um."

„Aber deine Albträume!"

„Das ist etwas anderes. Wenn ich mich im wachen Zustand erinnere, geschieht das eher sachlich. In gewisser Weise hilft es mir sogar, das alles zu verarbeiten."

„Du musst nicht darüber reden." Nadine sah sie beinahe bestürzt an. „Das wollte ich mit meiner Fragerei nicht bezwecken."

„Keine Sorge", entgegnete Bianca. „Es tut mir gut, und außerdem weißt du längst nicht alles."

„Ich wollte dich nicht drängen", sagte Nadine, „weil ich die ganze Zeit das Gefühl nicht loswerden konnte, dass bei dieser Brandstiftung irgendwas nicht mit rechten Dingen zuging. Aber das hast du ja selbst gesagt."

Bianca nickte. „Ich habe dieses Gefühl immer noch. Nur sehe ich trotzdem ein, dass das Gericht gar nicht anders konnte, als mich zu verurteilen."

„Klingt komisch."

„Dann erkläre ich es dir“, erwiderte Bianca und versetzte sich an jenen Abend zurück, an dem das tragische Geschehen seinen Lauf nahm.

Inzwischen hatte Bianca ihr eigenes kleines Büro in der Firma ihres Vaters. Wie bei allen anderen Abteilungen auch war neben der Tür ein Schild aus durchsichtigem Kunststoff angebracht, das insbesondere Besuchern helfen sollte, sich zurechtzufinden.

‚Controlling – Bianca Berger‘ stand auf dem Schild, und dieser knappe Hinweis war ihr ganzer Stolz. Sie hatte die Zeit nach dem Italienaufenthalt weiter intensiv genutzt und sich in das weite Feld ihres Fachgebiets eingearbeitet. Neben den allgemeinen Aufgaben hatte sie sich zunächst einmal auf den Bereich Kostenrechnung und Kalkulation konzentriert.

Je mehr sie sich in diese Aufgabe vertiefte, desto deutlicher wurde ihr bewusst, dass sie ein Problem bekam. Gewiss, es war ein positives Problem – falls es so etwas überhaupt gab. Doch wie sollte man es anders nennen, wenn man die Wahl hatte zwischen zwei Wunschzielen?

Da war einmal der weitere Ausbau ihrer Controlling-Abteilung.

Und da war zum Zweiten das geplante Studium.

Die Entscheidung, welchem der beiden Ziele sie

den zeitlichen Vorzug geben sollte, fiel ihr schwer, nachdem die Arbeit als Controllerin ungemein befriedigend für sie war. Zu erleben, wie ihre Maßnahmen insbesondere auf dem Sektor der Kostenrechnung fruchteten, war ein Erfolgserlebnis, das sie beflügelte. Überdies schätzte ihr Vater ihre Tätigkeit jeden Tag mehr. Nicht erst einmal hatte er ihr gegenüber erwähnt, dass er gar nicht wüsste, wie die Firma ohne sie auskommen sollte.

Für Bianca war das ein Wink mit dem Zaunpfahl. Das Studium musste wohl warten; ihre Aufgaben in der Firma waren dringender. Andererseits war ihr Vater ganz und gar nicht gegen ihre Pläne, ein Diplom der Betriebswirtschaftslehre zu erwerben. Er wusste, wie wichtig es war, ihre Kenntnisse auf ein akademisches Fundament zu stellen. Nicht zuletzt für ihre künftige Durchsetzungskraft spielte das eine Rolle. Bianca wusste, dass ihr Vater dabei auch jene Zeit im Auge hatte, in der sie einmal seine Aufgaben als Inhaber übernehmen sollte. Eines Tages würde er sich in den Ruhestand zurückziehen, und sie wäre auf sich allein gestellt.

Sie hatten das Thema schon des Öfteren erörtert, und bislang hatte Bianca es einfach nicht fertig gebracht, kategorisch zu erklären: ‚Papa, ich fange jetzt an zu studieren. Wenn ich es jetzt nicht tue, fürchte ich, wird es nie mehr etwas.' Denn auch wenn er ihr keine Steine in den Weg legen würde, hätte er doch Schwierigkeiten, sie in der Firma zu entbehren.

Die Tage wurden mittlerweile kürzer, und gegen Feierabend war es bereits dunkel. Wind fauchte in Böen über das Bürogebäude und heulte in den Fensterwinkeln.

Bianca arbeitete wie so oft länger. Sie warf einen Blick auf die Zeitanzeige auf dem Computerbildschirm. Es ging auf Viertel nach sechs zu; um halb sieben wollte sie ihren Vater abholen. Das hatten sie am späten Nachmittag verabredet, während ihrer letzten Besprechung. Nach Möglichkeit hielten sie ihre Gewohnheit ein, gemeinsam nach Hause zu fahren.

Das gemeinsame Abendessen mit Omi Ursula und Heiko mochte sich gelegentlich ein wenig verspäten. Aber ausfallen durfte es keinesfalls, denn es bildete einen wichtigen Teil des Familienlebens. Bislang war es nur äußerst selten vorgekommen, dass einer von ihnen beim Abendessen gefehlt hatte.

Bianca bereitete sich auf den Feierabend vor, indem sie die geöffneten Dateien wie gewohnt mehrfach sicherte und dann schloss. Ebenfalls wie immer entkoppelte sie die externe Festplatte aus dem USB-Port, um sie später ihrem Vater zu übergeben, der sie in den Tresor in seinem Büro einschließen würde. Papa war im Übrigen der Einzige, der die Passwörter ihrer Dateien kannte; niemand außer ihm konnte sie sich auf den Bildschirm holen.

Bianca schaltete den Computer aus und ordnete die Schnellhefter und Datenblätter auf dem Schreibtisch. Schließlich nahm sie ihre Tasche, steckte die Festplatte hinein und sah sich noch einmal um. Im Hinausgehen noch ein kurzes Tippen auf den Lichtschalter, dann blieb ihr Arbeitsplatz im Dunkeln zurück.

Im hell erleuchteten Korridor stellte sie die Tasche neben dem Garderobenständer ab, nahm den Mantel vom Haken und zog ihn über. Gerade als sie die Handschuhe aus der Manteltasche kramte, sah sie, wie ihr Vater aus Viktor Schneiders Büro kam. Unschlüssig blieb er stehen. Als er die Schritte seiner Tochter hörte, hellte sich seine Miene auf. Und doch wirkte er geistesabwesend, beinahe ein wenig verwirrt.

Bianca ging auf ihn zu und sah, dass die Tür zu Viktors Büro halb offen stand. Das war nicht die Art ihres Vaters; er ließ eine Tür nie unverschlossen, wenn er ein Zimmer verließ. Irgendetwas musste ihn völlig aus dem Konzept gebracht haben.

Im Büro sah sie Viktor. Über die Berge von Akten auf seinem Schreibtisch konnte er knapp hinwegblicken. Er nickte Bianca zu, und sie erwiderte seinen Gruß auf die gleiche Weise. Während sie sich schon abwandte, sah sie noch, dass er aufstand. Wie immer war er korrekt gekleidet mit grauem Anzug, hellem Hemd und dezent gemusterter Krawatte.

Auch er wirkte irritiert, doch im nächsten Moment ging er schon zielstrebig auf einen Aktenschrank zu.

„Ich wollte dich abholen“, sagte Bianca halblaut zu ihrem Vater.

„Ja, ja“, antwortete er zerstreut. „Ja, natürlich.“

Ohne die Antwort seiner Tochter abzuwarten, ging er los, auf das Ende des Korridors zu, wo sich sein Büro befand.

Im ersten Moment blieb Bianca verdutzt stehen. Dann folgte sie ihm. Sie sagte erst einmal nichts. Stattdessen beschleunigte sie ihre Schritte und betrat sein Büro unmittelbar hinter ihm. Fast hätte er ihr die Tür vor der Nase zugemacht. Verwundert drehte er sich um, als sie die Klinke festhielt und sich mit sanftem Nachdruck Zutritt verschaffte.

„Bianca?“ fragte er erstaunt. „Was gibt es denn?“

Sie verbarg ihre Sorge. So konfus hatte sie ihn noch nie erlebt.

„Ich möchte dich abholen“, wiederholte sie vorsichtig. „Es wird doch Zeit, dass wir uns mal wieder zu Hause blicken lassen, oder?“ Sie drückte die Tür hinter sich ins Schloss. „Außerdem möchte ich meine Festplatte loswerden.“

„Ach ja, richtig.“ Mit schweren Schritten begab er sich hinter seinen Schreibtisch und deutete auf den offen stehenden Panzerschrank, ein schweres Stück, das aus den Dreißigerjahren des vorigen Jahrhunderts stammte.

Bianca ging hinüber und verstaute die Festplatte in einem der Fächer, die mit wichtigen Dokumenten und Wertpapieren gefüllt waren. Unterdessen ließ sich ihr Vater auf seinen Schreibtischsessel sinken und ächzte, als hätte er eine schwere körperliche Anstrengung hinter sich. Den Tresor würde er abschließen, bevor er das Büro verließ. Bianca besaß zwar einen Zweitschlüssel, doch sie hatte ihn noch nie benutzt.

„Was ist los, Papa?" fragte sie und blieb neben seinem Schreibtisch stehen. „Willst du länger arbeiten?"

„Ja", antwortete er, immer noch geistesabwesend. Er blickte auf seine Armbanduhr, als könnte die ihm sagen, wie viel Zeit er noch brauchte. „Eine Stunde wird es wohl noch dauern. Ich muss noch einiges in die Wege leiten – Sachen, die keinen Aufschub dulden. Das hat sich eben erst ergeben."

Bianca runzelte die Stirn. Sie steckte ihre Handschuhe wieder in die Manteltasche. Eine Ahnung überkam sie.

„Sagst du mir, um was es geht?" fragte sie rundheraus. „Hat es mit Viktor zu tun?"

Ihr Vater blickte zu ihr auf; seine Augen waren groß vor Staunen.

„Wie kommst du darauf?" fragte er. „Wir haben nie darüber gesprochen, dass er mit der Sache zu tun haben könnte."

„Geht es hier um meine Vermutungen?“ hakte Bianca nach. „Ist das die Sache, von der du sprichst?“

„Allerdings.“ Ihr Vater schien seine Verwirrung abgeschüttelt zu haben. „Ich habe mir ein paar Aufträge aus Rumänien von vor zwei, drei Jahren vorgenommen, und ich muss leider zugeben, du hattest Recht. Deshalb konnte ich nicht anders, ich musste Viktor darauf ansprechen.“

„Und wie hat er darauf reagiert?“

„Er sagt, er wüsste von nichts. Ich habe ihm daraufhin erklärt, dass es eine Innenrevision geben wird. Da wurde er ganz still.“

„Du meinst, dass er etwas weiß?“

„Schwer zu sagen. Er muss ja nicht beteiligt sein, vielleicht deckt er nur jemanden aus der Firma. Als Buchhalter bekommt er schließlich eine Menge mit.“

„Und was wird du jetzt tun?“ fragte Bianca.

„Ich muss Burkhard anrufen – und Gerhard natürlich. Vielleicht brauchen wir auch noch Werner, damit rechtlich alles abgesichert ist.“

Bianca kannte die Männer gut. Papa arbeitete mit ihnen nicht nur beruflich zusammen, er war auch mit ihnen befreundet. Burkhard Schorling war freier Wirtschaftsprüfer; er würde die Innenrevision leiten. Und mit Gerhard Abelings Steuerberatungsfirma hatte schon Biancas Großvater zusammengearbeitet.

Werner Sievers schließlich war der Rechtsanwalt des Hauses Berger.

„Es tut mir Leid“, murmelte Bianca niedergeschlagen.

„Was?“ Ihr Vater blinzelte verdutzt. „Was sollte dir denn Leid tun?“

„Dass es nicht nur blinder Alarm von mir war.“

„Unsinn. Ich bin froh, dass du Verdacht geschöpft hast. So können wir wenigstens weiteren Schaden abwenden. Wenn ich daran denke, dass unsere Gewinne in den letzten fünf Jahren immer weiter zurückgegangen sind …“ Er sprach nicht weiter, schüttelte stattdessen nur den Kopf. Es sah beinahe verzweifelt aus.

„Du meinst, wir könnten die Ursache dafür gefunden haben?“ entgegnete Bianca.

„Ich befürchte es.“ Ihr Vater nickte. Dann gab er sich einen Ruck. „In Ordnung. Das wird jetzt durchgezogen, und zwar bis zur letzten Konsequenz.“ Er hob den Kopf und sah seine Tochter an. „Willst du inzwischen nach Hause fahren?“

„Nein“, entschied Bianca. „Ich warte auf dich. Arbeit habe ich noch genug. Ich rufe zu Hause an – einverstanden?“

Ihr Vater nickte. „Ich sage dir Bescheid, wenn ich so weit bin. Vielleicht dauert es ja auch gar nicht so lange.“

Bianca nahm die Festplatte wieder mit. Als sie an

Viktors Büro vorbeikam, war die Tür geschlossen, doch hinter der Milchglasscheibe mit der Aufschrift Buchhaltung brannte noch Licht. Bianca ging weiter und hängte ihren Mantel zurück auf den Garderobenhaken. Als sie sich abwenden wollte, hörte sie Schritte auf den Treppenstufen. Vertraute Schritte.

Gleich darauf erschien Katy am Ende des Korridors. In der Hand hielt sie einen dampfenden Kaffeebecher.

„Hallo, Cousinchen!“ rief sie. „Immer noch im Einsatz?“

„Dasselbe könnte ich dich fragen“, entgegnete Bianca und lächelte. Katys neuer Arbeitsplatz, die Registratur, befand sich im Erdgeschoss des Gebäudes.

„Ich selbst hab schon Schluss“, antwortete sie. „Aber ich trage noch zur Arbeitsmoral bei. Viktor, der arme Kerl, muss mal wieder Überstunden machen. Tja, und da bringe ich ihm einen Kaffee, damit er durchhält.“

„Gute Idee“, sagte Bianca. „Ich muss auch noch eine Stunde länger machen. Da könnte ich auch …“

„Einen Kaffee gebrauchen?“ Katy streckte ihr spontan den Becher hin. „Hier, nimm diesen. Dann musst du nicht erst nach unten. Ich hole einen neuen. Ist ja keine Arbeitszeit für mich, sondern Freizeit.“

„Aber das ist doch nicht nötig“, wehrte Bianca ab. „Ich kann doch selbst …“

„Keine Widerrede“, unterbrach Katy sie energisch und drückte ihr den Becher einfach in die Hand. „Und jetzt – Marsch an die Arbeit!“

Sie mussten beide lachen. Sie waren noch immer wie Schwestern, obwohl Katy inzwischen eine eigene kleine Wohnung hatte und sie sich deshalb seltener sahen. Die Tasche geschultert, den Becher balancierend, wandte Bianca sich ab.

„Schönen Feierabend!“ rief sie Katy noch zu.

„Sag das mal Viktor“, antwortete ihre Cousine. „Wie ich den kenne, kann der mal wieder kein Ende finden. Hat immer nur das Wohl der Firma im Kopf.“

Bianca erwiderte nichts. Als sie die Tür zu ihrem Büro erreichte, war Katy bereits wieder auf dem Weg nach unten. Bianca schloss die Tür, stellte den Becher auf den Schreibtisch und schaltete den Computer ein. Nachdem sich das Betriebssystem hochgefahren hatte, schloss sie die externe Festplatte an, und das Summen der Lüfter erfüllte den Raum.

Der Kaffee belebte zwar ihre Sinne, doch zugleich wurde ihr bewusst, dass sie seit dem Frühstück nur ein belegtes Brötchen gegessen hatte. Und der Gedanke an das Abendessen, mit dem Omi Ursula und Heiko längst warteten, half auch nicht gerade, das hohle Gefühl im Magen länger zu ignorieren. Sie hoffte, dass aus Papas geplanter Stunde vielleicht nur eine halbe Stunde werden würde.

Zunächst einmal rief sie zu Hause an. Heiko war am Apparat.

„Oh Mann!“ rief er, als seine Schwester die Verspätung ankündigte. „Ich hab vielleicht einen Hunger, Bianca! Wie soll ich denn das durchhalten?“

„Bestimmt gibt Omi dir vorweg eine Kleinigkeit. Aber wie ich dich kenne, naschst du sowieso, ohne dass sie es merkst.“

Heiko lachte glucksend. „Du kennst mich aber gut, Schwesterherz!“

Bianca beendete das Gespräch und rief die Tabellendatei auf, die sie zuletzt bearbeitet hatte. Es ging um die Kostenrechnung für den Einkauf von Stoffen in verschiedenen Ländern, darunter auch osteuropäische. Sie fragte sich, ob die Hälfte der Tabelle womöglich falsch war, wenn die Basiszahlen nicht stimmten – nämlich die Einkaufspreise. Nun, darauf würde es wahrscheinlich bald eine Antwort geben. Dann nämlich, wenn die Innenrevision abgeschlossen war.

Während sie an der Datei arbeitete, hörte Bianca leise Schritte auf dem Korridor. Wegen der Computergeräusche und der relativ guten Schalldämmung störte es sie jedoch nicht. Deshalb fiel es ihr auch leicht, sich nicht ablenken zu lassen. Ohnehin wusste sie ja, dass es Katy war, die einen frischen Becher Kaffee geholt hatte, um ihn Viktor zu bringen.

Bianca lächelte gerührt. Katy war einfach eine

treue und gute Seele. Wenn sie sich für ihre Mitmenschen einsetzen konnte, war sie unermüdlich.

Etwa zwanzig Minuten waren vergangen, als Biancas Vater sich über das Haustelefon meldete.

„Ich konnte Burkhard nicht erreichen“, sagte er. „Wahrscheinlich ist er mit dem Wagen unterwegs und hat sein Handy abgeschaltet. Ich habe ihm eine Nachricht auf der Mailbox hinterlassen. Aber ob er heute Abend noch zurückruft, ist fraglich. Deshalb schlage ich vor, wir brechen unsere Zelte für heute ab. Einverstanden?“

„Und ob“, antwortete Bianca erfreut. „Hörst du nicht das Knurren? Das ist mein Magen.“

Ihr Papa lachte, als er auflegte.

Bianca beendete ihre Arbeit erneut, packte die mobile Festplatte ein und machte sich auf den Weg. Abermals zog sie ihren Mantel an, bevor sie den Korridor hinunterging. In Viktors Büro brannte noch immer Licht; die Tür war nach wie vor geschlossen.

Bianca klopfte und betrat das Büro ihres Vaters. Er hatte ebenfalls seinen Mantel angezogen, den Tresor abgeschlossen und war bereit zu gehen. Bianca ließ ihrem Vater den Vortritt und schaltete das Licht aus. Er hatte kaum das Büro verlassen, als sein Handy klingelte.

„Das wird Gerhard sein“, erklärte er und meldete sich. Nachdem er kurz zugehört hatte, nickte er seiner Tochter zu. Ins Handy sagte er: „Ich kann dir noch keinen Termin nennen, Gerhard, weil ich Burkhard nicht erreicht habe. Vor morgen wird es also nichts werden. Ich melde mich dann wieder, ja? In Ordnung, danke!“

Bianca atmete auf. Fast hatte sie befürchtet, dass aus dem gemeinsamen Feierabend endgültig nichts werden würde. Aber zum Glück musste die ganze Angelegenheit nun doch bis morgen warten.

Als sie die Treppe erreichten, kam ihnen Katy entgegen.

„Mal sehen, ob ich diesen Arbeitssüchtigen jetzt loseisen kann!“ rief sie und eilte geschäftig an ihnen vorbei. „Euch wünsche ich einen schönen Feierabend.“

„Dir auch“, antwortete Bianca.

Ihr Vater beschränkte sich auf ein gemurmeltes „Gleichfalls“. In Gedanken war er wahrscheinlich noch bei seinen halb erledigten Telefongesprächen wegen des Revisionstermins.

Während sie an seiner Seite die Treppe hinuntergina, hörte Bianca, wie Katy oben Viktors Büro betrat und die Tür hinter sich schloss.

Einen Augenblick später klingelte erneut das Handy ihres Vaters. Er blieb auf den Treppenstufen stehen und meldete sich.

„Burkhard!“ sagte er erfreut. Nachdem er sekundenlang zugehört hatte, erwiderte er: „Prima. Geht in Ordnung. Ich warte hier in der Firma auf dich. Und Gerhard rufe ich sofort an. Der steht auf Abruf bereit." Er drückte die Aus-Taste und sah Bianca an. „Tut mir Leid, aber nun wird es richtig spät. Burkhard wird in einer halben Stunde hier sein. Er will noch heute Abend Nägel mit Köpfen machen, also einen kompletten Zeitplan für die Revision. Wahrscheinlich geht es dann morgen gleich los. Ich muss jetzt sofort Gerhard anrufen; ihn brauchen wir unbedingt dabei. Mal sehen, vielleicht kann ich Werner überreden, seine Tennisclub-Versammlung für eine Stunde zu verlassen."

„Darf ich dabei sein?" fragte Bianca.

„Natürlich. Aber willst du nicht lieber nach Hause fahren."

„Ich habe eine bessere Idee. Ich hole uns eine Kleinigkeit zu essen. Wäre Pizza in Ordnung?"

Ihr Vater nickte ihr dankbar zu. Und dann war er auch schon unterwegs, nahm zwei Treppenstufen auf einmal und tippte gleichzeitig auf den Tasten des Handys herum.

Bianca wusste, am liebsten hätte er zwei Telefongespräche gleichzeitig geführt. Sie eilte in die entgegengesetzte Richtung und gab eine Bestellung per Handy auf, als sie das Haus verließ. Sie nahm sich vor, ihrem Papa bei nächster Gelegenheit ins Gewissen zu reden. Sie wollte noch viele Jahre mit ihm zusammen verbringen. Deshalb musste er sich schonen und durfte sich nicht ständig allem nur erdenklichen Stress aussetzen. Vieles konnte er in Zukunft auch ihr überlassen; sie war jung und in der Lage, mit den größten Belastungen umgehen.

Allerdings gab es auch dabei einen Wermutstropfen. Wenn sie immer mehr Aufgaben in der Firma übernahm, machte sie sich bald vollends unentbehrlich, und dann würde ihr Studium in noch weitere Ferne rücken.

Nachdem sie das Handy eingesteckt hatte, schon auf dem Bürgersteig, wollte sie ihre Handschuhe anziehen, denn es war empfindlich kalt. Doch verwundert musste sie feststellen, dass sie nicht in der Manteltasche waren. Sie drehte sich um, vielleicht waren sie ja herausgefallen, doch im Schein der Straßenlampen konnte sie nichts auf den Gehwegplatten liegen sehen. Schulterzuckend vergrub sie ihre Hände in den Taschen. Sie würde später suchen, wenn sie zurückgekehrt war. Vielleicht hatte sie die Handschuhe im Treppenhaus verloren. Oder noch oben im Korridor.

Die Pizzeria „Da Peppino“ war nur zwei Straßen von der Firma Berger entfernt und machte die beste Pizza im ganzen Viertel.

Bianca brauchte nur wenige Minuten zu warten, dann konnte sie „einmal Margherita und einmal Quattro Stagioni“ fix und fertig verpackt entgegennehmen. Sie bezahlte wie gewohnt bei Antonella,

Peppinos Ehefrau. Noch während sie das Wechselgeld in ihr Portemonnaie steckte, hörte sie Sirenengeheul.

Es kam rasch näher. Doch erst als es ohrenbetäubend laut wurde und zuckend kreisendes Blaulicht in die Fenster des Lokals fiel, unterbrachen die Gäste an den Tischen ihre Gespräche. Ein Fahrzeug der Feuerwehr raste vorbei.

„Bestimmt ein schwerer Unfall", sagte Peppino, der zum Tresen gekommen war. „Drüben auf der Bundesstraße kracht es ja andauernd. Da muss die Feuerwehr wohl wieder jemanden aus einem Autowrack schneiden."

„Nein, nein, das ist kein Unfall, Peppino", rief einer der Männer an den Tischen. „Das war eben ein Tanklöschwagen. So was schickt die Feuerwehr immer als Erstes, wenn es brennt."

Eine angeregte Fachsimpelei über die Arbeit der Feuerwehr setzte ein, während weitere Sirenen und weiteres Blaulicht nahten. Bald ging es Schlag auf Schlag. Dann folgten Notarztwagen und schließlich auch Streifenwagen der Polizei.

Bianca nahm die Pizzaschachteln.

„Warten Sie lieber einen Moment", empfahl Antonella fürsorglich, „bis der Trubel sich da draußen gelegt hat."

„Sonst kommen Sie uns noch unter die Räder", fügte Peppino väterlich zwinkernd hinzu.

Bianca lächelte und nahm den Rat an. In der Tat sah es bedrohlich aus, was sich in der Straße vor der Pizzeria abspielte. Eine gewaltige Feuersbrunst musste ausgebrochen sein, wenn ein solches Aufgebot anrückte. Mehrere Leute im Lokal hatten bereits ihr Handy am Ohr. Jeder wollte als Erster herausfinden, wo es brannte. Bianca verließ das Restaurant, bevor jemand etwas in Erfahrung gebracht hatte.

Nur noch schwaches Sirenengeheul war zu hören, offenbar ziemlich weit entfernt. Vor den Hauseingängen standen Menschen und spähten in die Richtung, in die die Einsatzfahrzeuge gejagt waren. Aufgeregtes Gemurmel und gespannte Mutmaßungen begleiteten Bianca auf ihrem Weg.

Sie fror jetzt. Es musste an den fehlenden Handschuhen liegen. Sie trug die Pizzakartons unter den rechten Arm geklemmt, und ihre Hand war dem eisigen Luftzug ungeschützt ausgesetzt. Doch sie hatte das Gefühl, ganz tief drinnen zu frieren. Die Kälte schien ihren Mantel mit Leichtigkeit zu durchdringen. Sie konnte sich nicht erinnern, dass ihr auf dem Hinweg schon so kalt gewesen wäre.

An der nächsten Straßenkreuzung, als sie nach links abbog, sah sie das glühende Rot über den Dächern der Häuser, rechter Hand, fast am Ende der Straße.

Blaulicht mischte sich in den Flammenschein, der

sich höher und höher ausdehnte – eine feurige Lichtglocke, die sich immer weiter in den Abendhimmel hinauffraß. Motoren dröhnten, ein erster Wasserstrahl stieg bogenförmig auf, doch im glühenden Rot wirkte er klein und unbedeutend.

Bianca beschleunigte ihr Tempo. Das Feuer schien in der Nähe der väterlichen Firma ausgebrochen zu sein; so sah es jedenfalls aus der Entfernung aus. Mehr Menschen standen nun vor den Häusern, und die ersten Schaulustigen brachen zum Ort des Geschehens hin auf.

So geriet Bianca in einen Strom von hastenden und sich bald drängenden Leuten – Frauen und Männer, aber auch Jugendliche und Kinder. Stimmengewirr umgab Bianca; nicht sofort konnte sie in dem Durcheinander verstehen, was da gerufen wurde. Dann aber bekam sie die ersten Wortfetzen mit.

„… ist diese Firma …“

„… Textilhandel …“

„… Berger … Hans Berger …“

„… soll noch drin sein …“

Bianca wollte es nicht glauben. Etwas in ihr weigerte sich, die Worte zu begreifen. Doch schon in der nächsten Sekunde konnte sie die grauenvolle Gewissheit nicht mehr länger verdrängen.

Jähes Entsetzen packte sie. Sie spürte ihren Körper nicht mehr, spürte die Kälte nicht mehr – nur noch eisige Furcht, die sie vorantrieb. Und sie hörte sich schreien, während sie rannte.

„Nein, nein! Das ist nicht wahr! Lieber Gott, lass es nicht wahr sein!“

Doch mit jedem Schritt, den sie zurücklegte, nahm die Gewissheit zu.

Es war die Firma ihres Vaters, die dort brannte. Die Firma ihrer Familie.

Es war das vertraute Bürogebäude, in dem sie eben noch mit ihm gesprochen hatte.

Das Gedränge wurde dichter. Die Menschen benutzten die Ellenbogen und rempelten sich an. Bianca verlor die Pizzakartons. Doch sie achtete nicht darauf. Verzweifelt bahnte sie sich einen Weg durch die Menge.

„Lasst mich durch!“ schrie sie. „So lasst mich doch durch! Mein Vater! Ich muss zu meinem Vater!“

Sie spürte bereits die Hitze des Feuers, als es plötzlich nicht mehr weiterging. Polizeibeamte bauten eine Absperrung auf, hielten die Neugierigen zurück. Doch Biancas Angst um ihren Vater war stärker als die Hände, die nach ihr griffen. Gleich mehrere Polizisten versuchten, sie festzuhalten. Jedes Mal riss sie sich los, schreiend und unter Aufbietung all ihrer Kräfte.

Vorbei an einem Feuerwehrwagen, der ihr riesenhaft vorkam, und vorbei an Feuerwehrleuten in ihrer schweren Montur, die Schläuche schleppten und ausrollten und sich Anweisungen zuriefen, erreichte sie die Straße vor der Einfahrt zum Bürogebäude.

Der Schock traf sie wie ein Hieb.

Sie hatte das Gefühl zu taumeln, zusammenbrechen zu müssen, einfach nicht mehr weiter zu können.

Betäubt starrte sie zu den Fenstern hinauf.

Glühendes, wild wogendes Rot füllte sie aus. Die ersten Scheiben zerplatzten, und das Klirren der herabfallenden Scherben klang hässlich hell durch das Brüllen des Flammenmeers.

Bianca hörte Stimmen hinter sich. Wieder waren es die Polizeibeamten, die sie zurückhalten wollten.

„Papa!" hörte sie sich schreien, als sie weiterlief. „Papa!"

Eine furchtbare Ahnung bemächtigte sich ihrer.

Wie automatisch lenkte sie ihre Schritte auf die Einfahrt zu. Die Gluthitze des Feuers wärmte sie nicht, im Gegenteil. Sie erreichte den Hof und den Parkplatz hinter dem Gebäude, und ihre Schreie gingen im Lärm der Dieselmotoren unter. Es gab kaum noch freie Fläche; überall standen Feuerwehrfahrzeuge, Rettungswagen und Streifenwagen.

Mittlerweile waren es bestimmt ein halbes Dutzend Wasserfontänen, die in das Flammenmeer rauschten.

Bianca stolperte über einen der Schläuche, stürzte

und rappelte sich wieder auf. Keuchend hastete sie weiter, versuchte, an den Fahrzeugen vorbeizukommen.

Auf einmal sah sie die Feuerwehrmänner vor sich. In weit auseinander gezogener Reihe standen sie da, breitbeinig der Gluthitze trotzend und die Strahlrohre der Schläuche auf die Flammen richtend.

Und im selben Moment geschah es.

Bianca hörte ihren Vater.

Seine Schreie übertönten den Lärm, ließen die Menschen sekundenlang erstarren. Obwohl von Todesangst verzerrt, war es eindeutig seine Stimme.

Während Bianca noch versuchte, sich aus der Erstarrung zu lösen, traf sie der nächste Schock noch furchtbarer als all das bisherige Grauen.

Denn auf einmal erblickte sie ihn an einem der Fenster zum Hof.

Flammen hüllten ihn ein, und er schrie und schrie. Sein Mund war weit aufgerissen, das Gesicht so rot wie das Feuer um ihn herum, und die Augen schienen ihm aus den Höhlen quellen zu wollen. Verzweifelt hämmerte er mit den flachen Händen gegen die Fensterscheibe, Flammen schlugen bereits aus den Ärmeln seines Jacketts.

„Papa!“ schrie Bianca wieder. „Papa, oh, mein Gott!“

Und sie stürzte vorwärts, in die Lücke zwischen zwei Feuerwehrmännern.

Doch diesmal waren stärkere Hände zur Stelle. Ein Feuerwehrmann und ein Rettungssanitäter hatten sie offenbar beobachtet und stellten sich ihr in den Weg. Entschlossen und kraftvoll packten sie zu und bewahrten Bianca davor, sich selbst ins Verderben zu stürzen.

Sie schrie und schluchzte, weinte und wimmerte und wand sich wie von Sinnen. Sie trat um sich und versuchte, sich loszureißen. Ihre Retter wollte sie in die andere Richtung ziehen, doch es gelang ihr, sich zumindest dagegen zu wehren.

So zwang sie sich selbst, durch den Schleier ihrer Tränen hindurch mit anzusehen, welch unvorstellbar grauenvollen Tod ihr Vater starb.

Bestimmt noch zehn Sekunden lang schlug er weiter mit den Händen gegen die Fensterscheibe, doch mit jedem Mal ließen seine Kräfte sichtbar nach. Im gleichen Maße wurden seine Schreie leiser. Dann, wie zum Hohn, zerplatzte das Glas plötzlich, als er schon hinter dem Sims nach unten sackte. Durch die hereinströmende Luft fauchten die Flammen auf und umhüllten ihn vollends. Einen Moment lang schien es, als würde er vornüberkippen, aus dem Fenster hinaus. Doch das war ein Trugschluss.

In einem Feuerball versank er innerhalb des Raums, hinter der Fensterbrüstung. Seine Schreie waren nun vollends verstummt, es dauerte nicht sehr lang, dann fielen die Flammen dort, am Ort seines Todes, in sich zusammen.

Bianca wollte auf die Knie sinken, doch ihre beiden Helfer hielten sie fest und zerrten sie weg. Sie begann, am ganzen Körper zu zittern, ihr Kopf sank nach vorn, und sie war nicht mehr imstande, ihn oben zu halten. Die beiden Männer brachten sie zu einem Rettungswagen, dessen Hecktüren offen standen. Dort hüllten sie Bianca in eine große, flauschige Decke und setzten sie erst einmal auf die Ladekante des Fahrzeugs.

Erst jetzt sah sie Katy. Ihre Cousine war von irgendwo aus dem Chaos aufgetaucht, stumm schloss sie Bianca in die Arme.

„Ich bin bei dir", sagte Katy. „Du musst jetzt ganz stark sein, und ich helfe dir, das verspreche ich dir. Glaub mir, es wird alles wieder gut."

„Gut?" schluchzte Bianca. „Wie soll irgendetwas jemals wieder gut werden? Papa ist tot, Katy! Hast du es nicht gesehen? Er ist tot! Er wird nie wieder bei uns sein!"

„Ich weiß. Und es ist furchtbar." Katy strich ihr über das Haar. „Es ist unbegreiflich. Wie konnte so etwas nur geschehen? Wir werden es wahrscheinlich nie verstehen."

Durch die Tränen sah Bianca ihre Cousine nur verschwommen, ebenso die Männer, die hinter ihr standen. Burkhard Schorling, der Wirtschaftsprüfer war da, ebenso Gerhard Abeling, der Steuerberater, und Werner Sievers, der Rechtsanwalt. Keiner dieser Männer, die sonst wahrhaftig nicht auf den Mund gefallen waren, wusste, was er sagen sollte.

„Und Viktor?“ fragte Bianca. „Ist er auch …?“

„Nein.“ Katy presste die Lippen zusammen, als würde es ihr Leid tun. „Irgendwie ist er noch rechtzeitig rausgekommen. Ich habe ihn eben noch gesehen.“ Sie drehte sich um, konnte den Buchhalter aber nirgends entdecken. Sie wandte sich wieder Bianca zu. „Ich weiß, es ist nicht fair, aber …“ Sie wusste nicht weiter.

„Was meinst du?“ erwiderte Bianca tonlos. „Dass Viktor überlebt hat?“

„Ja. Warum musste Onkel Hans sterben, und Viktor darf leben?“

„Es ist nicht Viktors Schuld“, antwortete Bianca. „Das würde Papa auch so sehen.“ Sie sah, wie Katy schluckte und vergeblich versuchte, etwas zu erwidern.

Der Notarzt erschien und ordnete an, dass Bianca sofort ins Krankenhaus gebracht werden müsse. Die Gefahr, dass sie einen schweren Schock erlitten hatte, war zu groß.

Als Bianca erwachte, lag sie in einem fremden Bett, und auch das Zimmer war ihr völlig fremd. Es gab keine anderen Farben außer Weiß und Beige, von einem Bild an der gegenüberliegenden Wand abgesehen. Es zeigte eine sommerliche Berglandschaft. Durch das Fenster fiel Sonnenschein ins Zimmer.

Bianca brauchte lange, bis ihr klar wurde, dass sie geschlafen hatte.

Sie erschrak. Hatte sie das Gedächtnis verloren? Was war denn nur geschehen? Weshalb war sie hier – an einem Ort, den sie nicht kannte? Sie schloss die Augen, um in sich hineinzuhorchen. Aber da war nur undurchdringliche Schwärze – eine Wand, die sie daran hinderte, sich zu erinnern.

Ruckartig setzte sie sich im Bett auf und riss die Augen auf. Sie fühlte sich benommen, ein wenig schwindlig. Wie würde es sein, wenn sie aufstand? Sie musste es unbedingt herausfinden. Deshalb zögerte sie nicht, schwang die Beine aus dem Bett und stemmte sich hoch.

Das Zimmer begann zu schwanken.

Bianca ließ sich auf die Bettkante sinken und hielt sich mit beiden Händen fest. Du lieber Himmel, es war doch schlimmer, als sie gedacht hatte. Während sie saß, ließ das Schwindelgefühl allmählich nach. Sie blickte an sich hinab und sah, dass sie ein einfaches weißes Nachthemd aus gestärktem weißen Leinen trug. Es war am Rücken offen, nur am Hals zugebunden.

Also befand sie sich in einem Krankenhaus.

Die Feststellung erleichterte sie. Wenigstens diese Art der Erinnerung funktionierte. Das Schwindelgefühl und die Benommenheit, die sie noch empfand, waren also durch ein Medikament hervorgerufen worden. Durch ein Beruhigungsmittel vielleicht? So etwas verabreicht zu bekommen, war in einem Krankenhaus schließlich nichts Ungewöhnliches.

Ein Beruhigungsmittel erhielt man bei …

Schock.

Das Stichwort wirkte wie ein Schalter, der die Erinnerung in Betrieb setzte, als handelte es sich um einen Mechanismus, der lediglich einen Auslöser brauchte. Die Bilder stürzten regelrecht auf sie ein. Wie in einem Film mit rasend schnellen Schnitten durchlebte sie in Sekunden noch einmal, was sich am vergangenen Abend abgespielt hatte.

Der Gedanke an den Tod ihres Vaters brachte sie fast um. Sie krümmte sich auf der Bettkante. Es dauerte lange, bis sie einen klaren Gedanken fassen konnte.

Warum war sie immer noch hier?

Sie musste wissen, was geschehen war, seit man sie hier eingeliefert hatte. Sie musste es so schnell wie möglich wissen.

Neue Entschlusskraft erwachte in ihr, und diesmal gelang es ihr, aufzustehen, ohne gleich wieder umzukippen. Neben dem Bad in der Ecke des Zimmers gab es einen Kleiderschrank. Bianca stützte sich am Nachtschrank und an der Wand ab und taumelte zum Schrank. Sie atmete auf, als sie darin ihre Kleider fand. Ätzender Brandgeruch schlug ihr entgegen.

Sie nahm die Kleidungsstücke mit ins Bad, machte sich frisch und zog sich rasch an. Nachdem sie den Mantel übergestreift hatte, öffnete sie leise die Zimmertür. Sie wollte möglichst ungesehen verschwinden, denn sie befürchtete, dass die Ärzte sie noch nicht gehen lassen würden. Als sie die Tür einen Spalt weit geöffnet hatte, um in den Korridor zu spähen, zuckte sie erschrocken zurück.

Ein Polizist sah sie an.

Ein uniformierter Polizeibeamter. Er war von einem Stuhl aufgestanden und begrüßte sie mit freundlichem Lächeln.

„Guten Morgen, Frau Berger." Er machte keine Anstalten, aus dem Weg zu gehen.

„Guten Morgen", erwiderte sie verwirrt. „Was – was hat das zu bedeuten? Warum sind Sie hier?"

„Auf Anordnung", antwortete der Beamte. „Und ich muss Sie bitten, in Ihrem Zimmer zu bleiben und zu warten."

„Das ist nicht mein Zimmer!" Bianca schrie fast.

„Nun, nur vorübergehend, Frau Berger. Bitte – ich habe auch nur meine Anweisungen. Warten Sie bitte im Zimmer."

„Auf wen? Auf was?“

„Die Ärzte werden gleich hier sein.“ Er hielt ein Handy hoch. „Ich habe sie schon verständigt.“

„Aber ich brauche keine Ärzte mehr“, regte sich Bianca auf. „Ich muss mich um die Firma kümmern. Die Firma meines Vaters – sie ist gestern Abend abgebrannt, und mein Vater ist ...“ Ihr versagte die Stimme.

„Ich weiß“, sagte der Polizist mitfühlend. „Es tut mir sehr Leid, Frau Berger. Aber ich muss Sie trotzdem bitten – gehen Sie wieder hinein und warten Sie. Es wird nicht lange dauern.“

Bianca schätzte ihre Chancen ab, einfach abzuhauen. Hinter dem freundlichen Gesichtsausdruck des Beamten verbarg sich eiserne Entschlossenheit. Sie würde nicht einfach die Tür aufstoßen und an ihm vorbeihuschen können. Dafür war sie noch viel zu schwach auf den Beinen. Wenn dieser Mann nicht vor ihrer Tür Wache gehalten hätte, hätte sie sich vielleicht davonschleichen können. Aber so, wie die Dinge nun mal lagen, musste sie sich in ihr Schicksal fügen.

„Also gut“, sagte sie schweren Herzens.

„Danke.“ Der Polizist schloss leise die Tür hinter ihr.

Im Mantel setzte sich Bianca auf einen der Besucherstühle. Die Ärzte sollten ruhig sehen, dass sie nicht vorhatte, auch nur eine Minute länger als nötig hier zu bleiben. Sie musste so unendlich viel regeln. Zuallererst musste sie sich darum kümmern, dass ihr Vater ein würdiges Begräbnis erhielt. Und außerdem: Eine Firma mochte zwar abbrennen, aber so etwas wickelte sich nicht von selbst ab. Das würde sie den Herren Medizinern schon klar machen.

Endlich näherten sich Schritte auf dem Flur.

Bianca wandte sich der Tür zu, und sie erschrak von neuem.

Nur einer der Männer trug einen weißen Kittel. Drei trugen Zivil, und zwei weitere Polizeiuniform. Sechs Männer insgesamt.

„Sagen Sie mal!" rief Bianca. „Was wollen Sie alle von mir? Ich fühle mich nicht besonders gut. Ich habe gestern Abend meinen Vater verloren, falls Sie das nicht wissen."

„Doch, das wissen wir", sagte der ältere der Männer in Zivil. Er war schlank und grauhaarig und trat auf Bianca zu. „Herzliches Beileid, Frau Berger, auch im Namen meiner Kollegen. Mein Name ist Ernst Volkmann, ich bin Kriminalhauptkommissar." Er zog eine Brieftasche aus der Innentasche seines Jacketts, nahm den Dienstausweis heraus und zeigte ihn Bianca.

„Ja, aber …", stotterte sie. „Ich … verstehe nicht …"

„Dr. Wittinger wird Sie kurz untersuchen", sagte der Kriminalbeamte. „Dann sehen wir weiter."

Der Arzt kam näher und nickte Bianca freundlich zu.

„Ich muss nur feststellen, ob ich Sie entlassen kann“, sagte er. „Darf ich Sie bitten, den Mantel auszuziehen und sich kurz aufs Bett zu legen?“

Bianca gehorchte. Das Wort „entlassen“ hatte gut geklungen. Wenn es denn das sein würde, was dabei herauskam, umso besser. Dr. Wittinger fühlte ihren Puls und maß ihren Blutdruck. Mit dem Stethoskop horchte er ihr Herz ab, und mit einer kleinen Taschenlampe leuchtete er ihr in die Augen. Anschließend drückte er ihr mit einem Holzspatel die Zunge herunter und bat sie, „A“ zu sagen.

„Danke“, sagte er, warf den Spatel in den Mülleimer neben dem Bett und drehte sich zu den Männern um, die mit ihm hereingekommen waren. „Keine Einwände“, erklärte er knapp.

„Dann kann ich also gehen?“ rief Bianca, obwohl Unbehagen in ihr aufgekeimt war. Was hatten die Kripoleute und die Schutzpolizisten zu bedeuten?

Sie erfuhr es im nächsten Moment.

„Leider muss ich Sie bitten, mit uns zu gehen“, sagte Kriminalhauptkommissar Volkmann. Er hatte ein Formular aus der Brieftasche genommen und faltete es auseinander, als Dr. Wittinger ihm Platz machte. „Dies ist ein Haftbefehl, Frau Berger. Sie sind verhaftet wegen dringenden Tatverdachts. Ihnen wird vorsätzliche Brandstiftung mit Todesfolge vorgeworfen.“

Bianca konnte den Mann nur anstarren.

Seine Worte hallten in ihr nach, und ihr war, als würde sie in einen Abgrund stürzen – in eine endlose Leere, aus der es keine Wiederkehr gab.

Sie brachte keine einzige Silbe hervor, so fassungslos war sie. Was der Kriminalbeamte und seine Kollegen noch sagten, bekam sie nur bruchstückhaft mit. Da war vom Präsidium die Rede und von Untersuchungshaft. Und sie zuckte zusammen, als sie die Anweisung „Abführen!“ vernahm.

Die beiden Schutzpolizisten legten ihr Handschellen an, nahmen sie in ihre Mitte und hielten sie an den Ellenbogen fest, als sie sie hinausgeleiteten.

Bianca konnte nicht fassen, was mit ihr geschah. Sie verstand schlicht und einfach die Welt nicht mehr.

13. KAPITEL

Kriminalhauptkommissar Volkmann betrat das Vernehmungszimmer und legte eine durchsichtige Kunststofftüte auf den Tisch.

Bianca erkannte den Inhalt sofort.

„Das sind meine Handschuhe!“ rief sie überrascht. „Woher haben Sie die?“

Kommissar Wagner, der jüngere Kriminalbeamte, der ihr gegenübersaß, lächelte kaum merklich. Auch sein älterer Kollege lächelte, als er sich auf den freien Stuhl neben ihm setzte.

„Frau Berger“, sagte Hauptkommissar Volkmann in väterlich geduldigem Ton. „Es wäre uns lieber, wenn Sie uns erzählen würden, wohin Sie die Handschuhe gelegt haben. Allerdings können Sie auch jegliche Aussage verweigern, bis Sie mit Ihrem Anwalt Rücksprache gehalten haben.“

„Ich habe nichts zu verbergen“, erwiderte Bianca aufgebracht. „Diese Handschuhe habe ich zuletzt gesehen, als ich sie in meine Manteltasche steckte. Das war vor dem Feuer.“ Sie erzählte, wie sie später auf dem Weg zur Pizzeria ihre Handschuhe vermisst hatte.

Die beiden Kriminalbeamten wechselten einen Blick und nickten, als hätten sie nichts anderes erwartet.

„Vielleicht ist es Ihrem Gedächtnis entfallen", sagte Kommissar Werner. „Sie haben, bevor Sie Pizza holen gegangen sind, mit Benzin hantiert. Oder sagen wir es deutlicher: Sie haben einen ganzen Fünf-Liter-Kanister davon im Bürogebäude Ihrer Firma ausgeschüttet."

„Draußen haben Sie die Handschuhe in den Altkleider-Container geworfen", nahm Hauptkommissar Volkmann den Faden auf. „Dann noch schnell ein Streichholz ins Gebäude – und ab zur Pizzeria. Selbst wenn Sie es so mal in einem Fernsehkrimi gesehen haben, Frau Berger, Alibis funktionieren nicht auf diese Weise."

Bianca starrte die beiden Beamten an.

„Das kann nicht Ihr Ernst sein!" hauchte sie entgeistert.

Wieder lächelten Volkmann und Wagner.

„Ich halte uns beide nicht für weltfremd", sagte der Hauptkommissar. „Sie haben bestätigt, dass das Ihre Handschuhe sind." Er zeigte auf den Plastikbeutel. „Richtig?"

„Ja, natürlich", antwortete Bianca kopfschüttelnd. „Weshalb sollte ich das nicht bestätigen?"

„Vielleicht aus folgendem Grund." Volkmann stand auf, öffnete den Beutel und hielt ihn Bianca hin, sodass sie daran riechen konnte.

„Was würden Sie sagen?" fragte Wagner übertrieben freundlich. „Was für ein Geruch ist das?"

„Benzin“, flüsterte Bianca wie versteinert.

„Sehen Sie“, sagte Hauptkommissar Volkmann, schloss den Beutel und legte ihn wieder auf den Tisch. „Unser Labor hat bereits bestätigt, dass sich im Gewebe der Handschuhe tatsächlich Benzinrückstände befinden – für den Fall, dass vor Gericht behauptet werden sollte, es gebe eine Substanz, die wie Benzin riecht, aber gar kein Benzin ist.“

„Können Sie sich immer noch nicht erinnern?“ hakte Kommissar Wagner nach.

„Ich habe die Handschuhe nicht in den Container geworfen“, erwiderte Bianca mit fester Stimme. „Das kann ich beschwören.“

„Ich warne Sie“, entgegnete der Hauptkommissar schneidend. „Sie machen alles nur noch schlimmer.“

„Wie kommen Sie dazu …“ setzte Bianca an.

Doch Volkmann unterbrach sie. „Wir haben eine Zeugin, Frau Wagner. Die Frau wohnt in einem der Blocks gegenüber Ihrem Firmenhof. Und sie hat Sie beobachtet, als Sie Ihre Handschuhe in den Container legten.“

„Das kann nicht sein!“ rief Bianca. „Das ist völlig unmöglich!“

„Wir sind vom Gegenteil überzeugt“, sagte Kommissar Wagner ruhig. „Wissen Sie, diese Zeugin ist eine allein stehende ältere Frau, und sie hat ein Hobby, das wohl mit ihrer Einsamkeit zusammenhängt.

Nach Einbruch der Dunkelheit schaltet sie das Licht in ihrer Wohnung aus und beobachtet die Umgebung mit einem Fernglas. Wir haben es uns angesehen; es hat eine hochauflösende Optik. Man kann also auch bei Dunkelheit ganz gut damit sehen. Wenn es allerdings um die Bewegungen eines Menschen vor hell erleuchteten Bürofenstern geht, ist das überhaupt kein Problem."

„Die Frau lügt", sagte Bianca.

„Ach!" entgegnete Hauptkommissar Volkmann. „Dann wollen Sie vielleicht auch behaupten, dass unser Kollege von der Spurensicherung, der die Handschuhe im Altkleider-Container gefunden hat, ebenfalls lügt?"

„Nein", antwortete Bianca und senkte den Kopf. „Trotzdem bleibe ich dabei: Ich habe die Handschuhe nicht in den Container gelegt. Weshalb sollte ich das denn tun?"

„Weil sie nach Benzin gerochen haben", erklärte Kommissar Wagner und lächelte wieder. „Und das kam daher, dass Sie vorher den Reservekanister aus Ihrem Auto geholt haben und beim Ausgießen im Haus etwas von dem Benzin auf die Handschuhe getropft ist. Und so wollten Sie natürlich nicht in die Pizzeria gehen."

„Das ist nicht wahr!" brach es aus Bianca hervor. „Ich habe es nicht getan! Sehen Sie doch in meinem Wagen nach!"

„Schon erledigt", antwortete Wagner. „Die Halterung, in der der Kanister steckte, ist leer."

„Nein!" Biancas Stimme klang jetzt fast wie ein Wimmern. „Was geht hier vor? Das ist doch alles völlig absurd!"

Hauptkommissar Volkmann schüttelte tadelnd den Kopf.

„So absurd wie die Tatsache, dass es der Firma Berger schlecht ging, weil jemand krumme Geschäfte mit Lieferanten machte und jahrelang überhöhte Einkaufsrechnungen ausstellen ließ. Wissen Sie, dass Ihr Vater eine Innenrevision veranlassen wollte – aus eben diesem Grund? Aber natürlich wissen Sie das, denn genau das wollten Sie ja verhindern, nicht wahr?"

„Nein!" schrie Bianca. „So war es nicht!"

„Nun", erwiderte Kommissar Wagner, „dann ist es ja gut, dass wir die Aussage des Wirtschaftsprüfers Schorling haben, der sich genau an die Instruktionen Ihres Vaters erinnert."

„Niemals!" Bianca schluchzte laut auf. „Niemals hat mein Vater behauptet, ich hätte Einkaufsrechnungen fälschen lassen!"

„Das nicht", gab Wagner zu. „Aber den Auftrag für die Revision hat Herr Schorling telefonisch erhalten. Eine Besprechung sollte folgen."

„Aber das habe ich doch veranlasst! Ich habe meinen Vater darauf aufmerksam gemacht, dass es Unregelmäßigkeiten gab!" Bianca atmete schwer, rang regelrecht nach Atem.

„Haben Sie Zeugen dafür?" fragte Hauptkommissar Volkmann kalt.

Meinen Vater, hätte Bianca in ihrer Verzweiflung fast geantwortet, doch sie unterdrückte es rechtzeitig, und ihr wurde bewusst, wie aussichtslos ihre Lage war.

„Ich komme jetzt darauf zurück", sagte sie matt. „Ich sage nichts mehr ohne meinen Anwalt."

„Sehr vernünftig", entgegnete der Hauptkommissar. „In Ihrer Lage ist es das Beste, was Sie tun können."

Bianca wurde in ihre Zelle im Untersuchungsgefängnis gebracht. Bereits eine Stunde später erhielt sie Besuch. Rechtsanwalt Sievers, so erfuhr sie von einem Justizbeamten, hatte sich für den späteren Nachmittag angemeldet.

Im Besucherzimmer wartete Katy auf sie.

„Katy!" rief Bianca und wollte ihre Cousine umarmen.

„Keine Berührungen!" befahl die Justizbeamtin, die in einer Ecke des Zimmers Wache hielt.

Die Cousinen setzten sich an die vorgeschriebenen Seiten des Tisches.

„Tja", seufzte Katy. „Damit müssen wir wohl erst mal leben, Cousinchen. Aber mach dir keine Sorgen. Ich habe gute Neuigkeiten. Ich weiß, wer den Brand wirklich gelegt hat."

„Ja?" rief Bianca ungläubig. „Wirklich?"

„Ja. Es war Viktor."

„Nein!"

„Doch. Der ist nämlich spurlos verschwunden. Einen klareren Beweis dürfte es ja wohl nicht geben. Und ganz nebenbei hat der Schuft mich auch noch sitzen lassen."

„Hast du das der Polizei gesagt?" fragte Bianca aufgeregt. „Warum bin ich dann noch hier?"

„Du musst Geduld haben", erwiderte Katy. „So schnell mahlen die Mühlen des Gesetzes nun mal nicht. Aber verlass dich drauf: Bald bist du draußen."

Den ersten Dämpfer erhielt Biancas Hoffnung, als Rechtsanwalt Sievers sie besuchte. Er hatte nicht einmal von einem Verdacht gegen Viktor Schneider gehört, und das, obwohl er bei der Staatsanwaltschaft volle Akteneinsicht gehabt hatte.

In den nächsten Tagen und Wochen wurden Katys Besuche seltener, und sie wurde zunehmend kleinlaut und einsilbig, wenn Bianca sie auf Viktors angebliche Schuld ansprach.

An der Beerdigung ihres Vaters durfte Bianca unter Bewachung und in Handschellen teilnehmen. Wenig später gab es neue Hiobsbotschaften. Omi Ursula musste ins Krankenhaus, und Heiko riss kurze Zeit danach aus und verschwand. Omi Ursula und die Pflegeeltern hatten zwar eine Vermisstenanzeige aufgegeben, doch die Polizei hatte bislang keinen Erfolg vermelden können.

In den darauf folgenden Tagen und Wochen verlor Bianca jegliche Hoffnung, zumal auch Rechtsanwalt Sievers keine Möglichkeit sah, gegen die Beweislast anzukommen.

„Aber ich bin unschuldig!" beteuerte Bianca immer wieder.

„Diese Beteuerung allein wird die Richter kaum beeindrucken", erwiderte der Anwalt.

Er sollte Recht behalten. Bianca durchlebte die dreitägige Gerichtsverhandlung wie in Trance. Als dann tatsächlich die Frau mit dem Fernglas ihre Aussage machte und alles bestätigte, was sie schon der Kriminalpolizei gesagt hatte, ließ Bianca endgültig sämtliche Hoffnung fahren. In düstere Gedanken versunken hockte sie auf der Anklagebank, und als der Hammerschlag des Richters ertönte, zuckte sie nicht einmal zusammen.

„Angeklagte, erheben Sie sich!" dröhnte die Stimme des Richters. „Das Gericht sieht es als erwiesen an, dass Sie den Brand in der Firma Hans Berger, der Firma Ihres Vaters, gelegt haben. Ich verurteile Sie deshalb wegen vorsätzlicher Brandstiftung mit Todesfolge zu einer Gefängnisstrafe von vier Jahren. Die Untersuchungshaft wird nicht angerechnet, und die Vollstreckung der Strafe wird nicht zur Bewährung ausgesetzt. Sie werden unmittelbar nach der

Verhandlung zum Strafantritt in die Justizvollzugsanstalt überstellt werden."

Bianca glaubte, nicht mehr weiterleben zu können. Sie wusste nicht, wie sie diese vier Jahre überstehen sollte. Und dann, kurze Zeit später, wurde ihr auch noch die letzte Hoffnung genommen, als Rechtsanwalt Sievers ihr schriftlich mitteilte, das zuständige Landgericht habe ein Berufungsverfahren abgelehnt. Damit sei sie nun rechtskräftig verurteilt.

Bianca wusste, was das bedeutete.

Sie war vorbestraft, endgültig und unauslöschlich.

Verglichen mit jener düsteren Zeit vor etwas mehr als vier Jahren, war die Gegenwart für Bianca strahlend hell.

Nach und nach wurden auch die Albträume seltener. Mehr und mehr verloren sie ihren Schrecken. Sie schrie auch nicht mehr im Schlaf auf, wenn sie ihren Vater in dem Meer von Flammen sah, wie er in Todesangst seine Hände nach ihr ausstreckte – und wie er schließlich von der Feuersbrunst verschlungen wurde.

So hatte Katy endlich auch keinen Grund mehr, sich zu beklagen, denn sie wurde nachts nicht mehr aus dem Schlaf gerissen.

Bianca erlebte ihren Vater in ihren Träumen nun immer häufiger in den glücklichen Zeiten, die sie miteinander verlebt hatten. Und diese Erinnerungen gaben ihr Kraft für die Gegenwart und Zuversicht für ihr neues Leben, das sie sich aufzubauen begonnen hatte.

Wozu nicht zuletzt Katy beitrug. Ohne ihre Cousine wäre der Neuanfang sehr viel beschwerlicher gewesen. Das wollte Bianca nie vergessen. Und nun war auch noch das Schönste, Überwältigendste, Großartigste geschehen. Sie war verliebt.

Sie liebte Oliver.

Und Oliver liebte sie.

Nie hatte sie geahnt, wie viel Kraft die wahre Liebe einem schenken konnte. Diese Liebe konnte alles überstehen, sie würde die furchtbare Vergangenheit verblassen lassen. Ab sofort ging es nur noch um die Zukunft. Alles andere war nicht mehr so wichtig.

Sie liebte Oliver von Tag zu Tag mehr. Und mit jedem Tag wuchs die Gewissheit, dass ihre Liebe zu ihm durch nichts mehr zu erschüttern sein würde. Sie wussten beide, dass ein Wunder geschah, und sie waren fest entschlossen, dieses Wunder durch nichts zerstören zu lassen.

Egal was die Zukunft ihr brachte, sie hatte keine Angst mehr davor. Hatte sie im Gefängnis zeitweise noch geglaubt, ihr Studium vielleicht doch nicht bewältigen zu können, so war sie nun voller Tatendrang, es zu Ende zu bringen.

Das Leben, das vor ihr lag, war so neu und aufregend schön, dass sie jeden neuen Tag strahlend vor

Glück begrüßte. Die Schatten der Vergangenheit waren einer hellen Zukunft gewichen.

Und dieses Glück verdankte sie nur Oliver.

ENDE

CORA
Werden Oliver und Bianca zueinander finden?
Die Antwort im neuen Roman-Magazin zur
ZDF telenovela
Roman zur ZDF telenovela
CORA
Bianca
Wege zum Glück
Großer farbiger Magazinteil
Zeit der Entscheidung
NEUHEIT! Roman & Magazin
Lesen Sie Biancas aufregende Liebesgeschichte im Roman-Magazin zur ZDF-Telenovela und erfahren Sie im farbigen Extrateil alles über Darsteller und Dreharbeiten.
Alle 4 Wochen neu im Zeitschriftenhandel!
Für nur 2,95 €.
www.cora.de
© 2005 Grundy UFA TV Produktions GmbH – Licensed by Fremantle Brand Licensing, www.fremantlemedia.com

Auch bei MIRA erschienen:

Emilie Richards

Gefährliche Nächte

Band-Nr. 25124
6,95 € (D)
ISBN 3-89941-163-3

Zwei spannende Romantic-Thriller von Emilie Richards um Gefahr und Leidenschaft im schwülen New Orleans.

Im Dunkel der Stadt
Bei Nacht und Nebel entkommt Maggie aus der Klinik ins nächtliche New Orleans. Jemand trachtet ihr nach dem Leben – wer? Wenn sie sich bloß erinnern könnte! Nur an einem Ort fühlt sie sich geborgen: bei Joshua Martane, der ihr zur Flucht verholfen hat ...

Mond über dem Mississippi
Auf einem malerischen Hausboot in den Sümpfen von New Orleans entdecken Antoinette und Detective Sam Long ihre Leidenschaft füreinander. Doch der brisante Fall, der sie zusammengebracht hat, ist noch nicht geklärt ...